この世界の顔面偏差値が高すぎて目が痛い

暁晴海　Illust. 茶乃ひなの

TOブックス

JN073015

contents

Kono Sekai no Gaumen Hensachi ga takasugite Me ga itai.

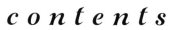

イラスト ● 茶乃ひなの　デザイン ● 世古口敦志＋前川絵莉子（coil）

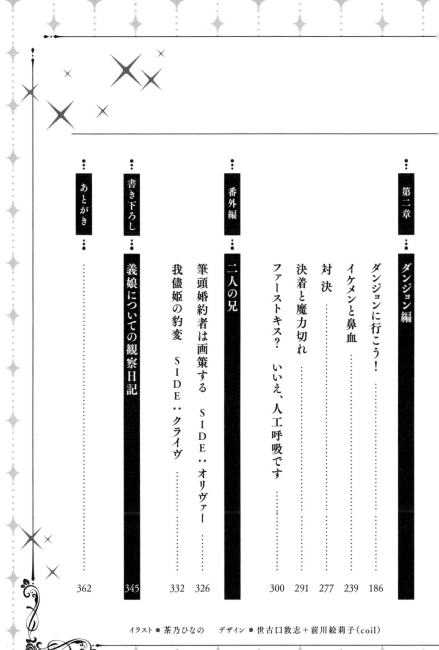

序章

これって夢オチ……ですよね？

『その時』はいきなり、春の嵐のように訪れた。

「……え……？」

私は先程まで、一心不乱に頬張っていた大きなチョコチップクッキーから口を離し、呆然と呟いた。

「お嬢様？」

すぐ傍から心配そうな声がかかる。

が、私はその声に答える間も無く、そのままお菓子が山ほど積み上げられたテーブルの上にパッタリと突っ伏し、気を失ったのだった。

◆◆◆◆◆

パチリと、目を覚ます。

『……』

キョロリ……と、ぎこちなく周囲を見回してみると、以前修学旅行で行ったベルサイユ宮殿ばりに豪華な室内が目に飛び込んで来た。

しかも自分は今、キングサイズなフカフカのベッドに横になっているみたいだ。

――はて？　何で私、こんなところで寝ているんだ？

あ、分かった！　これ夢だわ。

そう思った私は夢から覚めるべく、気合一発、自分の顔を両手で思い切り叩いた。

ぺちん！

――んん？

なんか、めっちゃ気の抜けた音が聞こえたぞ。

しかも頬っぺた、あんまり痛くない。

う～ん、流石は夢だな！　では再び気合を入れて……。

ぺちん！

「……」

恐る恐る自分の手を見てみる。

小さな小さな、真っ白い手。

自分の、ちょっとごつごつとした手とは明らかに違う。

その手で再度、ペチペチと頬を叩いてみると、ぷにぷにした肌触りの良い頬の感触が伝わってくる。

「……な……な……んで？」

――今自分、めっちゃおチビになってるッ！！？

『これって……。ひょっとして私、夢見ているのかな？』

パニックになりつつも自分の頬の感触が気持ち良くて、思わず手でふにふにし続ける。

そ、そうだ。頬っぺたを摘まんでみよう。

……痛ッ！　流石に痛い！

ってか、こんだけ痛いんなら自分、とっとと目を覚まそうよ！

「お嬢様⁉　先程から何をなさっているのですか‼」

自分で自分の頬を摘まんでいる私に、誰かが慌てて声をかけてきた。

——お……お嬢様……だと⁉

声のした方向を振り向くと、こちらを心配そうに見つめている男性と目が合った。

——うぉっ！　こ、これはイケメン！　し、しかも執事服……だと⁉　いつかは訪れようと夢見ながら検索していた執事喫茶。そこのNo．1執事を軽く上回る程の上玉！　し、しかも一人じゃなくて複数……⁉

「……お嬢様……？」

あああ！　やめて！　何覗き込んでいるの⁉　し、しかもお嬢様呼ばわり、マジやばい！　リアル執事喫茶か⁉

にしても執事の分際で、ベッドに寝ている純真可憐（？）なお嬢様の顔を覗き込むなんて、なんてけしからん事を！　思わずにやけてしまうじゃないか！

ああもう！　なんて萌える夢なんだ！　やっぱ目が覚めるのは、もうちょっと後で……。

って、まてよ？　よく考えたら、なんであんたら女の子の部屋に当然のようにいるのよ⁉

こういう時はメイドでしょ⁉　必ずいる筈のメイドはどうした⁉

普通に生きていたら有り得ない、執事服なイケメン達に囲まれているこの状況に半ばパニックになりながら、私が心の中でアホな事を絶叫していると、何だか慌ただしい足音が近づいて来る。

「エレノア!!」

扉がまるで、ぶち破られたかの如くに派手な音を立てて開かれる。

そして血相を変えた少年……いや、青年？　が寝室に飛び込んできた。

――うわぉ！　こりゃまたものすごい美少年!!

これぞカラスの濡れ羽色！　と呼ぶにふさわしい、しっとりと艶を含んだ黒髪黒目。

愁いを帯びた表情。スラリとした肢体。

まだ多少、少年らしさが残っているけど、大人顔負けの溢れんばかりの魅力と色気がだだ漏れている！

夢、グッジョブ！　なんって眼福なんだ!!

「エレノア！　大丈夫かい!?　いきなり倒れたと聞いて、急いで帰って来たよ！　どこか痛い!?　医者にはもう見てもらったの!?」

「……え～と……？」

――ああ……美少年が私に話しかけている……。しかもそんな心配そうに目を潤ませて……。はぁ……幸せ……！

って、そうじゃなくて！　この子、一体誰なんだろう？

美少年の尊い御尊顔《ごそんがん》に見惚れながら、夢の設定としてのこの子は誰だ？　と、困り顔で小首を傾げる私に対し、彼はザアッと顔を青褪《あおざ》めさせた。

「……エレノア？　ま、まさか……僕の事が分からないのか？　僕だ！　オリヴァーだ！　君の兄様だよ！」

「にいさま……？」

――ああそうか、この子は私の兄という設定なのか。

執事の次は美少年の兄まで出て来たぞ。近年まれにみる良夢じゃないか！

こんな夢が見られるなんて。私、そんな善行どこで積んだんだ⁉

更に心の中でアホな事を呟く私の呆けた様子に、兄だと名乗った目の前の少年は、まるでこの世の終わりのような悲愴な表情を浮かべ、物凄く心配そうに私の顔を覗き込んでいる。

――はぁ……こんな美少年の顔をこんなドアップで……尊い……。

って、そうじゃなくて！

いかんな私。仮にも夢の中とは言え、こんないたいけな少年を悲しませるなんてこと、あってはならんだろう。

よし！　ならばこの夢から目覚めるまでの間、彼の妹役を完璧にこなしてやろうではないか！

「……大丈夫……です。オ……オリヴァー（だったよね？）……兄様？」

私の手を握った兄に、私は安心させるように微笑むと、彼はあからさまにホッとした様子で溜息をついた。

「僕の事が分かるんだね⁉　……はぁ……良かった。てっきり倒れた拍子に、頭をどこかにぶつけ

て、記憶が無くなったかと……！」

——いや、記憶はしっかりありますよ？

この夢の設定が、よく分からないだけなんですよ。

『まあ、でもいいか。どうせこの状況、全部夢だし。目が覚めるまでの間、適当に合わせておけばいいや』

「お兄様、ご心配おかけして申し訳ありません。他の皆にも迷惑をかけてしまいました」

とりあえず、お嬢様らしくしとやかに謝罪をする。

実際、兄だと名乗る少年も周りのみんなも、凄く心配しているみたいだしね。

夢の中とは言え、ご迷惑おかけして済みません。

「——え……？」

私が謝罪をした次の瞬間、何故か兄だけでなく、室内全体が凍り付いた。……ん？

「……い……いや、そんな事は……良いんだ。君が気にする必要は、全く無いんだよ」

兄が笑顔で私の頭を撫でるが、その笑顔は若干引きつっている。

一体どうしたというのだろうか？

チラリと周囲の使用人達を見てみれば、兄同様、全員顔が引きつっていた。なぜに？

——ハッ！　これはアレか⁉　私の誠意が足りなかったのか⁉

そうだよね。そりゃー、迷惑かけた張本人がベッドで寝たまま軽く「ごめんね」なんて言ったら「なにこいつ？　何様？」って思われるよね、うん。

……あれ？　待てよ。

でも私、この夢の中では『お嬢様』だったような……。

お嬢様って、偉いんだよね？　使用人とか顎で使ったりとかするよね？

『まあでも、所詮夢。お嬢様でも高飛車はいかん。それに私、そんなキャラじゃないしな』

そう結論付けた私は、ガバリと勢いよく身を起こすとベッドから飛び降りた。

兄と周囲がビックリしていたが、それに構わず私はペコリと頭を下げた。

「あの……改めて。お兄様や皆様にご心配おかけして、本当に申し訳ありませんでした！」

誠心誠意真心を込めて謝罪をする。……が、何故か誰も言葉を発しない。

あれ？　これでもまだ駄目なのか？　っていうか、いい加減夢、覚めないかな。

「……エ……エレノア……」

兄の言葉に顔を上げると、麗しい顔を真っ青にした兄が、目を思いっきり見開いて私を凝視していたのだった。

「……えっと？　お兄様？」

訳も分からず小首を傾げた私に、兄の目が更に見開かれる。

「……い……」

「い？」

「医者だ!!　今すぐ医者を呼べ!!　国一番の名医をだ！　急げ!!」

「え!?　ちょっ！　わぁっ！」

兄の号令を皮切りに、私は再びベッドへと放り込まれたのだった。

◆◆◆◆◆

私こと『真山里奈』は、今年大学に入学したばかりの花も恥じらう十八歳だ。

日本の首都圏内にありながら、限り無く自然豊かな山々に囲まれた長閑すぎる地域でのびのびと育った。

そして生まれ育った家は、割りと裕福な中流階級だった。その為、私は様々な習い事に行かせてもらえた。

しかし、その習い事の内容は、普通の女子とは違い『空手、剣道、合気道』といった、武術系に片寄っていた。

「娘が脳筋になってしまう！」と危惧した父母の必死の懇願で、ピアノ教室にだけは渋々通ったが、突き指やら捻挫を繰り返し、休みまくる私の姿を見た両親は最終的には諦め、私の好きな様にさせてくれた。

それにしても何故、私がこんなにも武術系ばかりを好き好んで学んでいたかと言えば、小学校の友人達が嵌まっていたのが、スポコン漫画やヒーローもののアニメだったから。

単純で、すぐ感化される質の私は、周囲と同様スポコン漫画にどっぷりと嵌まり、未来のヒーロー目指して汗水垂らして頑張ったのだった。

……今から考えれば、何の為のヒーローを目指していたんだよと、自分自身に激しくツッコミを入れたい。

そんな私に転機が訪れたのは、高校二年生の頃。

掛け持ちしていた弓道部の友人から見せられた少女漫画が切っ掛けだった。

美少女、美少年が繰り広げるきらきらしい青春劇。

その花咲き乱れる華やかな世界に私は衝撃を受け、すっかり魅了されてしまったのだ。

だが、ひたすら何のヒーローだかよく分からないものを目指して走り続けてきた私は、スポーツ強豪校の特待生として汗臭い青春の真っただ中だった。しかも運悪く女子高。

まあつまり、少女漫画やラノベのような華やかな世界とは程遠い場所に身を置いていたのだった。

ならばと私は、持ち前のやる気と根性をスポーツにではなく、大学受験へと向けた。

しかも目標にしたのは、『なんか華やかそうだ』というふざけた理由で、首都圏のど真ん中に鎮座している超名門大学。

周囲からは「無理だ」「無謀だ」「気が狂ったか」と幾度となく止められたものの、私は新しい世界への扉……。すなわち『合格』を見事もぎ取ったのだった。

両親や友人達はみな、私の成し遂げた快挙を笑顔で祝福してくれたが、私の不純な動機を知っていた為か、その笑顔は若干生暖かいものであった。

さあ！　いっぱい勉強して、沢山の友達をつくって、あわよくば二次元のような素敵な彼氏と出逢うぞ！

そんな希望と夢に胸膨らませながら、『まあまずは、初・執事喫茶で一人祝いだな！』と、ワクワクしながら大学の門をくぐった……所までは覚えているのだが、何故かその後の記憶が無い。

『……』

「ああ、エレノア可哀想に。何で君がこんな目に遭わなければならないんだ……！」

「兄様……」

——……ひょっとしてこの状況。

夢……じゃなくて、現実だったりする……？

いつまで経っても訪れない目覚めに、脳内で焦りが広がっていく。

これはあれか？　いわゆる「転生した」って事なのか？

いやいやいやいや！　いくらラノベや少女漫画、最近では乙女ゲームが密かな楽しみだったとはいえ、そんな夢のような展開有り得ないだろ⁉

大体、お約束のトラックにドンとかいう、不慮の事故になんて遭った覚えないぞ？　あんな中途半端に人生終わってたまるか！

ちなみに今現在、私は再びベッドの住人となり、沈痛な面持ちの兄様に頭を撫でられている。

この目の前にいる兄とやらが呼んだ医者だが、『原因不明の記憶障害』という診断を終え、先程帰ったところだ。

記憶障害……ね。違う記憶なら持っているんですけども。

でもそれ言ったら、今度は確実に狂ったとみなされるよな。

「あ、あの……兄様。よろしければ、この世界の事を教えていただけないでしょうか？」

とりあえず前向きになろう。

本当に転生なんぞしてしまったと決定した時の為に、少しでも情報収集しておかなくては。

まあ……ひょっとして、手の込んだドッキリ大作戦かもしれないけどさ。

「そう……だね。このまま何も知らない状態では、君も不安だろう」

はい、めっちゃ不安です。

「ではまず、僕達の事について教えていこうかな？」

私の名前はエレノア・バッシュ。年齢は九歳。

そして私達が今暮らしている、『アルバ王国』侯爵家のご令嬢らしい。

凄いな……私ってば、お貴族様かよ！

そして兄の名はオリヴァー・クロス。年齢は十五歳。クロス子爵家の長男だそうだ。

あれっ？　何で私と兄様の家名が違うんだ？

「ああ。僕とエレノアは父親が違うからね」

なんてことないように、サラリと爆弾発言をかましてくれたけど、それってどういう事なんだ⁉

ま、まさかお貴族様あるあるで、兄様ってば、父親が産ませた不義の子……って感じですか⁉

そんでもって、本家では女の私しか出来なかったから、オリヴァー兄様が引き取られたって、そんな設定ですかね⁉

……ん？　まてよ。たしか兄様、『父親が違う』って言っていなかったか？

「あ、そうそう。他にも父親違いの兄弟が何人かいるから」

母ー!!　不倫したのはてめーの方かっ!!

しかも複数人とか！　どんだけアグレッシブなんだよ！

「ほ……他にも……いるんですか？」

「うん。まあ、いずれ紹介される筈だろうけどね。ああでも、その内の一人とはすぐ会えるよ」

「お……お兄様は……その、そういう状況が嫌ではないのですか？」

「そういう状況？」

「ち……父親違いの兄弟が……沢山いる事……」

「え？　でもそうしないと、子供が増えないよね？」

「で、でも……。それぞれの家庭で、ちゃんと子供をつくればいいのでは……」

「だって女性は物凄く数が少ないから。一人の夫とだけ子供を産んでいたら、たちまち人口が激減してしまうよ？」

はあ!?　女が少ない!?

「ああ、エレノアはそういう事も全部忘れてしまったのだったね」

納得した様子の兄が話してくれたところによれば、この世界……というかこの国は、女性が三十人に一人程度しか生まれないらしい。

それゆえ一夫一妻なんてものは存在せず、女性は少なくとも五人以上の夫、もしくは大勢の愛人を持つのが一般的なのだそうだ。いわゆる一妻多夫？

……マジか……。それってどういう男大奥？

ちなみに私達の母親は、私の実の父親と正式に結婚しつつ、気に入ったあらゆる男とヤリまく……いや、恋愛しまくっているらしく、ひょっとしたら兄も知らない兄弟がいるかもしれないとの事。

母……貴様……！

そして私は今のところ、母親が産んだ唯一の娘であるらしい。

彼氏いない歴＝実年齢の私にとって、何とも刺激の強い話だ。というか、想像がつかない。

「そしてね、エレノア。僕は君の婚約者として侯爵家に入ったんだよ」

……はい？　え？　この兄、今なんて言った？

「あ……あの、兄様。もう一度……」

「うん？」

「こ……婚約者うんぬんのところを……」

「ああ。君と僕が婚約しているって事？」

「え……えええええええ!?　き、兄妹で婚約ー？」

「え？　普通だよ？　まあ、同じ父親から産まれた兄妹は一般的じゃないみたいだけど、それでもいない訳じゃないからね」

キョトンとした顔の兄にうっかり萌えそうになるが……。あかん！　あかんだろそれ！

いくら女子が足らないからって、手近なところで済まそうとするなよ!!

確かに私が元いた世界でも、大昔は近親婚盛んだったよ？　エジプトとか、日本の飛鳥時代とか……。

ああ、そういえば中世でも、兄妹とまではいかなくても、かなり血の濃い者達同士で婚姻が繰り返されていたな。

「エレノアは……僕の事が嫌かい？」

少し寂し気な顔で微笑む兄に、うっかり見惚れてしまう。

くっ……！　この美少年めが！

「まあ……君と僕が初めて会ったのも一年前だし、君は最初から僕が、あまりお気に召さなかったみたいだったしね」

何だと⁉　エレノア貴様、こんな好みどストライクな美少年のどこが不満だったと言うのだ⁉

「い……嫌じゃありませんっ‼」

思わずそう叫んでしまったが、『エレノアが嫌がったのって、相手が実の兄だからじゃない？』との可能性に後で気が付いた。

でもこの世界では兄妹婚が常識って言っていたし……。単純に好みじゃなかったとか？

「エレノア、有難う。でも無理しなくていいんだよ？　相手を選ぶ権利は女性……つまり君にある。ひょっとしたら、僕の事が嫌で君は記憶を失くしてしまったのかもしれない。だとしたらいっそ、この婚約は無しにしてもらって、僕は君の傍から離れた方が……」

——えええっ⁉　ち、ちょっと待って！

私はパニックを起こした。

だって、こんな何も分からない世界に一人で放り込まれた今現在の私にとって、彼は多分一番頼りになり、なお且つ守ってくれる存在だ。

その彼が離れていってしまったら、私は明日からどうやって生活していけばいいのだ？

しかも私、たった今出来たばっかりの兄を兄と思えないというか……。

まあその、ぶっちゃけ好みなので、折角の婚約を破棄するなんて勿体ないって思ってしまったのだ。

「ち、違います！　私が記憶を失くしたのは兄様のせいではありません！　これはその……きっと、我儘《わがまま》な私に神様が下された罰なのです！」

「は？」

「決して、兄様が嫌だったからじゃないと思います！」

だって、私が素直に謝っただけで、皆のあの反応。

私ってば絶対、超絶我儘娘だった筈だわよ。

侯爵令嬢でその上一人娘で、多分蝶よ花よとちやほやされて生きてきたんだろうから、そりゃー我儘にもなろうってもんだわ。

「いや……エレノア。あのね……？」

「ですから兄様、私の傍からいなくならないでください！　私、これから心を入れ替えて、兄様に相応しい、まともなご令嬢目指して頑張りますから！」

必死に『だから見捨てないで！』アピールをする私を困惑顔で見つめていた兄だったが、少し考え込むようなそぶりを見せた後、ニッコリと満面の笑みを浮かべた。

「そう。エレノアの気持ちはよく分かった。僕の為に努力してくれるなんて、とても嬉しいよ。僕も協力するから頑張ってね」

「はいっ！」

良かった、見捨てられずに済んだ！

安堵《あんど》し、思わずへにゃりと笑顔になった私を見た兄は、一瞬目を見開いた後、蕩《とろ》ける様な極上の笑顔を浮かべた。

◆◆◆◆◆

その後、兄のオリヴァーは私の傍から片時も離れる事無く、本を読んでくれたりお菓子を食べさせてくれたり、軽めに作られた夕飯（それでもメチャクチャ豪華！）を、これまた手ずから食べさせてくれた。

「お……お兄様。私、一人で食べられますよ？」

いくら外見年齢は九歳の子供でも、中身はもうじき十九歳になろうという大学生だ。

こんな美少年に「あ～ん」ってされるのは物凄く恥ずかしい。いや、嬉しいけどね。

ひょっとしたらエレノアってば、以前からこういう風に食べさせてもらっていたのかもしれない。

女の子が極端に少ないこの世界では、いわば女の子供《こ》は金の卵を産む大切な存在。ゆえに、かなり我儘は聞いてもらえるだろう。

ましてや今の自分は貴族のご令嬢だ。そう考えると多分だが、こういう風に傅かれながらの食事が一般的だったのかもしれない。

だが自分はこれから立派な淑女になろうと決めたのだ。

それゆえ甘えは禁物なので、出来れば自分一人で食べたい。

というか、ドキドキして落ち着かない。

味も分からないし、もっとのんびりじっくり味わいたい。

……まぁぶっちゃけ、こっちが本音だ。

「ふふ……分かっているよ。エレノアはこれから、立派な令嬢を目指して頑張るって決めたんだものね。でも君は倒れたばかりなんだし、今日ぐらいはうんと僕に甘えておくれ？」

「……うっ……」

甘ったるい笑顔を向けてくる美少年に「ほら、あ～ん」とされ、彼氏いない歴が実年齢の喪女に何の抵抗ができよう。

私は湧き上がる羞恥心を心の奥に押し込め、差し出されたスプーンをぱくりと口に咥えたのだった。

◆◆◆◆◆

夜は更け。

「……あの……お兄様？」

「うん？」

「私、お風呂一人で入れますよ？」

「何言っているの？　無理でしょう」

ドキッパリと言い切られた。

……うん。確かに普通の倍以上ありそうな豪華な浴槽は、九歳児の身長とほぼ同じぐらいの高さがある。普通の貴族のご令嬢であるのなら、一人で入るのは厳しかろう。

だが私は前世（？）ありとあらゆる武道をたしなんできた、いわば猛者。

こんな浴槽によじ登るぐらいなんでもない。

まあ確かに、ご令嬢がマッパで浴槽をよじ登る図は絵面的に不味いかもしれない。

だけど男の使用人が幼女のお風呂を手伝うってのは、絵面的にも道徳的にも、もっと不味いだろう。不味いよね？

だから私はお風呂の用意をしてくれた使用人に対し「一緒はヤです。一人で入ります」と告げたのだった。

……その結果、こちらがドン引きレベルの悲愴な顔をされてしまった。

そう。まるでこの世の終わりかと言わんばかりの絶望顔ですよ。罪悪感ハンパないよ！

「あの……貴方が嫌だという訳ではないのですよ？　わ……私が……恥ずかしいだけなのです……」

顔を赤らめ、モジモジしながら言い訳をする。

そう、いくら出るとこ出てない、つるんとした、某マヨネーズ会社のマスコットキャラ的な体形であっても、恥ずかしいものは恥ずかしいんだ！

「くっ！」

すると何故か、彼は瞬時に顔を赤らめさせ、苦しそうに胸を押さえ込むと床に膝を突いてしまったのだ。

おい君、しっかりしろ！　大丈夫か!?

「おやおや、エレノア。もう我儘を言っているのかい？　いけない子だね」

「お、お兄様!?」

しまった！　これって我儘案件に入ってしまうのか!?

「君みたいな小さな女の子が、一人でお風呂に入るなんて危ないだろう？　いくら可愛い君の我儘でも、それは許可出来ないな」

「うう……。は、はい……。申し訳ありません……」

早々、やらかしてしまってシュンとする。

確かに兄の言っている事は正論だ。

日本式のお風呂ならいざ知らず、こんなゴシック式の西洋式バスタブに幼女が一人で入るなんて言ったら、元の世界でも絶対許可されないだろう。

『兄様……怒ったかな……？』

おずおずと、私よりだいぶ背の高い兄を見上げると、何故か彼は口元を手で覆って顔を背けていた。

あ、これ呆れられたよ。

真面目な令嬢目指すって言った矢先に我儘言ったから、絶対引かれたわ。

「あの……じゃあもう、我儘言いません。ですがせめて男性の使用人の方ではなく、女性の使用人にお世話してもらいたいのですが」

「女性の使用人？　この屋敷にはいないけど？」

……おいおい、マジか。

道理でメイドの一人ともすれ違わないと思ったよ。

「貴族はともかく、平民は女性の数が本当に少ないからね。どの家も大切に囲っているから、まず外に働きに出る者はいないよ」

それはそうか。誰だって希少な女性を外になんて出さないよね。

うっかりさらわれちゃったりしたら大変だし、いくら沢山恋人や夫を持てると言っても、やっぱ人間だから男性側にも独占欲があると思うし。

でもさ、貴族の場合、乳母とかって必要だよね？

しかも貴族女性って男遊びに忙しそうで、子供を自分で育てようって気はまったく無さそうだし。

「乳母？　ああ、公募や伝手で、離乳期まではそういった女性を雇うよ。でもそういった女性は大抵庶民だし、その期間が終わったらお手当をもらって、さっさと辞めてしまうね」

「じ、じゃあ、私は誰に育てられたのでしょうか？」

「決まっているでしょう。君の実のお父上だよ」

――この世界のお貴族様。イクメンだった！

「勿論、召使や執事に任せる貴族も多いけど、君のお父上はお優しい方だからね。それに待望の女の子だったから、そりゃあもう目の中に入れても痛くない程、君の事を可愛がっておられたよ」

そしてあんまりにも育児に夢中になり過ぎて、領主としての公務をおざなりにしてしまい、何年も部下に仕事を丸投げしてしまったのだそうだ。

結果。そのツケが回って来て、今現在はその優秀な部下達によって、馬車馬のごとく働かされているらしい。

「それでエレノアが心配だからと、僕が侯爵様の代わりにお世話係兼、婚約者としてこの家に入ったんだ。母上の決定でね」

貴族の家で女の子が生まれると、筆頭婚約者は大抵、兄弟の中から選ばれるらしい。

しかも兄弟の中でも最も爵位の高い者が、その座を得るのだそうだ。

でもうちの場合、最も爵位が高かったのが私の父親であるバッシュ侯爵だった為、何事においても決定権を持っている母親が、兄様を婚約者に決めたのだそうな。成程。

「それで話を戻すけど、エレノアは男性の使用人が入浴のお世話をするのは、恥ずかしくて嫌なんだよね？」

「う……。はい、そうです」

「成程。じゃあ、良い方法があるよ？」

兄はニッコリといい笑顔を浮かべた。

◆◆◆◆◆

「エレノア、お湯加減はどうだい？」

「……ハイ。チョウドイイデス」

「入浴剤はやっぱり、カモミールにした方が良かったかな？」

「……イエ。バラノカオリ、トテモイイニオイデス」

……受け答えがカタコトになっている件については目を瞑《つぶ》ってもらいたい。

なんせ今、私は薔薇の香り漂うたっぷりめなお湯の中、あろうことか兄様の膝に乗せられているのだから。

……そう、もちろんマッパで。

もう、顔と言わず、身体中真っ赤になっているし、心臓はドコドコとせわしなく動いている。

せめて自分で身体ぐらいは洗うと半泣きで懇願しても、優しい兄は満面の笑みでスルーし、良い匂いのするボディーソープで、頭のてっぺんから爪先まで、そりゃもう丁寧に洗われてしまったのである。

お陰様で、もう私のライフはゼロだ。

「あ……あの、兄様……。一緒に入るのは……その……今回限りで……」

「だってエレノアは使用人相手じゃ嫌なんでしょう？　じゃあ僕が一緒に入るしかないじゃないか」

違うよ兄様。私が嫌なのは異性に裸を見られる事であって、使用人に手取り足取り介助されながら入浴するのが嫌なんじゃないんだってば！

……いや、それも羞恥で死ねるけど。

だから、男である貴方とも入りたくなかったんです。

しかも、さも当然って感じで、一緒にお風呂に入っているし！

勘弁してください。お願いだから、私のチキンなハートを守る為に、そこら辺理解してやってください。

「お、お兄様に、そこまでご迷惑をおかけするのは……」

「迷惑なんかじゃないよ。可愛いエレノアのお世話が出来るなんて、僕にとってはご褒美にしかならないんだから。遠慮なんてしないで、どんどん甘えておくれ」

フフッと笑いながら、先程丁寧に洗ってくれた髪に口付けられ、「うひゃっ！」と、令嬢らしからぬ声を上げてしまう。

クスクスと楽しそうに笑う声に、何だか羞恥心も飽和状態になってしまったような気分だ。

まあ。婚約者云々はともかく、これって微笑ましい兄妹の触れあいってやつなんだよね。

そうだ。私は幼女らしく兄に甘える妹を演じればいい。うん、無心だ無心。

そう思った矢先、背中に当たる兄の胸筋の感触に、再びボンッと顔から火が噴く。

くっ……！　まだ十五歳のくせしやがって、しっかり筋肉ついてるじゃないか！　このマセガキめが！

「そうだ。まだ言ってなかったね。僕、今迄寮に入っていたけど、今後学院にはこの家から通うようにするから」

「え？　学院？」

「うん。貴族の子弟が通う王立学院だよ。今夜は手続きの関係で学院に戻らなきゃだけど、明日の夕方には帰って来るようにするからね？　これで毎日、君と一緒にお風呂に入れるよ。ああ、そうだ。帰って来る時もう一人、君の兄様を連れてくるから」

――なんて事だ。この兄、学院で寮暮らしだったのか！

って事は、この家に帰って来るのは多くて週に数回。

もし私が一人で風呂に入りたいと言わなければ、毎日兄と一緒に風呂に入らねばならないという、嬉し恥ずかしな苦行を受けずに済んだのか。

『あれ？　でも確か兄様、私のお世話係として侯爵家に来たんだよね？　なのに寮暮らしって変じゃない？』

「エレノア？」

俯き、黙り込んでしまった私に、オリヴァー兄様が心配そうに声をかける。

慌てて後ろを振り返った私の目に飛び込んできたのは、カラスの濡れ羽色を文字通り濡らした、水も滴るような美少年の裸の上半身。

思わず鼻血を噴いてしまい、浴室は阿鼻叫喚の大惨事な現場と化してしまったが、私は絶対悪くない……と思う。

精神年齢十八歳、ただいま十五歳の少年に翻弄《ほんろう》されまくっています。

うう……屈辱。

色々聞きたい事があります

――お嬢様の朝は遅かった。

「おはようございます。お嬢様」

昨日、何かと私の面倒をみてくれようとしたイケメンを後ろに控えさせ、『ザ・執事』といった初老のイケオジが、私に対して深々と頭を下げた。

ちなみに私はまだベッドの中である。

「お、おはようございます。……あの、済みません。なんか寝過ごしてしまったみたいで……」

時計を確認してみれば、もう十一時だよ！

広い部屋のデカいベッドで一人。果たして眠れるだろうか？　心細いな〜……なんて思っていたのに、一瞬で眠ってしまったらしい。

挙句、こんな時間まで爆睡しているなんて……。

どうやら私は、自分で思っていたよりも神経がかなり図太いらしい。

私の謝罪に、お辞儀をしたままのイケオジの肩が一瞬ピクリと揺れる。

が。顔を上げた彼の表情は非常に穏やかなものだった。

流石は侯爵家の執事（多分）だな。キャラ変したお嬢様の言動にも一切ブレない。素晴らしい。

ちなみに後方に控えている若いイケメンは、目を極限まで丸くしてこちらを見ている。まるで穴が開きそうだ。

「いいえ、お嬢様。お嬢様は昨日、とても大変な目に遭われたのですから、謝罪など不要に御座います。むしろよくお眠りになられたご様子にこのジョゼフ、大変安堵致しました」

おお、このイケオジ執事、（もう執事で決定）ジョゼフさんと言うのか。

ところで、後方に美味しそうな匂いを漂わせているお盆を持った使用人が控えているみたいなんですけど？　ここって、寝室だよね？

「さ、ではお嬢様。お好きなアプリコットティーをお入れいたしましょう」

「……え〜と。あの、ここで……飲むんですか？」

「？　ええ。お嬢様は大抵、朝食はこちらで召し上がっておられました」

――マジか!?　なんて怠惰なんだ。

病人でもあるまいし、こんなベッドで食っちゃ寝しているなんて有り得ない！

お茶とかパンくず零したりしたら不衛生だろうが！

「……私、起きます！」

「お嬢様？」

「起きて顔を洗って服も着替えて、ちゃんと食堂でお食事をとります。ここで食べるのなんて嫌です！」

「お……お嬢様……!?」

おお、流石のイケオジ執事も焦り顔になったな。なんかいい気分だ。

そこで何故か、兄の笑顔が脳裏に浮かんでハッとする。

しかも『我儘は駄目だよ？』って優しい声が聞こえた……気がした。

これが噂のパブロフの条件反射か⁉

「あ……あの……。これって、私の我儘……なんでしょうか？」

オズオズしながらジョゼフに尋ねると、ジョゼフの顔が能面のようになり、私から顔を逸らした。

うわあぁ！　アウトかー？

「……分かりました。ですが本日はこちらにお食事をご用意してしまっておりますので、いつものようにこちらで召し上がっていただいてもよろしいでしょうか？」

よ、良かった！　ギリギリセーフだったようだ。

私は安堵の溜息をつくと、満面の笑みを浮かべた。

「はい！　勿論です！　有難う御座います！」

「……天使……！」

「はい？」

「ああ、いえ。それではどうぞ、アプリコットティーをお召し上がりください」

「はーい。頂きます！」

フワリと杏の良い香り漂う紅茶を口に含む。

うん、熱過ぎずぬる過ぎず。流石は一流の執事の淹れるお茶だ。とても美味しい。

「美味しいです！」

私の満面の笑みを浮かべた賛辞に、冷静沈着の鑑といったジョゼフの顔が好々爺《こうこうや》へと変わる。

これは……デレか？

「それはよう御座いました。さ、今日は蜂蜜とバターたっぷりのフレンチトーストと、スフレチーズオムレツですよ。はい、お口を開けて」

「……」

出ました！　ここにきてもまさかの『お口にあ～ん』

「……自分で食べます」

「ッ⁉　お嬢様⁉」

そうして私は先程のやり取りを再度繰り返す羽目になったのであった。

◆◆◆◆◆

お嬢様権限で何とか『お口あ～ん』を防ぎ切り、食事を終えた私は身支度を整えてもらうと、腹ごなしも兼ねてお屋敷探索に向かった。

今現在は、ひたすらに長い廊下をテクテク歩いている所である。

ううむ……。無駄に広いなこのお屋敷。

「お嬢様、お疲れではありませんか？」

後方から心配そうな声がかけられる。

「大丈夫よウィル。でもそろそろお屋敷の外にも行きたいです」

「そうですか。では、庭園にご案内いたします」

爽やかな笑顔を浮かべた、栗色の髪をオールバック風に後ろに撫でつけ、焦げ茶色の目をしたこのイケメン。一年前から私の専属召使になったというウィル君だ。

自己紹介をされ、そういえば私の傍にいつも控えていたなーと思いつつ「記憶が無くなってしまったので、お手数ですが色々教えてくださいね」と言った途端、膝から崩れ落ち、蹲りながら呻いていた。

……ひょっとして彼、身体のどこかが悪いのだろうか。

その後、復活したウィルに「階段は危ないですから」と言われ、抱き上げられたまま庭園へと案内された。

お嬢様ってさぁ……。いや、もうこれ慣れるしかないのかな？

「うわぁ……！　き、綺麗!!」

案内された庭園には、色とりどりの花が植えられていた。

しかもオランダのチューリップ畑みたいに、理路整然と植えられているのではなく、イギリスの庭園のように、「ごく自然にそこに咲いていています」って感じに、周囲の木々と調和するように計算されて植えられているのが分かる。

百花繚乱。そう、この言葉に尽きる。なんて素晴らしいんだ！

「お嬢様、お気に召されましたか？」

「うん、凄い！　こんなに綺麗なお庭、初めて見ました！」

興奮し、目をキラキラさせている私を、ウィルは優しい顔で見つめる。

「ここはオリヴァー様がこの屋敷にいらっしゃった時、このようにお庭を整えるように命じられたのです。お嬢様がお喜びになるだろうと」

「オリヴァー兄様が？」

「はい。実際、お嬢様はこのお庭をいたく気に入っておられました。オリヴァー様はお美しくてお優しいだけでなく、本当にご聡明なお方なのですよ」

うん、私もそう思う。

兄妹としての実感はまだ全然無いんだけど、お兄様が褒められるのって、なんか自分が褒められるよりも嬉しい。

これがいわゆる身内びいきってやつかな？

「はい！　私もそう思います！　ウィル、オリヴァー兄様の事を褒めてくれてありがとう！」

「うっ……！」

ウィルが顔を真っ赤にし、身体をよろめかせるが、私を腕に抱いている為、根性で踏ん張った。

よしよし、偉いぞ！

それにしてもこの人、真面目に医者に診てもらった方が良いんじゃないかな？

「い、いえ。当然の事を申し上げたまでです。実は私、元はクロス子爵家でオリヴァー様付きの召使をさせていただいておりました。オリヴァー様がお嬢様の筆頭婚約者となり、こちらに移られる際、私も共にここへ……」

「そうだったんですか。じゃあ、あの……。差しさわりの無い程度で構いませんので、オリヴァー兄様の事、色々教えていただけませんか？」

「はい！　勿論で御座います！」

私のお願いに、ウィルは嬉しそうに頷いた。

それから私達は外に設置されているテラスへと移動した。

そこでアフタヌーンティーセットばりに豪華な茶菓子とお茶を頂きながら、オリヴァー兄様について色々と教えてもらう。

兄様の父親であるクロス子爵は、女性達から絶大な人気を誇る美丈夫で、私の母の他にも複数人の女性を恋人にしているとの事だった。

そんな彼は、母様が溺愛している夫の一人である事。

クロス子爵に兄のオリヴァーが生き写しである事。

神童と呼ばれる程文武両道に優れ、魔力量も相当ある事……など、素晴らしいエピソードが、これでもかとウィルの口から語られた。

しかし魔力とな!?　それって火を出したり水を出したり出来る、アレだよね？

ひょっとして、私にも魔力があるかも。

そんでもって空を飛んだり魔法が使えたり出来るかも!?　おおお……夢が膨らむ！

おっと、うっかり興奮して話がそれた。

まあウィルの話を統合するに、ハイスペックな兄は、学院でも物凄くモテているらしく、将来の夫にと、あらゆる女性達から猛アピールされていたらしい。

でも本人は女性を大切に扱うけど、あまりそういった色事に興味がなく、苦労していたんだとか。

なんでも女性の誘いを男性が断るなんて失礼な事、基本出来ないのだそうだ。

唯一例外として王家の男性達だけ、女性を自分で選ぶ権利があるのだとか。

未成年という事で、何とかそういったお誘いをのらりくらりとかわしていたけど、成人である十五歳を迎えたら、どんな嫌な相手でも一定の礼儀を果たさなくてはいけないらしい。

それゆえ、ギリギリ十四歳で私の筆頭婚約者になってからは、女性達の猛攻も落ち着いたとかで、とても喜んでいたらしい。

なんでも筆頭婚約者って、婚約した女性以外の人が迂闊に手を出してはいけない決まりなんだって。

その理由は、婚約者を望まない相手や悪い虫から先頭切って守っていかねばならないからだそうだ。その代わり筆頭婚約者になった本人も、婚約者以外の女性と遊んではいけないのだそうだ。

……う～ん。それって何か、兄様割を食ってないかな？

だって婚約者の私の方は、好きなだけ男と遊んでいいんだよ？

しかし……。いくらモテても、男性って大変だぁ……。

私だったら、嫌な相手となんて、手も繋ぎたくないよ。

ひょっとして母様もそれを見越して、兄様を私の筆頭婚約者にしたのかな？

溺愛している夫との間に出来た、夫そっくりの息子なんて、私だったら何としても守ろうって思うもん。うん、多分間違いない。

だったら私も妹として、大切な兄の防波堤となるべく、立派な淑女にならなくては。

そうして出来れば兄には、自分が心から惹かれる女性と巡り合って幸せになってもらいたい。

倫理観云々を差っ引いても、あんな完璧な人が、こんな妹もどき（中身庶民の喪女だから）に生涯捧げるなんて可哀想すぎるよ。

あ、そういえば。

「ウィル。お父様って、まだこちらに来られないのですか？」

兄の話によれば、娘大好きの優しいパパらしいから、私が倒れたなんて言ったら即行、駆け付けると思うんだけど。

「ああ。旦那様は今、詰めておられる事業計画が佳境に入っておられるとかで、お嬢様が倒れられた件につきましては、家令のジョゼフ様により緘口令が敷かれ、旦那様のお耳に入っておりません。その代わりとして、オリヴァー様に連絡が行きました」

お……おう……。そっか。

どうやらジョゼフ、父を馬車馬のごとく働かせている有能な部下の一人だったらしい。

お父様、ご愁傷様です。

もう一人の兄

ウィルとお喋りを楽しんだ後、私は再び屋敷の散策を開始した。

庭を一通り歩き、広い厨房を覗き、屋敷で働く沢山の使用人達に挨拶をしながらひたすら歩く。

挨拶をする度、使用人達が驚愕の表情になって固まるのがなんだかなって感じだが、我儘なお嬢様がいきなり気安く声をかけてくれば、そりゃ驚くだろう。

「お嬢様。お嬢様自ら、私達などに挨拶される必要などないのですよ」

とウィルは言うけれど、元々体育会系で生きてきたから、無意識に挨拶が出ちゃうんだよ。

だって相手は明らかに年上の人達なんだよ？

なのに挨拶されて返事もせず、偉そうにふんぞり返っているなんて私の性に合わない。

体育会系の名が泣く。というか、人間としてダメだ。失格だ。

挨拶は人間関係の基本中の基本だ。されて嫌な気分になる人なんていない。……筈。

少なくとも私は嬉しい。

まあ、貴族のご令嬢らしくはないかもしれないけど、これに関して私は変える気は無い。

だから皆には慣れてもらうしかない。

「私は皆に挨拶したいからするのです。もちろん、皆が嫌なら止めますけど……」

「お、お嬢様！　いいえ、嫌などとそのような事は決して！　身に余る喜びです！」

「そ、そうですか？　ならよかったです」

ああ、ウィル。また歩き方がよろめいている。

あ、待って。目の前に段差が……ああ、こけた。でもまあ、幸せそうだからいいかな。

それにしても私、何気にサラッとお嬢様口調で喋れているな。

中身が真山里奈で、エレノアとしての記憶は無くなっても、身体にはしっかりエレノアの言動が染み付いているって事なのかもしれない。

そして屋敷中を散策し、私はとある事実に愕然とした。

——イケメンしかいない。

「ねえ、ウィル」

「はい。お嬢様」

「あの……。ウィルは街とか市場とか行ったことある？」

「え？　あ、はい。よく行きますよ。元々私は平民の出ですし」

「そうなんだ！　じゃあウィル、街にいた時はモテたんじゃない？」

オリヴァー兄様は別格として、ウィルだってそこそこのイケメンだしね。

「え？　い、いえ。そのような事は。でもお嬢様、何故いきなりそのような事を？」

「え？　だってウィル、カッコいいから」

「は⁉　……お、お嬢様⁉」

ウィルの顔が真っ赤に染まった。

え？　そんな照れるような事言ったか？

「あ、有り難う御座います。お世辞でも嬉しいです」

「え？　お世辞じゃないですよ？　実際カッコイイですよね？」

「いえいえ、お気を使わないでください。私など、ごく一般的な顔だと自分自身で分かっておりますから」

このレベルで一般的？　マジですか⁉

てっきり貴族の屋敷だから、イケメンを取り揃えているのかと思った。

なのにウィルの顔が一般的って、この世界……顔面偏差値高すぎる！

女性が少ない↓男選びたい放題↓必然イケメンが選ばれる↓フツメン及びそれ以下の男が淘汰される↓結果、イケメンだらけになる。

「あ……ひょっとして」

……って事……なのかな？

ちなみに今朝着替えの際、姿見で確認した私の容姿だが、真山里奈の時より断然可愛い。

光の加減で緑がかって見える、波打つ茶色い光沢のある髪。

瞳は大きくキラキラしていて、透き通るようなオレンジがかった黄色。黄褐色ってやつかな？

顔立ちも美人というよりも可愛い系だ。

けれど、この世界の男どもの常軌を逸した顔面偏差値と比べれば、わりと普通顔だ。

あの超絶美少年な兄と並んだら、確実に見劣りするレベル。

何故だ？　やはり女と違い、男は次代を残さんと自然にイケメンに生まれるよう、ＤＮＡが進化したのだろうか。

そういえば、パプアニューギニアの極彩色な鳥達は全部雄だった。

オシドリなんかも雄はド派手なのに対し、メスは滅茶苦茶地味な色合いだったし。

私のいた世界では、人間だけむしろ女性が良い男をゲットする為、美しさを磨いて競い合っていた。

でも野生動物の世界では『種を残す』為、雌に何とか自分の子を産んでもらおうと、雄たちが涙ぐましい努力と進化を繰り広げていたっけ。相手を選ぶ権利も圧倒的に雌にあったし。

……そう考えると、この国はある意味野生に近いのかもしれない。

そして自分を磨かなくても勝手に男がやってくるので、女は地味なまま……。

成程ね。そう考えると私のいた世界の女性達にとって、この世界は楽園ですな。

でも権利には義務が伴う。

ようは女性はいっぱい甘やかされて、いっぱい遊んでもいい。その代わりに、いっぱい子供を産めよ……って事だ。

もし……もしもだが、それを拒否したらどうなるんだろう。

それこそそんな女性、いらない存在だよね。

権利だけ謳歌《おうか》して、義務を果たさないなんて、それってどんな税金泥棒だよって感じだし。

でもなぁ……。

私はいくらイケメンが大挙して傅いて奉仕してくれても、出来れば一人の男性とだけ結ばれ、愛し愛される穏やかで温かい家庭を築きたい。

でもそんな考えって、この世界では異端なんだろう。はぁ……。

◆◆◆◆◆

三時のおやつの時間が過ぎ、ちょっと日が傾いた頃。

昨夜言っていた通り、オリヴァー兄様がバッシュ邸へとやって来た。

その傍らには、オリヴァー兄様よりも、やや背の高い執事服を着た男性が控えている。

『うぐっ……！　こ、これは……っ!!』

これまた顔面偏差値を更に底上げする美形、来ました！

キラキラ眩いばかりに輝く銀髪を襟足で整え、少し長めに整えられた前髪から覗く切れ長の瞳は、晴れ渡る空よりも蒼いスカイ・ブルー。

更には貧弱さを感じさせない、精悍《せいかん》で男性らしい容姿をしている。

穏やかで知的なオリヴァー兄様とは対極な風貌だが、オリヴァー兄様と匹敵する超絶美青年だ。

いや～、こんな超絶美少年と美青年が二人も並ぶとは……。

眼福なんて言葉で済ませられない。拝みたい。あまりにも眩し過ぎて目が痛い。

これは……そう、視覚の暴力だ！

そんな事をつらつら心で呟き、ぼーっとしている私に、オリヴァー兄様がにこやかな笑顔を浮かべながら口を開いた。

「エレノア。帰って来る時、もう一人連れて来るって言っただろう？　彼はクライヴ・オルセン。オルセン男爵の一人息子であり、僕の一つ違いの兄だ。つまり、君の兄様でもある」

なんと！　兄様とな⁉

数多いるという、兄弟のうちの一人ですか⁉　お母様……。あんた、本当に面食いだな！

「クライヴだ。お前とは既に数回会っているが、記憶を失くしているんだろう？　じゃあ『初めまして』でいいな。エレノア？」

終始笑顔を浮かべているオリヴァー兄様と違い、クライヴ……兄様は、ぶっきらぼうな口調で無愛想に私へと話しかけてきた。

何だろう。ちょっと言葉に棘があるみたいな気がする。

それに兄様、なんで執事服なんて着ているんだ？

「エレノア、どうしたの？」

「あ、あの……。何で執事服なのだろうかと……」

「ああ。オリヴァーやお前と違って、俺の家は男爵とは言っても、親父の武勲で貰った一代限りの爵位だ。つまり俺の立場は平民と同じって訳さ」

すかさずオリヴァー兄様ではなく、クライヴ兄様が説明をしてくれた。

成程、だからオリヴァー兄様の下で働いているんですか。苦労人なんだね兄様。

にしても、兄妹だからか元々の性格なのか、この人の気安い話し方、和むな～。

こちとら、元は庶民ですからね。下にも置かないお嬢様扱い、実は結構気を使っていたんだよ。主にボロが出るのを防ぐ為に。

なんせ私、見た目九歳児でも、中身は十八歳の喪女だからさ。

「どうした？　黙り込んじまって。ああ、こんな平民と血が繋がっているって言われてショック受けたんだろ。以前のお前は俺の事、兄とは絶対認めなかったからな」

皮肉気な口調。

そうか、さっきから言葉に棘があると思っていたけど、以前の私、この人の事兄様として認めていなかったのか。

それどころか、身分が違うとか酷い事言っていた可能性すらある。あ～、そりゃ嫌われるわ。だって、仮にも兄妹なんだよ。実の妹に拒絶されるなんて、そりゃあ傷つくって。

そういえばエレノア、オリヴァー兄様も嫌がっていたって言ってたな。全く、なんて我儘幼女なんだ。こんな素敵な兄がいたら、私だったら感激して咽び泣くぞ。

なんせ私は一人っ子だったからさ。兄弟姉妹のいる友達がずっと羨ましかったんだ。

それなのに、こんな視覚に優しくない程の超美形な兄達を粗末にしていたなんて……！　けしからん！　全くもってけしからんぞ！

「あの……」

「ん？」

「以前の事はその……。覚えていないのですが、色々と申し訳ありませんでした。それでその……

今更なのですが……」

「……うん？」

「これからは『クライヴ兄様』……と、お呼びしてよろしいでしょうか？」

「ッ⁉」

途端、クライヴ兄様の顔が真っ赤になった。

ええ、そりゃもう。ボンッって感じで一瞬にして。

「……あ……え……お、お前……」

なんかさっきまでのクールな雰囲気が、一瞬にして霧散してしまっている。

真っ赤になって慌てふためく兄様。年相応に見えて、なんか可愛いな。

「ダメですか？」

身長差がある為、思い切り顔を上げながらお伺いをする。

……クッ！　この体勢、首が痛い。

「ッ……だ、駄目って訳じゃ……」

「それじゃあ、良いのですね⁉」

「……」

「兄様？」

やっぱり我儘で自分を見下していた妹がいきなりこんな事言ったって、安易に受け入れられないよね。

でも出来れば私、オリヴァー兄様ともこの兄とも仲良くなりたい。

「……好きに……呼べばいい……」

まだ赤い顔で私から目を逸らしながら、ぶっきらぼうに返された言葉に、私の胸は歓喜で一杯になる。

「有難う御座います！　クライヴ兄様！」

あれ？　兄様の顔が更に赤くなってないか？　ありゃ、耳も真っ赤だよ。

「ふふ……良かった。二人とも、無事仲良くなれたみたいだね」

オリヴァー兄様が凄く嬉しそう。

私達の歩み寄り第一歩が嬉しくてたまらないって顔している。

オリヴァー兄様、クライヴ兄様と仲が良いんだね。

「仲良くなったところで、実はエレノアに頼みがあるんだ」

「べ、別に仲良くなった訳じゃ……」と、クライヴ兄様が何か小声で呟いていたが、オリヴァー兄様は気にせず話を続ける。

「頼み？　なんでしょうか」

「うん。クライヴをね、君の婚約者の一人に加えてほしいんだ」

「はい？」

「お、おい！　オリヴァー!?」

なんですと!?　オリヴァー兄様に引き続き、クライヴ兄様とも婚約しろとな!?

「オリヴァー！　何をいきなりそんな馬鹿なことを！」

「馬鹿なことじゃないよ。僕はエレノアの筆頭婚約者だ。エレノアの相手を選ぶ権利と義務がある。それもこれもエレノアを守る為だ。クライヴ、君もその目で確認しただろう？　以前のエレノアならともかく、今のエレノアは……危険だ。多分将来、僕一人だけでは守りきる事が出来なくなる。だから君には、僕と一緒にエレノアを守ってほしいんだ。信頼できる守り手は多ければ多い程いい」

オリヴァー兄様の言葉を受け、クライヴ兄様は難しい顔で私を見た。

うん、確かにこの世界の常識や知識をスッポリ無くした私では、なんのドジを踏むか分からないからな。お守りは多いにこしたことはないだろう。

「……だが、侯爵様がなんと言うか……」

「侯爵様も、今のエレノアを見ればきっと賛同してくれるよ。それに、最終的に決める権利はあくまでエレノアにある」

え？　私ですか？　まあ、男選ぶ権利は女子にあるってのは理解したけどさ。

でもオリヴァー兄様に続けて、クライヴ兄様まで私の婚約者にするって……なんか申し訳ない。だっていくら女子が不足しているったって、こんだけのハイスペック男子なんだから、むしろ選びたい放題だろうに。何が悲しくて二人揃って妹と婚約しなければならないのか。

「それに、婚約は君を守る為でもある。そろそろ君を狙っているご令嬢方をはぐらかすのも限界だろう？　パリス伯爵令嬢とか、ノウマン公爵令嬢とか。僕と違って、君はとっくに成人しているし」

途端、物凄いしかめっ面になったクライヴ兄様。

やはりご令嬢方から猛アプローチされていたご様子。

そういえば成人していたら、要するにHな事するのＯＫって事で……。

――はっ！　そ、そうか！

確かに婚約者がいれば、お誘いをお断りする大義名分が得られるじゃないか。

つまりオリヴァー兄様。自分同様、私にクライヴ兄様の防波堤になってほしいと言っているのだ。

分かりました兄様。

不肖エレノア。防波堤のお役目、見事果たしてご覧にいれましょう！

「オリヴァー兄様。私、クライヴ兄様と婚約します！」

「エレノア⁉」

「ああ、エレノア有り難う！」

驚愕するクライヴ兄様と、ホッとした様子のオリヴァー兄様。

「エレノア……。お前、本当にそれで良いのか？」

「はいっ！　お任せくださいクライヴ兄様！　私、これから妹として、兄様方の立派な防波堤となるべく、完璧な淑女目指して頑張ります！」

そうとも！　思いがけず出来た大切な兄達だ。

そんな彼らを自堕落な痴女の毒牙にかけてなるものか！

「『防波堤……？』」

兄様方が揃って首をかしげる。

あ、仕草がそっくり。見た目全然似てなくても、やっぱ兄弟なんだね。

私が微笑ましい気持ちになっていると、いきなり身体が浮遊感に包まれた。

そして目の前には顔面破壊力半端ない、クライヴ兄様のドアップが！

し、しかも……物凄くいい笑顔だよ！　うぉぉお……目が……！　目がぁ!!

「うひゃあ！」

思わぬ不意打ちに頭の中が真っ白になってしまい、またしても令嬢らしくない声を上げてしまう。

「有り難うエレノア。これから俺はお前を愛し、生涯守り抜くと誓う。……この命にかけて」

な、何か耳元で囁かれているけど、パニック状態の私の耳に、その内容は入ってこない。

意味も分からず、反射的にコクコクと頷くと、クスリと小さな笑い声と共に、柔らかい感触が頬に……。

キスされたと分かった瞬間、私は再び盛大に鼻血を噴き、昨夜同様、侯爵邸を阿鼻叫喚の大パニック状態に突き落としたのだった。

はぁ……。淑女への道のり、遠いなぁ……。

お父様の登場

オリヴァー兄様とクライヴ兄様。

二人の兄様方と暮らし始めてから一週間が経過した。

流石にここまでくると、今私がエレノアとしてここにいるのは夢でもなんでもなく、現実なんだなぁ……と、実感する。……いや、実感せざるを得ないと言うべきか。

ここは色々と……。本当に色々と言いたい事がある世界だ。

まず。私が大学入学を目指した切っ掛けである、男女のキラキラしく甘酸っぱい世界をすっ飛ばし、「種の繁栄」という生々しい価値観が跋扈《ばっこ》している。

そして男は皆、大なり小なりイケメンで、女は産めよ増やせよを合言葉に男と遊びまくっているのだ。


……生々しい……。生々しすぎるよ。

青春すっ飛ばして、大人の世界に突入しちゃった感、半端ない！

しかも私、恋愛経験ゼロの喪女なんだよ⁉　少女漫画見ながらラブなロマンスを夢見ていたんだよ？　なのにいきなり、レディース文庫の世界にこんにちはだよ。ハードル高すぎでしょ‼

……まあ……ね。いわゆる転生（？）しちゃったみたいだし、元の世界に戻れないなら慣れるしかないんだよね。

でもなぁ……。

出来れば一通り大学生活をエンジョイしてから、この世界に来たかったなぁ……。

幸い、戦国時代みたいな女捕り合戦的に、女が男の所有物扱いされての産めよ増やせよな訳じゃなくて、あくまで女性上位の世界なので、そこはホッとしている。

なので子づくりがメインの結婚では無く、あくまでお互いに愛し合って、その結果、愛の結晶を授かりました……って感じを目指したい。子供も、一人でも産めばオッケー……な筈だし。

結局子づくりには変わらないじゃん、なに夢見てんだ。……なんて言わないでほしい。シチュエーションは大切だよ。うん。

そして……。

「……あ！　帰ってきた！」

すっかり聞きなれた馬車の音。

時刻は午後三時過ぎ。私のこの世界で出来た兄達が学院から帰ってくる時間だ。

「オリヴァー兄様！　クライヴ兄様！　お帰りなさい！」

二人が玄関に入る前に屋敷から飛び出し、抱き着く。まずはオリヴァー兄様。そしてクライヴ兄様。この順番は常に変わらない。

何故かと言うと、以前クライヴ兄様に先に抱き着いたら、オリヴァー兄様がひっそり落ち込んでしまったからだ。

なんでもオリヴァー兄様は筆頭婚約者だし、そこら辺の優先順位は大切らしい。

それって一夫多妻のお国で、第一夫人を常に優遇しなきゃいけないのとちょっと似ている。

確か夫人達の一族も絡んでくるから、扱いを間違えると部族間戦争にも発展しかねないって、どっかのテレビの特集で見た事あったな。

一夫多妻、超面倒くさい。

私が男だったら、そんな面倒臭い思いしてまでも、何人も嫁なんていらんわ～……！って思っていたけど、まさか一妻多夫の世界に転生し、同じ苦労をする羽目になるとは思わなかったな。

まあこっちの世界では基本、夫が拗ねるだけで済むみたいだからいいけどね。

「ただいま。エレノア」

「おう、エレノア！　いい子にしていたか？」

満面の笑みを浮かべながら、兄達が私を交互に抱き締める。

うう……兄様方。相変わらず麗しくて眩しいです。

美人は三日で飽きるって言うアレ、兄様達に関しては絶対嘘ですね。

一週間経っても全く見慣れません。今日も御尊顔の顔面破壊力に、妹は目を潰されそうです。

私は兄様方の美しさに目をしばたかせながら、元気に返事をした。

「はいっ！　今日はマナーの勉強をしました！　オリヴァー兄様、後でレッスンの成果を見てください！　クライヴ兄様も、昨日教えていただいたダンスの練習に付き合ってくださると嬉しいです！」

私のお願いに、オリヴァー兄様もクライヴ兄様も揃って相好を崩す。

「ああ、勿論だよ。でもエレノアは頑張り屋さんだからね。僕がチェックするまでもなく、きっと素晴らしい出来映えだと思うよ」

「そうだな。お前は運動神経も悪くないから、付き合っているこっちも楽しいし。よし、今日はちょっと難しいステップを教えてやろう」

「有難う御座います！」

兄様方……。実は私にこうしてお願い事（我儘ではない）をされるのが凄く嬉しいみたいなんだよね。

そしてそれを教えてくれたのは家令のジョゼフだ。

「お嬢様。お嬢様は我儘をお控えになられると宣言されましたが、男にとって、愛する女性からの我儘はとても嬉しいものなのですよ。ですからほんの少しでも、お兄様方に甘えて差し上げてください」

そう言われ、愛する女性というくだりはともかく、「成程……そんなもんか」と、ちょこちょこお願いをするように心がけるようになった。

そう、あくまで『お願い』ですよ？　我儘ではありません。

今迄我儘三昧で、オリヴァー兄様はともかく、クライヴ兄様には嫌われていたっぽいからね。折角仲良くなれたんだから、再び呆れられないように気をつけなくちゃ。

ああ……それにしても、兄様方の制服姿、眼福だなぁ……。

制服は青を基調とした、スラリと身体の線が出るスーツスタイル。

それに各々、独自のアレンジを加えている。

オリヴァー兄様は貴族の子弟らしく、クラバットに青い宝石をあしらった留め具を使い、ネクタイ風にしていて華やかだ。袖とかにもさりげない刺繍が施されていて、知的で貴公子然としたオリヴァー兄様に、とてもよく似合っている。

逆にクライヴ兄様は開襟シャツを少し着崩し、クラバットの代わりに黒のタイを緩く締めている。宝石や刺繍も一切あしらわず、全体的に見ても動きやすく、ラフな感じだ。

でもだらしないって風には見えなくて、逆にそのラフさが精悍な顔の作りを引き立て、まるで大人の男のような魅力を醸し出している。

まだ十代半ばなのに……末恐ろしい十代だ。

この二人、多分学院では物凄くモテているんだろうな……。

ところで今現在、私には自分の幸せな未来予想図実現……という名の夢と共に、また別の目標があるのだ。

それは何かといえば、ズバリ！　兄様方に自分自身の幸せを掴んでもらう事。

そもそもオリヴァー兄様は、母様の命令で私と婚約させられてしまったのだ。

優しい彼の事だから、不満も言わずに私に尽くしてくれているけど、こんなに素敵な人なんだから、手近な身内なんぞで妥協してほしくない。

クライヴ兄様も同様で。私との婚約はあくまで、肉食女子を寄せ付けない為の防波堤代わりだと認識している。

それにこの兄。一見冷たい美貌を持ったクール男子に見えるけど、実は気さくな、とても優しい人なのだ。

だから私が防波堤になって、肉食女子達の魔の手から守っている間に、この人の外面だけではなく、内面を見て慕ってくれる素敵な女性と巡り合い、幸せになってほしい。

何より、この暴力的顔面偏差値と私みたいな平凡女子が並び立つなど、あまりに不釣り合い過ぎておこがましい。というかぶっちゃけ、並んで立ちたくないというのが、本音半分である。

いや、女だというだけで価値があるのかもしれないが、私の精神が持ちません。

人には分相応ってものがあるのだよ。

「エレノア？　じゃあ早速、今日習った事を見せてみて？」

オリヴァー兄様の言葉に我に返った私は、兄様方に向かって淑女のお辞儀。カーテシーを披露したのだった。

◆◆◆◆◆

更に一週間が経ち、お父様がバッシュ侯爵邸へと帰ってきた。

私の父。アイザック・バッシュは、ゆるく癖のある明るめな赤毛を持ち、私と同じく黄褐色の瞳をした、見るからに優しそうな男性だった。

顔の造形はウィルと同じぐらい。つまりこの世界ではフツメンという事だ。

「エレノア！　ああ、僕の命！　僕の事が分かるかい？　父様だよ！」

お父様は私を一目見るなり、泣きそうな顔でいきなり抱き締めてきた。

いわゆる羽交い締めというやつだ。それも全力。顔も胸に押し付けられて、呼吸もままならない。

お……おとうさま……！　お気持ちは分かりますが、少し力、緩め……！　うう……い、息が……！

「旦那様、どうか落ち着かれませ！　このままではお嬢様が圧死してしまわれます！」

ジョゼフの進言に、父様は慌てて自分の胸に押し付けていた私を解放した。

私はここぞとばかりに、必死に肺に酸素を取りこんだ。

スーハースーハー……ああ、真面目に死ぬかと思った！

「ご、ごめんよエレノア。君が記憶喪失になったと聞いて、心配のあまり、つい……」

「だ、だいじょうぶです。確かに私、記憶を失くしてしまいましたが、二週間経った今現在、頭以外はどこもおかしくありませんから！」

だから心配しないで！　という意味を込めて父様にニッコリ笑いかけると、父様は一瞬相好を崩し掛けた後、目を丸くした。

「え……？　二週間前……？」

「はい、二週間前です！」

あれ？　父様が半目になってしまった。一体全体、どうしたというんだ？

「……ジョゼフ……。僕がエレノアの記憶喪失の事を聞いたのって、確か今朝方なんだけど……？」

「はい。旦那様が携わっていた国の重要案件が、ようやく一段落したとお聞きしまして。それならばと今朝方お知らせした次第です」

「ジョゼフ！　君といい、他の者達といい、あんまりじゃない⁉　僕、一応この屋敷の主だよ⁉　そしてエレノアの実の父親だよ⁉　娘の大事を二週間後に知るって、おかしくない⁉　鬼畜過ぎだろ君達‼」

「エレノア様の命に関わる事でしたら、真っ先にお知らせいたしました。ですがお医者様もどこも悪くないと仰っておられましたし、念の為にとオリヴァー様にお知らせしておりましたから。ましてや、旦那様は大切なお仕事の真っ最中でしたし。中断されたら後々やっかい……いえ、旦那様のお為にならないかと」

「今君、本音だだ漏らしただろ!?　この悪魔！　鬼畜家令！」

「早くても馬車で一日かかる場所から、エレノア様の事をお知らせして半日で駆け付けてこられて、何を仰いますやら。文句でしたら、そのタガの外れたお嬢様至上主義を、少しでも矯正されてから仰ってください」

「うう……。僕の家の家令が冷たい……！」

……え～と……。

何だか、どっちが主か分からん会話だけど、とにかくお父様はジョゼフに頭が上がらないんだなって事は良く分かった。

そういえばジョゼフって、お父様が子供の頃からお父様のお世話してきた、いわば育ての父みたいな人だって前にウィルから聞いたな。

そんでもってお父様、ああ見えて凄く有能な方なんだって。

でも私が生まれてから、何かにつけて私絡みで腑抜けになってしまう……らしい。

今回。まさか今の今迄、お父様に私の現状を知らせていなかったとは思わなかったけど、確かに知らせた途端、電光石火で娘の所に駆け付けてくるような人には、知らせたくても知らせられないだろう。ましてや、大事な仕事の途中だったんだから。

「お父様。ご心配おかけして本当に申し訳ありません。おまけにお父様やみんなの事も全て忘れてしまって……。でもお父様はお疲れにもかかわらず、こんな親不孝者な私を心配し、こうして駆け付けてくださいました。私、今凄く幸せです！　有難う御座いますお父様！」

ジョゼフの言葉にへこみ切っているお父様に、私は『ファイト！』と心の中で檄を飛ばしながら、抱き着いた。

そんな私を、父様は先程よりも更に目を丸くしながらマジマジと見つめる。

「……え？　エレノア？　……え？　まさか、報告にあったアレって、本当……？」

父様は恐る恐るジョゼフの方へと振り返る。ジョゼフは何やら悟った様子で父様に頷いた。

「旦那様。お嬢様は記憶を失くされ、天使へと生まれ変わられたのです」

……おい、ジョゼフよ。何だその天使にジョブチェンジ発言は。

だとすると以前の私って、悪魔ならぬ小悪魔だったってことかい？　何気に以前の私をディスってませんか？

流石は父様を育てたバッシュ侯爵家の有能執事。ただのお嬢様言いなり野郎じゃなかったんだね。

「天使に……」

次に父様は、オリヴァー兄様とクライヴ兄様の方へと視線を移す。

すると先程のジョゼフの言葉に同意するかのように、兄様方も父様に向かって深く頷いた。

ちなみに他の使用人達は、私の複雑そうな心境を察してか、皆微妙に視線をそらしている。

「お父様。私、以前はとても我儘な子だったのですってね。だから罰として、こうして記憶を失ってしまったのですわ。私、これからは心を入れ替え、父様や兄様方が自慢できるような立派な淑女を目指して頑張ります！」

「エ……エレノア……！」

力強く言い放った私を見ていた父様の顔が、徐々に赤く染まっていく。

そしてその目には、うっすらと涙が……！

「ああ……本当だ。僕のエレノアはいつだって天使だったけど、まごう事無き天使に生まれ変わってしまったんだね。本当に……。こんな奇跡が起こるなんて……！」

父様は嬉しそうに、私の身体を今度は優しく抱き締めた。

フワリと良い匂いがする。

優しい父様にピッタリの、優しく甘い匂いだ。

私は父様に抱き締められながら父様の涙を手でぬぐうと、頬にキスをしてあげた。

イケメンに自分からキスするなんて、物凄くこっぱずかしいけど……。

でもこの人にはこうする事が自然なのだと、『エレノア』としての私は本能でそう感じている。

すると私を抱く腕に力がこめられ、私は再び呼吸困難に陥ってしまい、慌てた兄様方によってサバ折り状態から助け出されたのだった。

ちなみに。

お父様に抱き締められていた私は知らなかったのだが、私達親子のやり取りを見守っていたオリヴァー兄様やクライヴ兄様、そしてジョゼフは、私の姿のあまりの尊さ（？）に、目や口元を覆って感動にうち震え、使用人達に至っては膝から崩れ落ちる者が続出だったらしい。

その後、オリヴァー兄様からクライヴ兄様が私の婚約者になった事を知らされた父様だったが、もの凄く深く、納得したように何度も頷いていた。

「うん。僕もそれ、大賛成だな。むしろそうしなきゃいけないレベルだよ、あれは。もし君達二人で厳しくなりそうだったら、僕に相談してね」

はて？　何が難しくなるのだろうか？

後で皆に聞いてみたのだが、曖昧な笑顔ではぐらかされてしまうばかり。

一体なんなのだろう……気になるなぁ。

十歳になりました

私がこの世界に転生して、半年が経った。時が経つのは早いものだ。

そして精神年齢的なものは今のエレノアの実年齢に引っ張られ、曖昧なものになりつつある。

多分このまま折り合いをつけていき、いずれは融合されていくのかもしれない。

勿論、考え方や感受性はそのまま残っているけどね。

なんせ、九歳までのエレノアの記憶がスッポリ抜け落ちているのだ。

だから前世の十八歳までの記憶が基となっているのは変わらないのかもしれない。

私はこの半年間で、すっかりこの世界でのお嬢様という立場に慣れた。(笑)

そして使用人達も、私というこの世界的で言えば規格外なお嬢様に慣れた。(笑)

なんせ、あの何に対しても至れり尽くせりな、いわば女王様扱いも無くなり、私の良く知る普通のお嬢様扱いになってきたのだから。

いや～、人間って環境に適応する生き物なんだね。

ちなみに、私の最近の生活はといえば……。

「お嬢様！　マナーの先生が、もうじきいらっしゃいますよ！　さ、起きてお顔を洗って朝食に致しましょう！」

「むにゃ～……う～ん……あと五分……」

「駄目です。オリヴァー様に言いつけますよ？」

「……すぐ起きます」

「お嬢様！　土でドロドロのお洋服がベッドの下に隠されてありましたが、あれはどういった事なのでしょうか？」

「お……お花摘みに夢中になっていたら、ぬかるみに足を滑らせてしまって……」

「そういう時は、隠さずに私どもの誰かに仰ってください！」

「だって……言ったらお洋服、即行で捨てられちゃうから……。後で洗おうと思って……」

「お嬢様！　ご自分でお洗濯などと……！　ご乱心あそばされましたか⁉」

「何でそうなるの⁉」

「お嬢様！　おやつにお出しする予定のお菓子の数が足りないと、シェフから訴えがありましたが……まさか……」

「……ダンスのレッスンでお腹が空いて……つい……」

「お嬢様、つまみ食いなど、はしたのう御座いますよ。これはクライヴ様が帰られたら、ご報告差し上げなければなりませんね」

「そ、それだけは！　またオヤツ抜きにされちゃう!!」

「でしたら、今後はこのような事はなさいませんように」

「うう……。はい……」

……とまあ、大体こんな感じだ。

なんかほぼ一日に一回、誰かしらにお小言を食らっている。

あれ？　でもこれって、私の知っている普通のお嬢様よりも、扱い酷くない？　いくら人間が現状に適応する生き物だったとしても、適応し過ぎだろ!?

……まあ、我儘お嬢様が心を入れ替えて大喜びしていたのに、今度はお転婆お嬢様にジョブチェンジしてしまった訳だし、皆もお小言ぐらいは言いたくなるだろう。

それに、こうもズバズバ遠慮もへったくれも無しなのって、本音で接してくれているって事だしね。

でもさぁ……。

一応私、お嬢様なんですよ？　このお屋敷では偉い立場なんだよ？　ガラスのハートを持った小さな女の子なんだよ？　ちょっとの事ぐらい、大目に見てあげようよ。

そんな事をちょっぴり、剣の練習を一緒にしていた時、クライヴ兄様に愚痴ってみました。あ、『剣の稽古って何だ？』って思われる人もいるだろうが、これ、れっきとした護身術の一種なのだ。いざって時、自分の身を自分で守れるようにする為にね。

でも私みたいに、嬉々として毎日せっせと訓練に励む女性はレアらしい。

よっぽど周囲に優男しかいなかったりとか、守ってくれる男達に不安や不満がある女性が、仕方なく習ったりするものなんだって。

そりゃそうだよね。

頼まれなくても、寄ってたかって男性が女性を守ったり尽くしたりする世の中なんだもん。わざわざ大変な思いをしてまで護身術なんて習わないよ。

でも私は元々体育会系で身体を動かすのが大好きだったし、ダンスのレッスンは週三回程度しかなかったから、それだけでは到底物足りなかったのだ。

だから私は護身術の事を知るなりそれに飛びつき、「剣を習ってみたいです！」と、お父様と兄様方にお願いしたのだ。

「剣……。剣かぁ……。柔術ならともかく、剣はなぁ……。危ないから……」

最初、そう言って渋っていた父様を説得してくれたのは、オリヴァー兄様ではなくクライヴ兄様だった。

「危なくないよう、自分が責任を持って教えます」と言われた父様は、私の熱意もあり、最終的には折れてくれた。

という訳で今現在、私は日々木刀片手に訓練に励んでいるのである。

でも私の身体は、お人形より重いものを持ったことの無いひ弱な九歳児でしかなく、最初は木刀すら満足に振る事が出来なかった。

でも元々長く剣道を習っていたから、剣の基礎は出来ていたらしく、最初は片手間に教えてくれていたクライヴ兄様だったが、最近では私に合わせたトレーニングメニューを考え、真剣に教えてくれるようになった。

私も身体を動かすのが楽しくて、暇さえあれば素振りしているから、半年前まで私がお気に入りだったという精巧で巨大なドールハウスは、うっすら埃をかぶっている。

「何だ？　折角一緒に暮らしているのだから、もっと気さくに接してほしいと言ったのはお前だろうが」

「うう……。それはそうなんですけど……」

ちなみに今は休憩中。

先程までクライヴ兄様は私にせがまれ、剣術の型を披露してくれていたのだ。

まるで剣舞のような、美しいとしか表現できない剣さばきに、私は食い入るように魅入ってしまった。まるで前世で見た漫画の、鬼を殺して滅する剣士的なアレの技のようだ。

いいなぁ……。私もいずれ、ああいった風に剣を振るえる日がくるのかなぁ……。

「もし今の状態が不満なら、以前の状態に戻してやるが？」

「……今のままでいいです」

「だったらウダウダ文句言ってねえで、とっとと素振り五十回終わらせろ」

「はぁい」

コンと軽く頭を叩かれた私は、渋々木刀を握りしめると素振りを再開した。

そんな私を、クライヴ兄様と使用人達が揃って優しい目で見つめていたのを、私は知らなかった。

「エレノア……？　ウィルから聞いたけど。今日もこっそり、手すりを滑り台代わりにして遊んでいたらしいね？」

今日も今日とて、私はソファーに優雅に寛ぎ、優しい笑顔を浮かべたオリヴァー兄様の真正面に座らされ、会話という名の尋問に冷や汗をダラダラと流していた。

「……そ、その……。階段が長過ぎて……。わ、私だってやりたくはありませんでした！　ですが、時間短縮の為につい……」

「へえ？　その割には楽しそうに、階段を駆け上がっては何度も滑り降りていたって、ウィルが言っていたよ？」

「えっ!?」

私が慌てて後方に控えていたウィルを振り返ると、ウィルはすかさず私から視線を逸らした。

くっ……！　ウィルの奴め！　こっそり見ていただけではなく、更なる罪を犯すのを見届ける為、あえて私を泳がせていたというのか!?　なんて卑怯な……!!

「エレノアが全く我儘を言わない良い子になってくれたのは、とても素晴らしい事だ。でもね、手すりを滑り降りたり、お菓子をこっそり盗み食いしたり、怒られそうだからって証拠隠滅しようとする……。これって、立派な淑女って言えるのかな？」

「……言えません……」

「だったら、これからは止めようね？　せめて手すりを滑り降りる事だけは絶対止めておくれ。君がいつか怪我をするんじゃないかと、君の父上も僕もクライヴも……そして勿論、使用人達も心配で仕方が無いんだから」

言葉の通り、オリヴァー兄様の美しい御尊顔が曇っている。

私の胸がズキリと痛んだ。うう……お兄様、不甲斐ない妹で済みません。

「オリヴァー兄様。私、もう手すりを（なるべく）滑り降りたりしません。……本当にごめんなさい」

「……うん。まあ、とりあえず信じようかな？」

私の心の副音声を感じ取ったか、兄様が含みのある笑顔を浮かべた。

ここがオリヴァー兄様の恐ろしい所で、この人の前で隠し事をするのはほぼ不可能に近い。

例えばだけど、こんな感じにニコニコ顔で核心をズバズバ衝かれ、真綿で首を締めるように尋問されたら、きっと誰もが土下座で許しを請うんじゃなかろうか。

しかも常識外れな美貌が相乗効果となっているんだから、恐ろしいなんてもんじゃないだろう。

多分、直情型でズバッと正面から切り込むタイプのクライヴ兄様よりも、恐ろしいに違いない。

当のクライヴ兄様も「あいつに口で勝てた例がねえからな。お前もあいつだけは怒らすなよ」と私に口癖のように言っているしね。

私は内心の焦りを誤魔化すように、座っていたソファーから下り、オリヴァー兄様の元へと向かった。そんな私を、オリヴァー兄様は抱き上げ、自分の膝の上へと乗っけてくれる。

私が兄様の首に手を回し抱き着くと、オリヴァー兄様は途端、蕩ける様な笑顔を浮かべながら、私の頬にキスをした。

……うん。こういう時は、甘えて誤魔化すのが一番だ。

実際、オリヴァー兄様にはこの手が一番効く。きっと今迄妹（私の事だが）に冷たくされていたから、その反動なんだろう。

こっぱずかしいのであまりやらないようにしているけど、本当に効果てきめんだ。

こういう所、自分でもこすっからいなーと思うけど、使えるものはなんだって使うさ。私だって命は惜しい。

「可愛いエレノア。じゃあ、お小言はこれで終わり。今日あった事を僕に話してくれるかい？」

「はいっ！　オリヴァー兄様のお話もしてくださいね！」

オリヴァー兄様とクライヴ兄様が私の日常を知りたいのと同様、私も二人の日常を聞く事をとても楽しみにしている。

なんせ私はほぼ毎日、この屋敷内だけで過ごしているのだ。

年の近い子供もいないし、どこかに出かける訳でもない。ぶっちゃけ暇だ。

でも女の子って、ある一定の年齢になるまでは、自分の家からあまり出ないのが普通らしい。

貴重な『女性』に万が一の危険が無いようにする為だそうで、当然の事ながら私も、この屋敷の中で籠の鳥となっているって訳だ。

『ようするに、女の子の親族ないし周囲の人間達は、閉じ込められている女の子を不憫がり、徹底的に甘やかす。そして「世界は自分が中心！」の我儘娘が育つ……って図式なんだよね。だから外の世界に出た途端、一気にはっちゃけるのかな？』

うん。気持ちは分かるけど、はっちゃけ過ぎるのは止めようねと言いたい。

ちなみに貴族の子女がお茶会に参加し始めるのが、大体十歳前後。

庶民ではもうちょっと年齢が高くなってから、徐々に社交の場に出て行くみたいだ。

そして私は来週末に、晴れて十歳の誕生日を迎える。

つまり、いずれはどこぞかのお茶会に参加するのである。

不安はあれど、とても楽しみだ。

『流石に、一人ぐらいはまともな子がいる……筈。そしたら勇気を出して話しかけてみよう。ひょっとしたら、友達になれるかもしれない』

お父様に雇われた先生達の中には、女性もいる事はいるんだけど、妙に年を取っていたり、女性の恰好をした男性だったり（女性が少ないからか、割とそういう人は多いらしい）で、普通のガールズトークは残念ながら出来ていない。先生と生徒の関係性もあるしね。

ぶっちゃけ私は、年の近い同性の友人に非常に飢えているのだ。

前の人生のように、とりとめのない馬鹿話に花を咲かせたり、気になる異性の話で盛り上がったりしてみたいのだ。切実に。

「お兄様。私、いつ頃お茶会に参加できるのでしょうか？」

「ん？　そうだね、おいおいね。それよりエレノアの誕生日だけど、盛大にお祝いしよう。エレノアは何か食べたいものとかある？」

「え？　えっと、大きなふわふわのチョコレートケーキが食べたいです！」

「そう。じゃあ、他にも色々なケーキをシェフに頼んで作ってもらおうね？」

「わーい！」

……あれ？　何となく、はぐらかされたような気がする。

その後。それとなくお茶会の話をふってみても、何故かすぐ別の話にすり替えられて終わってしまった。

クライヴ兄様に聞いた時など、はぐらかすどころか華麗にスルーされた。

何故だ……。お茶会に何か重大な秘密でもあるというのか……？

◆◆◆◆◆

そうして迎えた誕生日当日。

パーティーの準備で大忙しの我が家に、サプライズなお客様方がやって来たのだった。

私は朝からくたびれ果てていた。

……いや、それ以前にもう、くたびれ果てていたけどね。

まず誕生日に私が着るドレスの色で、父様・オリヴァー兄様・クライヴ兄様の意見が合わず、散々揉めた。

「やはり天使なエレノアのイメージとしては白が外せないよ」

「いえ。エレノアの可憐で明るい色彩を引き立てるのは、やはり深い碧のような落ち着いた色合いではないかと」

「エレノアの可愛らしい顔立ちだと、パステルカラー一択だな」

「……あの……。私はどの色でもいいんですけど……」

「「「エレノアは黙っていなさい！」」」

「……はい……」


こんな感じで、協議という名の言い合いを何時間も繰り返した結果。使用人達をも巻き込み、厳格なる投票が行われるにまで至った。

その結果、私のドレスの色は白いレースをふんだんに使用した、淡いヘーゼルグリーンに落ち着いたのであるが、何気に三人の希望を取り入れ、妥協した結果ではないかと私は疑っている。

そのドレスだが、バッシュ侯爵家が懇意にしているオネェ様なデザイナーが呼ばれ、頭の天辺から爪先まで半日以上もかけて事細かく採寸された。

その挙句、試作品を毎日山のように送ってこられた結果、連日ファッションショー状態になってしまったのだった。

自分のドレスなのに、もう最終的にはどうでも良くなって「これでいい」と適当に指差し決めた訳なのだが、私の妥協を見抜いたオリヴァー兄様によって、真剣にしっかりとドレスを選ばされましたさ。

もう、選び終わった時は燃え尽きていたよ。真っ白だったよ。

でも身に着ける装飾品とかの類は、男性が選ぶものと相場が決まっているらしく、私は一切関与せずにいられた事に、ホッと胸を撫でおろした。

そしていよいよ、本番である誕生日当日。

私は朝早くから起こされると、ジョゼフの手により風呂に入れられ、頭の天辺から爪先まで、丁寧に磨き上げられた。

更にペチコートのような下着を身に着けた私を、美容専門の召使達が取り囲み、あれよあれよと言う間にドレスアップさせられる。

その後は椅子に座らされ、ヘアアレンジやらメイクやらを時間をかけて施され、半ばウトウトし始めた頃、ジョゼフにそっと起こされた。

「お嬢様、お支度が整いました。大変愛らしゅうございますよ」

美容専門の召使達も皆、やり切った感半端ない良い笑顔で頷いている。

もうこの時点でかなり疲れてしまっていたのだが、やはり私も女子の端くれ。期待にドキドキ胸膨らませながら全身が映る姿見の前へと立つと、そこには……。

「わぁ……!」

普段よりも数倍可愛らしく、華やかな女の子が映り込んでいたのだった。

白いレースのリボンで緩く編まれた髪の毛には、小さな白い花の飾りがあちこちに編み込まれ、艶々したヘーゼルブロンドの髪にとても映えている。

元々パッチリしている大きな目にもナチュラルメイクが施され、唇にひかれた薄紅色の口紅と相まって、なんだかやけにコケティッシュだ。

そして私が燃え尽きながらも頑張って選んだドレスだが、裾が足首までの、ふんわりボリューム感のあるプリンセスラインである。

エンパイアラインやマーメードラインも捨てがたかったけど、この年でアレは流石に大人っぽ過ぎて断念。似合う子には似合うのだろうけど、私って基本、可愛い系だからさ。(背も小さいし)

それにしてもこのドレス。一見地味とも言える淡いヘーゼルグリーンなのだが、光が当たると反応し、艶々と光り輝いて一気に華やかな雰囲気へと変わる。

更に美しい白いレースが上品でシックな印象を与え、お世辞抜きでとても素敵だった。

ドレスに合わせた装飾品も、どれもこれも一級品だろうって感じのゴージャスさだ。

特に耳飾りとお揃いのネックレスが凄い。

小さなダイヤモンドが無数に散りばめられている中央に光り輝いている、エメラルドらしき宝石……。これって絶対本物だよね。

ドレスと合わせて、一体幾らかかったのだろうか……。

金額を知るのが恐い私は、根っからの庶民です。

「いかがですか?」

「とっても素敵！　まるでお姫様になったみたいです！　皆、本当に有難う！」

満面の笑みでお礼を述べると、ジョゼフ以下、使用人達が一斉に顔を手で覆って俯き、身体を震わせる。

うむ。ここ最近こういった反応無くなっていたから、なんか新鮮だな。美少女（？）の魅力に打ち震えるがいい。化け学万歳！

「エレノア？　入ってもいいかな？」

……などとアホな事を心の中で言っていたら、お兄様方の登場ですよ。

はい。勿論です。どうぞ！

『ヴッ!!』

室内に足を踏み入れた兄様方の姿を見た私は、ヒュッと息を呑んだ。

オリヴァー兄様とクライヴ兄様。

どちらも黒をベースとした貴族の正装を身に纏っているのだが、その貴公子然とした美しさといったら……！　今迄「お姫様みたい」とか自画自賛して浮かれ切っていた自分自身を、殴り倒したい気分だ。

私が兄様方の晴れ姿（？）に釘付けになっているのと同様、兄様方も目を見開いた状態で私の姿を無言で見つめていた。

――互いに無言で見つめ合う事しばし。

兄様方の眩しさに目が痛くなったのと、あまりにも格の違いを見せ付けられた情けなさに、兄様方と顔を合わせていられず、思わず俯いてしまう。

次の瞬間、私の身体は浮遊感に包まれた。

慌てて顔を上げると、なんと目と鼻の先にオリヴァー兄様のドアップが……！

……鼻血を噴かなかった私を、誰か褒めてほしい。

しかし耐えきったは良いものの、胸がバクバクし、顔もあわあわと真っ赤になってしまう。

そんな不甲斐ない私を見ながら、オリヴァー兄様がうっとりと、蕩けそうな笑顔を浮かべた。

「ああ、エレノア。僕のお姫様。なんて綺麗なんだ。まるで木漏れ日の中に佇む花の妖精のようだよ」

ぬあああぁぁ!!　オリヴァー兄様のほめ殺しキターッ!!

「ああ。本当に綺麗だ……俺のエレノア」

ククク……クライヴ兄様までッ！！！

ああっ！　いつものクールなお顔がオリヴァー兄様並みに甘々にっ!!　ほっ、頬まで薄っすら赤く染まっているなんて……そんな！　ツンデレのデレ到来ですか!?　兄様方、いけません！　妹を褒め殺すおつもりなんですね!?　殺人は犯罪なんですよ!?

「わっ……私なんかより……お……おっ……お兄様方の方が……カッコいい……ですっ！」

表現のレパートリーが貧相で済みません。でもこれ以外言いようがないんです。

「ふふっ。有難う、エレノア」

「お世辞でも嬉しいぞ」

オリヴァー兄様とクライヴ兄様が揃って笑顔になる。

……くっ……駄目だ！　もう眩し過ぎて目を開けていられない！

「エレノア？」

「……お前、なに目を手で覆っているんだ？」

「いえ、眩し過ぎるので、目の保護の為に……」

「「目の保護？」」

兄様方がまたハモってる。

目を覆っているので分かりませんが、多分シンクロして首を傾げているんでしょうね。あれって見ていて和みます。超好きです。ああ……見たかった。

「……うん、まあ……。エレノアの意味不明な発言はいつもの事だし。丁度いいからこのまま侯爵様の所に行こうか」

「そうだな。多分、今か今かとソワソワワクワクしながら待っているだろうからな」

「エレノアのこの姿を見たら、感激して涙ぐまれるんじゃないかな？」

「そうだな。その後でエレノアを抱き潰されないように気を付けないとな」

兄様方の楽しそうな会話が耳に入ってくる。

オリヴァー兄様とクライヴ兄様って、本当に仲が良いよね。

本人達から聞いた話によれば、クライヴ兄様のお父様であるオルセン男爵って、この国の英雄と言われている程強い冒険者なんだそうだ。

で、諸々の功績が認められて、一代限りだけど名誉男爵の爵位を国王様から与えられたんだとか。

そんでもって、オルセン男爵とオリヴァー兄様のお父様であるクロス子爵。

この二人はどういう訳だか親友で、しょっちゅう冒険に出かけるオルセン男爵の代わりに、クロス子爵がほぼ、クライヴ兄様の面倒を見てくれていたのだそうだ。

だからオリヴァー兄様とクライヴ兄様は、実の兄弟同然に育ったって訳。

そりゃー仲も良くなるよね。

そうして私はそのまま、オリヴァー兄様の腕に抱かれながら父様が待つ食堂へと向かった。

だが何故か途中でクライヴ兄様にバトンタッチ。

……ヤバイ。私、重かったのだろうか？

今日は心ゆくまでご馳走を堪能しようと思っていたけど、やっぱり少し控えた方がいいのかな？

「オリヴァー。代わって良いのか？」

「あのねぇ。僕はそこまで狭量じゃないよ。それにクライヴの物欲しげな顔が凄く可笑しかったからさ」

「……確かに俺もエレノアを抱っこしたかったのは認めるが、物欲しげな顔は余計だ！」

残念な事に、デブ疑惑にショックを受けていた私の耳に、兄様方の会話は入ってこなかったのだった。

◆◆◆◆◆

食堂のドアの前へと辿り着くと、クライヴ兄様は私を床に下ろしてドアをノックする。

「侯爵様、エレノアを連れてまいりました」

そう告げると、まるで自動扉のようにドアが開いた。

私はちょっと緊張しながら、それぞれの手を兄様方と繋ぎながら食堂に足を踏み入れた。

その瞬間。

『ッッ!?』

私は思わず石化してしまった。

だって、食堂には正装に身を包んだ普段の数倍カッコいいお父様の他に、二人もの超絶美形がこちらを向いて微笑んでいたのだから。

一人は長く艶やかな漆黒の髪と、愁いのある黒曜石のような瞳を持った、優美極まりな紳士。そしてもう一人は、短く切った銀髪に真っ青に晴れ渡る青空のような碧眼。そしてスラリとしているが物凄く引き締まった、細マッチョな体躯の大柄な男性。

どちらもお父様同様、どう見てもオートクチュールの一点ものだって分かる、上質な正装に身を包んでいて……。なんかね……もう、この部屋の顔面偏差値が臨界点を突破しましたって感じだ。キラキラし過ぎて目が痛いどころではない。真面目に目が潰れてしまう!

「え?　父上!?」

「親父!?　どうしてここに!?」

兄様方が、珍しく焦ったご様子です。

……ってか、あんたらの父親かーい!!

そりゃあ超絶美形な訳だよ!　よく見れば髪も目も同じ色だし、顔の作りもそっくりだし。

つまりはお兄様方、将来ああなるって事なんですね!?

眼福通り越して目が潰れます！　ヤバいです！

「ふふ、驚いたかい？　実は君達には内緒で招待していたんだよ！」

父様の悪戯が成功したようなドヤ顔が目に優しい……。

はぁ……癒し要員だなぁ父様。ありがとう御座います。娘の目と心は、貴方のお陰で瀕死を免れました。

「久し振りだね、オリヴァー」

「よう、クライヴ！　お前の大事なお姫様を拝みに来てやったぜ！」

息子達を見ながら、私のお父様と一緒に笑っている兄様方のお父様達。

この三人って、仲良いんだ。なんか意外。

「で、この子が噂のお姫様か。ああ、マリアによく似た可愛らしい子だね」

「本当だなー！　でも目元はクリクリしてアイザック似だな。マリアのがキツくて細いだろ」

「グラント……。それ絶対、マリアには言わない方が良いよ？　ああ……それにしてもエレノア！なんて可愛らしいんだ！　本当に僕の天使は天使よりも天使！」

父様、物凄く嬉しそうだね。

なんか背景にピンク色のハートが飛びまくっているのが見える気がします。

そんな事をぼんやりと思いつつ、私を見ながら嬉しそうに微笑む兄様の父様方に対し、私はまだ硬直が解けずにいた。

「エレノア？　二人にご挨拶は？」

父様の優しい呼びかけに、私はハッと硬直から解け、慌ててマナー講座で叩き込まれたカーテシーを披露した。

「は、初めましてクロス子爵様。オルセン男爵様。アイザックの娘のエレノアです。お会い出来て光栄です」

途端、和気あいあいとしていた雰囲気が、水を打ったように静かになった。

あれ？　おっかしいな？　私としては精いっぱいの歓迎挨拶をしたつもりだったのだが……。

「……駄目だね」

「……ああ。不十分だ」

「えっ⁉」

慌てて顔を上げると、二人が真顔でこっちを見つめていた。

ドッと背中に冷や汗が流れ落ちる。

な、何が足りなかったというのだろうか⁉

「ここは無粋な敬称ではなく、『お父様』と呼んでくれなきゃ！」

「そうそう！　俺達の息子の嫁なんだから、父様呼びしてくれなきゃ駄目だよな！」

その言葉に、私はドッと脱力感に襲われた。

なんなんだよもう……。なに失敗したのかって、凄く焦せっちゃったじゃないか！

「父上……。何を言い出すかと思えば……」

「親父……。なにガキみてぇな事言っているんだ。エレノアを困らせるな！」

「何を言う。可愛い娘に『父』と呼ばれるのは、この世の男性全ての憧れなのだぞ⁉」

「そうだそうだ！　アイザックばっかり娘つくりやがって、ずっと羨ましかったんだからな！　待望の父親呼びを堪能する絶好の機会を見過ごせるか！」

……オルセン男爵はともかく、クロス子爵……。見た目を裏切って、かなりおちゃめな性格をされてらっしゃる。

なんか見た感じ正反対っぽいこの二人が仲良くなった理由、分かっちゃった気がするよ。

「さあ、エレノア。『メルヴィル父様』だよ。言ってごらん？」

「俺はグラントだ。『グラント父様』って言ってみな？」

うわぁ……。お二人とも、目が期待でキラッキラしていますよ。

うう……で、でも、こんな大人の色気だだ漏れな超絶イケメンを、いきなり『お父様』呼びするのって凄く恥ずかしい。恥ずかしいけど！　でも、こんなに期待した顔をされたら、応えない訳にはいかないじゃないか……！

「……メ……メルヴィル……父様……。グラント……父様……？」

こっぱずかし過ぎて真っ赤になりながら、消え入りそうなぐらい小さな声で名前を呼んだ瞬間、二人のお義父様プラス私の父が、揃いも揃って赤くなった顔を伏せて身悶えだした。

よく見れば、兄様方も周囲に控えていた使用人達も父様方同様、肩を震わせて俯いている。あ、ウィルなんて、久々に蹲っちゃっているよ。

おい君！　傷は浅いぞ、しっかりするんだ！

「……ッく……。いい……。最高……！」

「ああ……。まさに今が人生の絶頂期だな……。ドラゴンぶっ潰した時より滾《たぎ》るぜ……！」

「この世に天使が降臨した……!!」

「……あの……。父様……？　兄様……？」

周囲が静かに萌えたり悶えたりしている中、私は途方に暮れながら『あのバースデーケーキ、美味しそうだな。いつ食べられるのかなぁ……』と、現実逃避していたのだった。

◆◆◆◆◆

父様方も兄様方も何とか立ち直り、遅ればせながら私の誕生会が開始された。

母様はと言うと、今現在妊娠中でつわりが酷くて不参加だそうだ。

ちなみに子供の父親だが、この場にはいないとだけ言っておこう。

まずは私以外の全員がワインで乾杯。私は当然、ジュースで乾杯。

そうして父様方や兄様方から温かいお祝いのお言葉を頂いた後、宴がスタートした。

ちなみにプレゼントのやり取りだが、私のリクエストで食後に決まった。

だってさっきから私、テーブルの中央に鎮座している三段重ねの豪華なチョコレートケーキに目が釘付けになってしまっているし、実は朝から何も食べていないから、もうお腹はペコペコなのだ。

こんな状態でプレゼントをもらっても、心からはしゃげないに違いない。

物欲よりも今は食欲。花より団子とは、昔の人はよく言ったものだと思う。

そうして採れたてフレッシュな野菜を使った前菜から始まり、私の大好きなクラムチャウダー風な魚介のスープ。焼きたてふわふわパン。魚料理……と、次々と運ばれてくるフルコースに舌つづみを打ちながら、皆で談笑する。

そして本日のメインディッシュはなんと、グラント父様が狩ってきたサラマンダーの、フィレ肉を使った香草焼き。

なんでもこの日の為に、今年生まれのサラマンダーが生息する地域を調べて狩ってきてくれたんだって。つまりは子羊ならぬ、子サラマンダー？

ちなみにサラマンダーとは、コモド大蜥蜴のような姿をした魔物である。

貴族でも中々手に入れる事が出来ない珍味で、味も良く。何より滋養強壮に優れているのだとか。

確かに肉はまるで上等なカモ肉のように濃厚で、非常に柔らかくてジューシーで美味しかった。

そこからグラント父様が今まで冒険してきた国内外の話や、今まで討伐してきた魔物との戦闘についての冒険譚が始まった。

そのリアルファンタジーな世界観に、私は夢中になって聞き入ってしまった。

「それにしてもエレノアは変わってんなぁ。魔物退治の話がそんなに面白いか？」

熱心に話を聞く私に気を良くしたか、相好を崩しているグラント父様に、私は元気いっぱい頷いた。

「はいっ！　凄く面白いです！　私もいつか低級の魔物でいいから、狩りをしてみたいです！」

「エレノア！　そんな危ない事、私は絶対許可しないよ!?」

「え～！　父様、そんなぁ！　折角クライヴ兄様に剣を習っているんだし、一回だけでも！」

「駄目です！」

「父様のケチ！」

「ははっ！　勇ましいことだ。じゃあ大きくなったら俺と一緒に冒険に行くか？　なあ、アイザック。俺が責任もってエレノアを守ってやるよ。それならいいだろ？」

「うぅ……っ。グラントとか……。う～ん……」

「エレノア！　行くんなら親父じゃなく、俺が連れて行ってやるよ！」

今迄黙って聞いていたクライヴ兄様、すかさず参戦です。

ちなみに私の席は、いわゆるゴットファザー席と呼ばれる誕生席……ではなく、オリヴァー兄様とクライヴ兄様との間で、それぞれのお父様達と対面になるように座っている。

正式なマナーに則れば邪道みたいだけど、身内だけだからこれでいいんだって。

お父様、フランク思想だよなー。大好き！

「えっ!?　本当ですか？　クライヴ兄様！」

「ああ。ただ、お前がちゃんと自分で自分を守れると判断してからな」

「じゃあ訓練、もっとします！　頑張って強くなりますから、そうなったら絶対連れて行ってくださいね？　クライヴ兄様、約束ですよ!?」

「ああ。約束だ」

「じゃあ指切りしてください！　嘘ついたら嫌いになりますからね!?」

私が小指を差し出すと、クライヴ兄様が苦笑交じりに自分の小指を絡めてくれる。

そのまま指切りしながら「エレノア……。僕はまだ許した訳では……」という、お父様の呟きは丸無視させていただいた。ごめんよ父様。

「それじゃあ僕も、後方支援として参加しようかな?」

「オリヴァー兄様も? 一緒に行ってくださるのですか⁉」

「うん。エレノアが行くなら絶対に参加するよ。僕の魔力は攻撃系に特化しているから、エレノアを守ってあげられるしね」

そうでした。

実はオリヴァー兄様の魔力属性は『火』なのである。

ちなみにクライヴ兄様は『水』だ。

なんかイメージ的に逆な印象を受けるのだが、持っている魔力が強ければ強い程、その人の纏う色素として現れやすいんだって。

そう考えるとクライヴ兄様が水ってのは、色素的に納得だ。

オリヴァー兄様も魔力を使う所を見せてもらった事があったのだが、なんとその時のオリヴァー兄様の目は深紅だったのだ。

髪の色も光沢が赤みを帯びていて、普段理知的で物静かなイメージのオリヴァー兄様が、ちょっとワイルド系になったそのギャップに、私の心は萌え滾ったものだった。

……ん? 待てよ?

もしこの兄達と魔物狩りに行ったとする。そして魔物が現れたとして、クライヴ兄様が瞬殺するか、オリヴァー兄様が消し炭にするかで終わりになりそうだな。

あれ？　私の出番無くない？

ちなみに私の魔力属性は『土』……うん。確かに私のカラーって茶色系だもんね。

う～ん……でも『土』って防御系のイメージしかないなぁ……。

まだ魔力操作の訓練はしていないけど、いずれオリヴァー兄様が教えてくれるって約束してくれたし。私も兄様達に負けない攻撃力を磨こう。出来る事なら魔物、自分で倒したいしね。

「それじゃあ私。剣と魔力操作、どっちも上達したら、自分の剣に魔力を込めて戦ってみたいです！」

気を取り直し、ワクワクしながらそう元気に宣言する。

魔力を剣に込めて戦う。

それってよく、漫画や小説で主人公達がやっているアレですよ！

前世では自分の姿を主人公達に投影して、空想で盛り上がっていたアレを、まさか自分で出来るかもしれないなんて……。人生って本当分からないものだ。

「剣に魔力を込める？」

あれ？　兄様方が私の発言に首を傾げたり不思議そうな顔をしたりしている。

この世界ではそういう戦い方ってしないのかな？

「あの……。私、何か変な事言いましたか？」

「いや。変な事というか……。そういった戦い方って、ちょっと聞いた事が無かったからね」

「そもそも普通の剣に強過ぎる魔力を注いだら、負荷に耐え切れんだろ。下手すりゃ割れちまうからな」

ええぇ！　そうなんだ！　……うう……。私の中二病的野望が……。

「……いや、『普通の剣』なら割れてしまうが、特別な素材で出来た剣だったらどうだろう。ねえ、グラント？」

「ああ。多分オリハルコンやミスリルなら、どんだけ魔力を込めても割れねえだろ」

おおお！　オリハルコンとミスリル!!

特殊な鉱物って言ったら、やっぱそれだよね。この世界にもあったんだー！　感激!!

「……しかし驚いたな。まさか十歳になったばかりの……しかも女の子の口から、そんな戦い方を提言されるとは思わなかった。今迄は魔力と剣をそれぞれ使い分けて戦っていたが、確かにその方法なら攻撃の威力が何倍にも膨れ上がるだろうし、射程距離も飛躍的に延びる。何より無駄が無い。魔力量が少ない奴も、魔導士に魔力を込めてもらって戦えば戦力が桁違いに上がる。……うん。早速、試してみるか……」

そこまで言ってから、グラント父様は私を感心したように見つめた。

「エレノア。ひょっとしたらお前のアイデアで、これからあらゆる戦法が変わるかもしれん。まったく、たいしたお姫様だ！」

「そ、そう……ですか？」

よく分からんが私の言っていた戦い方、どうやらアリらしい。

「エレノア。グラントはこう見えて、この国の軍事顧問をしているんだ。その彼に褒められるという事は、とても凄い事なんだよ」

メルヴィル父様の言葉に首を傾げる。

私、別にそんな大層な事言っていないと思うんだけど……。むしろ剣に魔力を込めるのって、凄くポピュラーで誰でも思いつくんじゃないかな。

あ。でも私の思い付きの基は前世の漫画からだし、戦い方が確立しちゃっている世界では、中々そういったアイデアは思いつかないのかもしれないな。

「さて。そろそろエレノアが一番楽しみにしていた、メインディッシュへと移ろうか？」

父様の言葉に、私はパッと顔を輝かせる。

やった！　いよいよバースデーケーキの出番だ！

そうです。私の真のメインディッシュはケーキなのです！

テーブルの中央に燦然とその存在感を示していた、ふわふわスポンジに濃厚なチョコクリームがたっぷりとかかったチョコレートケーキ。

ああ……。この瞬間をどれ程待ち侘びていた事か……！

今迄のフルコースで結構お腹一杯だけど、甘い物は別腹なのだ。

さあ、気合を入れて食べるぞ！

「お嬢様。どうぞ」

「わぁ……！」

私の目の前に置かれたお皿には、綺麗に切り分けられたチョコレートケーキの他に、凄く小さな一口サイズのケーキが沢山盛られている。

あ。この中央の黄色いタルト、私の好きなカボチャのタルトかな?

わ! カラメルとカスタードの二層になったプリンもある! 嬉しい!

「お嬢様、お代わりは沢山ありますからね。旦那様方やお客様方も、もしよろしければお好きなケーキをお選びになってください」

ジョゼフの言葉通り、バースデーケーキの横には大きなアフタヌーンティースタンドに、ミニケーキが所狭しと鎮座している。

「はーい!」

私は元気に返事をした後、早速チョコレートケーキを口に含んだ。

うん、美味しい!

フワフワしていながらどっしり存在感のあるスポンジと、濃厚ながら口に入れた瞬間、シュワッと溶けていくチョコレートクリームとのハーモニーが最高!

はい。言われずともお代りをしますとも!

でもまずは皿にのっかってるケーキを全部食べてみなくちゃね。

「ほぉ……。これは可愛らしいケーキだね。でも何でこんなに小さいのかな?」

あ。メルヴィル父様、不思議そうな顔をしている。

「だってこうすれば、沢山色んなケーキが食べられます!」

「大きくても、色々食べられるだろう?」

「それはそうなんですけど……」

「父上。エレノアは食べ物を残す事が嫌いなんですよ」

すかさずオリヴァー兄様が、私の代わりに答えてくれる。

それに対しメルヴィル父様のみならず、グラント父様も目を丸くした。

「前はちゃんと普通のサイズのお菓子だったのですが、エレノアがこうすれば残さないで色々な味を楽しめるからって」

そう。私は基本、食べ物を残すのが許せない性質なのである。

だから出されたものは全部食べるのを心がけているんだけど、食事と違い常にふんだんに、それこそ四六時中提供されるのが、ケーキやクッキー、タルトといったお菓子達だ。

前世では滅多にお目にかかれなかった、趣向を凝らした美味しそうなお菓子の数々。

甘党の私はつい、あれもこれもと食べ過ぎ、度々お腹を壊してしまっていた。

遂には兄様方に怒られてしまって、「実は……」と、食べ過ぎてしまう理由を話す羽目になったのだった。

兄様方は先程のお父様方同様、驚きに目を丸くしていた。

きっと私の貴族令嬢らしからぬ発言に呆れられていたのだろう。

でも私が食べ残してしまったものは、間違いなく廃棄されてしまうのだ。それじゃあ折角作ってくれたシェフに申し訳ない。

それ以前に、そのお菓子の材料を作ってくれた人達にも申し訳ないじゃないか。

だって彼らは廃棄される為に頑張って作物を作っている訳じゃないのだから。

『米一粒、汗一粒』

お米を実らすには、それ程の苦労と努力がいるという昔の人の言葉である。

……あ。こっちの場合は『麦一粒』か。

ともかく私は、お祖母ちゃんがずっとお米を作っていたから、小さい頃からごく自然にそう言われて育ってきたのだ。だから「貴族令嬢らしくないって」なんて、そんなくだらない理由で食べ物を残すなんてしたくない。

私はそれを前世のなんちゃらに関してはオブラートに包みつつ、一生懸命兄様方に説明した。

そうしたら兄様方も私の気持ちを理解してくれたのだ。

……何故か物凄い勢いで私を抱き潰しながら。

「それじゃあ、エレノアが食べ残したお菓子は僕とクライヴが食べてあげる。だからエレノアは、好きなものを好きなだけお食べ」

そうオリヴァー兄様は言ってくれたのだが、クライヴ兄様はともかく、オリヴァー兄様はあまり甘い物を得意としていない。

クライヴ兄様だって普通に食べる程度で、私みたいに物凄い甘党な訳でもない。

私の尻ぬぐいで兄様方に辛い思いはさせたくない。

でもお菓子は食べたい。……ああ……どうすれば……！

ふとそんな時に思いついたのが、前世でよく行われていたビュッフェだ。

色々な種類を沢山食べられるようにと、だいたいのビュッフェのデザートは一口か二口サイズだった。あれを適用すればいいじゃないかと早速提案したのだった。

「……成程。それでこのサイズになった訳なのだね」

なぜか真顔のメルヴィル父様に、私は焦った。

貴族のお客様に対してこんなサイズのお菓子を出すなんて、常識外れじゃないかと呆れられたに違いない。ここは父様とバッシュ侯爵家の名誉の為に、何か言わなくては。

「あ、あのっ！　説明申し上げた通りこのサイズになったのは、決して我が家の台所事情が苦しいとか、お客様をないがしろにしているとかではないのです。私の食い気が招いた結果というか……」

私の必死の言い訳を聞いたメルヴィル父様は、ちょっとキョトンとされた後、派手に噴き出した。

そして何故か、グラント父様までもが爆笑しているではないか。

よく見てみれば父様や兄様方も皆、口元を手で押さえて肩を震わせている。

ジョゼフや他の使用人達は流石に皆みたいに笑ってないけど、なんか口元がピクピクしちゃっているよ。肩も不自然に揺れているし。

……笑いたければ素直に笑えと言いたい。

あれ。ウィル？　いつの間にかいなくなっているけど、どこ行ったのかな？

まさか耐え切れず、地下にでも潜って爆笑しているのだろうか？

「ククッ……ご……ごめんよエレノア。いや……でも本当に、君は楽しくて不思議な子だね」

「……普通のご令嬢らしくなくて申し訳ありません」

「謝る事など無いよ。確かに君は普通の令嬢達とは全く違うが、少なくとも私は君の考え方に敬意を表する。君はとても優しくて素晴らしい子だよ」

まるでオリヴァー兄様のように優しく微笑まれ、ちょっと頬を染める。

私はこのままでもいいのだと、そう言ってもらえたみたいで嬉しかった。

「そうだな。こんな娘を持てて、俺も本当に誇らしいぞ。なあ。クライヴ、オリヴァー。エレノアはお前達には勿体なさすぎんじゃねぇか？　なんなら俺が嫁に欲しいくらいだぜ！」

グラント父様のからかい交じりの言葉に、兄様方がムッとした顔をする。

何だかいつも大人びている兄様方が年相応の子供のように見える。

それが何だか可笑しくて、私はクスクスと声を上げて笑ってしまった。

◆◆◆◆◆

さて。デザートを思う存分堪能した後は、プレゼントタイムだ。

まずはアイザック父様から。

幾つものドレスと、それに合わせたアクセサリーのセット。

それに加えて「こちらが本命だよ」と言って渡されたのは、お洒落なパンツスタイルの服。

いわゆるランニングウェアだ。

父様……。私が剣の修行の時に着る動き易い服が欲しいって言っていたのを、覚えていてくれたのか！

「父様、有難う御座います！　凄く嬉しいです‼」

感激のあまり飛びついて頬にキスをしたら、「もういいから！」ってぐらい倍返しでキスされまくった。

次にオリヴァー兄様。

「普段使い用だよ」と言って渡された箱には、銀色のブレスレットが入っていた。

しかもその中心には、小さな淡い虹色の光を放つオパールのような宝石が嵌め込まれている。

「うわぁ……。凄く綺麗です！」

嬉しくて早速つけてみると、緩過ぎずきつ過ぎず。絶妙に手首にフィットした。

なんとこれ。成長に合わせて大きさを変えていくように加工された金属なのだとか。

「気に入ったかい？　エレノア」

「はいっ！　オリヴァー兄様、有難う御座います！」

「その嵌め込まれている鉱石は、私がオリヴァーに頼まれて入手したものなのだよ。だからそれは、私とオリヴァーとの共同のプレゼントって事になるね」

そう言ってメルヴィル父様は、含みのある目でオリヴァー兄様をチラ見した。

あ。オリヴァー兄様がバツの悪そうな顔に。

いいんですよ兄様。出所はともかく、兄様が私の為に手を尽くしてくれたって事実が嬉しいんですから。

お次はクライヴ兄様だ。

プレゼントはなんと。鞘と柄に綺麗な装飾が施された、やや大ぶりのナイフ。

「いずれ木刀を卒業した時に正しい使い方を教えてやるから。それまで大切に取っておけ」

聞けばこれもグラント父様に頼んで入手してもらったという、希少なオリハルコンから作られた特注のナイフなのだそうだ。

おお！　ここでも親子共同作業ですね！　有難う御座います！

オリハルコン……！　これがあの、夢にまで見た伝説の鉱物……！

その刀身自体が、まるで宝石のように煌めいていて。一見して普通のナイフでは無い事が分かる。

なんて綺麗なのだろう。

「有難う御座います、クライヴ兄様！　大切にします！」

それにしてもこのナイフ、見た目の重厚さに比べて驚く程軽い。

これがオリハルコンの特徴なのか。はたまた私が使うから使い易いように作ったのか。

「……でも何ていうか。全体的に女の子へのプレゼントというより、男の子へのプレゼントみたいになっちゃったね」

父様が苦笑しながら言った言葉に、兄様達や父様方も「確かに……」と頷いている。

まあ……ね。

オリヴァー兄様のアクセサリーはともかく、他はランニングウェアにナイフだもん。完璧にご令嬢へのプレゼントとしてはアウトだよな。

そういえば普通の女の子はどういうものを欲しがるのかな？

やっぱ豪華なお菓子とかドレスとか、お人形とかかな？

「まあ、小さい頃はそうだね。でも段々成長していくにつれ、自分好みの容姿の召使とか、宝石を散りばめた馬車。もしくは別荘とか大きなものに変わっていって、更に年頃になれば、スペックの高い愛人候補や婚約者候補を……」

はい。オリヴァー兄様ストップ。みなまで言わずともよく分かりました。

しっかしそれにしても本当に、この世界の女子って肉食系だよね。

その後はグラント父様が「腹ごなしするぞ！」と言って、クライヴ兄様を無理矢理中庭へと引っ張って行き、マジもんの模擬戦を披露してくださった。

いや～……凄かった。あのクライヴ兄様が防戦一辺倒になってしまっていたからね。

クライヴ兄様は必死なのに、グラント父様が余裕の笑顔なのがなんとも言えなかった。

遂には意識を失わない程度にぶちのめされていましたよ。

それに触発されたかメルヴィル父様までもが、オリヴァー兄様と魔法対決をやり始めてしまった。

当然というか、オリヴァー兄様も防戦一辺倒。

最終的にクライヴ兄様共々、地面に這いつくばる結果となってしまいました。

「くっ……父上……。よくも……！」

「親父……。いつかぶっ殺す……！」

オリヴァー兄様もクライヴ兄様も高らかに笑っている父様方を、まるで親の仇のような物凄い形相で睨み付けています。

でも兄様方、正気に戻ってください。

その方々、親の仇ではなく実の親ですからね!? 実力つけても殺さないでくださいよ!?

◆◆◆◆◆

夜も更け。エレノア達が就寝した後、メルヴィルとグラントが「久し振りに飲み明かそう!」と言ってアイザックの私室へとやって来た。

アイザックも心得ていたとばかりに、控えていたジョゼフに命じて酒宴の用意をさせ、人払いをかける。

「いや、それにしても実に可愛かったなー、エレノアは!」

飲み始めて早々、グラントがグラスをあおりながらそう口にすると、メルヴィルもその言葉に同意とばかりに頷いた。

「ああ。本当にそうだな。それに女性と話していて、こんなに楽しかったのは生まれて初めてだよ。『女性との会話は会話にあらず。忍耐をもって聞き役に徹するべし』っていうのが、我々にとっての常識だったたからね」

「そうそう! てっきりキンキン声な我儘を延々聞くものだとばかり思っていたからな。まさかあんなに素直で可愛くて、そのうえ会話が成り立つ女がこの世に存在するとは思わなかったぜ!」

相好を崩しながらエレノアの可愛さを語り合っている友人達を、アイザックはジト目で睨みつけた。

「メル。グラント。僕が散々エレノアの天使っぷりを知らせていたのに、まさか君達、それ全然信用してなかったの⁉」

「お前はそもそも、最初から親馬鹿全開だったろうが！」

「そうそう。信用するもなにも、あの子が生まれた時から一貫して言っていることが何も変わっていないのだから、信用できる訳ないだろ？」

「うっ……！　それはまぁ……そうだけどさ……」

ちょっと萎れてしまったアイザックを見て、メルヴィルとグラントは視線を合わせる。

裏表がなく、お人好しな彼をからかう事が、自分達の学生時代からの日常でありお約束であったが、今も全く変わらぬやり取りに思わず含み笑いが漏れた。

「冗談だよアイザック。実のところ、クライヴが半年前にエレノアと婚約したって知らせてきた時から、お前の言っている事が本当かもって思っていたんだ」

「そうだな。オリヴァーは君同様、エレノアに甘かったから、あの子の報告もいまいち信用できなかったのだけど。エレノアを毛嫌いしていたあのクライヴが、文句も言わずに婚約を了承したと聞いて「おや？」って思ったんだよね」

「挙げ句にエレノアのプレゼント用にって、オリハルコンが欲しいなんて言ってきやがったからな。だからまあ。興味が出てきたんで、お前の頼みに乗ってやったのさ」

「そうだね。ちょうど良いからエレノアが大切な息子達にふさわしいかどうか、見定めてみたくなったのだよ」

メルヴィルの言葉にアイザックは苦笑した。

「女性に対して『見定める』なんて言えるのは、君達ぐらいなものだろうね」

メルヴィルもグラントも自分の知る限り、女性に不自由した事が無かった。

グラントに至っては平民であるにも拘らず、メルヴィル同様、望めばどんな高位な身分の女性でも簡単に落とす事が出来た程だ。

女性が圧倒的に主導権を握っているこの世の中で、驚くべきことに彼らは、その女性達から主導権を奪っていたのである。

自分の婚約者であり、現在は妻であるマリアもそんな二人を熱愛し、子を儲けるに至った訳なのだが。二人はマリアの事を、『女性だから大切にするが、あくまで恋人の一人』と位置付け、明確に一線を引いていた。

マリア曰く「すぐ落ちる男達と違って、あの人達のそういう所が面白くてたまらないのよねぇ！」との事だが、自分との間に出来た娘の筆頭婚約者にメルヴィルの息子であるオリヴァーを指名したのは、やはりメルヴィルを特別視しているからだろう。

「それで？　僕の娘《エレノア》は君達のお眼鏡にかなったかな？」

アイザックの言葉に、グラントとメルヴィルはスッと表情を引き締めた。

「かなうもなにも……。お前の言った通り、あれは危険だな」

「そうだね。オリヴァーも言っていたが、下手をすればろくでもない大物に目を付けられてしまうだろう。……例えば王家……とかね」

アイザックからその危険性を語られ、娘を守るために協力してほしいと言われた時、最初はまた親馬鹿が炸裂したかと思っていたのだが。エレノア本人と直接接してみた二人は、アイザックの危惧を正確に理解した。

初めて会った義理の娘は、キラキラした瞳が印象的な小さな可愛らしい女の子だった。

貴族の令嬢達が自然に行う、相手を無意識に見定め値踏みするような視線ではなく、自分達を何の思惑もなくキョトンと見つめる姿はたいそう愛らしく、何より自分の父親よりも身分の劣る自分達に向け、目上の者に対する最上の挨拶をしてくれた時には、グラントと共に思わず言葉を失ってしまった。

そして、エレノアのその様子を当然といった顔で見ていたオリヴァーとクライヴを見て、自分達はようやく、アイザックの言っていた事が全て真実であった事を理解したのだった。

「はぁ……。それにしても何だアレ。真っ赤になって上目遣いしながら『お父様』だぜ？　マジ昇天するかと思ったぞ！」

「本当だよねぇ。まさか女性の素の恥じらいっぷりが、あそこまで破壊力があるとは……。オリヴァーのみならず、クライヴまでもが落ちる訳だ」

「それに……な」

「……ああ」

自分の欲望のみを優先するのではなく、他者に対する思いやりを持ち、自分達貴族が甘受するものの価値をきちんと理解する思慮深さを併せ持っている。

更にグラントを感嘆せしめた、意表を突く十歳児とは思えない柔軟な発想。

「まさに王家の男達が求める、王妃としての資質だよねぇ……」

メルヴィルが憂鬱そうに溜息をつき、アイザックがそれに同調し頷く。

この国で唯一、男性が自分の望む相手を選ぶ権利を持っているのが王族の直系達だ。

そして彼らの『妃』になった時点で確実に直系の王族達の血を次代に継がせる為、親兄弟のみならず外界との接触を一切断たれ、王宮という名の鳥籠に囲われてしまう。

普通のご令嬢ならば誰もが憧れる『王妃』という地位だが……。

『私もいつか冒険に行ってみたいです！』そうキラキラした目で話していたあの子が、そんな立場を喜ぶとは到底思えない。

それでも王子達本人を恋い慕った結果ならばあるいは……。

いや、そもそも王子達と恋仲になどさせたくもないが。

「それでアイザック。お茶会の方はどうするんだ？」

「山のように招待状が来ているけど、全てお断りしている。……本当はあと何人か、エレノアの夫なり恋人なりを決められたらと思っていたんだけど……」

「下手に茶会に参加して注目を集めたりでもしたら、回り回って王家に目をつけられて、横からかっ攫われる可能性があるからな」

「王子は四人。しかも末の王子は確か、エレノアと同い年だったたか。間が悪いことに王子達はまだ誰も婚約者を決めていない」

「一番上の王子はクライヴと同い年だったな。飄々としていて人当たりは良いが、底の見えない人物だと聞いている。……少しばかり探ってみるか」

「うん。僕が動くとすぐバレるし、頼めるかい？　それとグラント。君の息子のクライヴなんだけど、エレノアの専従執事になってもらおうかと思っているんだ」

「エレノアのか？　オリヴァーのではなく？」

「ああ。もし万が一の事があった場合、『筆頭婚約者』ならともかく、ただの『婚約者』では一緒にいられる時や場合に制限がかかってしまう。その点『専従執事』であれば、特権して主人にどこまでも付き従う事が出来るからね」

「成程な。俺はあいつが「是」と言うならそれで良い。……俺の方も俺に出来るやり方で、大切な息子とエレノアを守るとするか。まずは義務や権利が色々面倒だからと、一代限りにしていた爵位の底上げから始めるか」

「ふふ。エレノアが提案した戦法をスタンダードにしてしまえば、子爵位ぐらいはすぐに貰えるんじゃないかい？　私も少しばかり王宮に顔を出す回数を増やそうかな？」

「お？　宮廷魔導士団長の役、とうとう受ける気になったのか？」

「まあね。情報を得る為には、肩書はいくらあっても得こそすれ損はしない」

「……済まない二人とも。あんなに表舞台に立つのを嫌がっていたのに僕の都合で……」

「いいって事よ。今迄、自由に好き勝手していたんだ。ここらで一旦、腰を落ち着けるさ」

「そうそう。普段、滅多に甘えてくれない大切な親友の頼みだしね。……それに王家なんかに折角出来た可愛い娘を取られるなんて、物凄く癪じゃないか！」

「本当だよな！　エレノアにいつまでも「グラント父様」と呼んでもらう為なら、俺はどんな苦労でも喜んでしてやるぜ！」

「……」

なんか息子達の為……というより、自分達の為なのでは？　と思わなくもないが、とにかくこの二人の協力を得られた事は大きい。

「ま。とにかく十五歳までエレノアを守り通して、さっさとオリヴァーとクライヴと結婚させちまえばこっちのもんだ」

「そうだね。王妃の条件の一つは『処女である事』だからね」

「うん。他の男と結婚してしまえば王妃になる資格は無くなる。エレノアにはそれまで、他の男性を選ぶのを我慢してもらわなきゃ」

「大丈夫だろ。五年なんてあっという間だし。そもそもエレノアにベタ惚れなオリヴァーとクライヴが他の男に目を向けさせねえだろ」

「ふふ……そうだね。今日なんて、エレノアの前で恥をかかされたって、物凄く悔しがっていたからねぇ。あれだけ発破かけてあげれば嫌でもやる気になるだろう」

「エレノアを守る為には、まずあいつらの実力の底上げは必要不可欠だからな！」

……なんか尤もらしい事を言っているが、ようは可愛い娘に良い所を見せようと、この二人が無駄に張り切ってしまった結果であろう。

まあ。それがあの二人のやる気に繋がってくれるのなら、結果オーライではあるが。

「それに将来あんな理想の女を手に入れられれんだから、ちっとぐらい苦労しやがれってんだ！」

「本当にねぇ……。もし私達が若かった時にあんな子がいたら、どんな手段を使ってでも妻になってもらっていたよね。悔しいから、これからも折に触れてしごいてあげるとしようか」

「二人とも……。大人げないよ？」

エレノアにたかる虫を追い払いながら、実の父親達のイビリとも戦わなくてはいけなくなった義理の息子達に対し、心の中で「頑張ってね」とエールを送りつつ、アイザックはグラスに残っていた酒を一息に飲み干したのだった。

第一章

王家のお茶会編

王家のお茶会への招待状

「おはよう御座います。お嬢様」

私の誕生日から早一月とちょっと。

私は今日も兄様方と朝食をご一緒すべく、身支度を整えて食堂へとやって来た。

……のだが。広いテーブルに用意されていた朝食は、何故か私の分だけだった。

「おはようございます、ジョゼフ。あれ？　いつもの時間なのに、今日は兄様方がいらっしゃらないのね？」

「はい。オリヴァー様もクライヴ様も、早朝から学院へ行かれております。どうやら生徒会のお仕事が溜まっておられるようですね」

「そ、そうなんだ……」

ジョゼフの言葉に私は一人冷汗を流した。

非常に優秀なオリヴァー兄様とクライヴ兄様は、当然の事ながら生徒会に入っている。

でも二人とも私と一緒にいる時間を大切にしたいって言って、今迄放課後にしていた仕事を一定数まで溜めた後、今日みたいに早朝に登校し一気にまとめて処理するようになったんだって。

道理でいつも同じ時刻に帰って来る訳だよ。兄様方……どんだけシスコンなんだ。

それにしてもそんな仕事のやり方で、誰かしらから文句が来ないのかな?

「大丈夫で御座いましょう。『お嬢様の為』という理由であれば大抵の事は許されます。なにせお嬢様は女性であり、オリヴァー様とクライヴ様は、お嬢様の婚約者であらせられるのですから」

おお! ここでも女性至上主義は生きているという訳ですね。

でもそうなると学院内での私の評判って最悪かもしれないな。

なんせあの兄様方に無理させせているんだから。絶対物凄い我儘お嬢様って思われているよ。

「外野の言う事など、お嬢様が気になさる必要は一切御座いません。お嬢様の素晴らしさはお兄様方や旦那様方、そして我々さえ知っていればそれで良いのです!」

うわぉ……。キッパリ言い切りましたよこの人。

あ。傍に控えていたウィルや他の召使達も、ジョゼフの言葉に力一杯頷いている。

うん。有難いけど、私のせいで兄様方の評判が落ちるのはなぁ……。

「オリヴァー様もクライヴ様も、全く気にされないでしょう。……むしろそう誤解させた方が都合が良いと思われているでしょうね……」

「え? ジョゼフ。何か言った?」

「いいえ。さ、今日は採れたてのフルーツとカモミールのハーブティーで御座いますよ。冷めないうちにお召し上がりくださいませ」

後半部分、小声でよく聞こえていなかったのだが、なんかはぐらかされてしまった。

まあ、兄様方がそれでいいならいいっか。

この世界の常識を私の常識と照らし合わせてはいけないのだ。うん、深くは考えまい。

私はそう自分自身を納得させると、爽やかな甘い香りのする紅茶を口に含んだ。

◆◆◆◆◆

王立学院内にあるカフェテリア。

吹き抜けの巨大なサンルームは所々に樹木や花が植えられ、学生達が思い思いに授業の合間の息抜きをしたり、食事やお茶を楽しめるようになっている。

そして何よりも重要な役割……。貴族の子女達の社交の場ともなっているのだ。

実際そこでは常に、貴族のご令嬢の誰かしらがお茶を飲んだり取り巻きや専従の召使にお菓子を食べさせてもらったり、何やら楽しげに囁き合ったりしている姿を見る事が出来る。

そして彼女達が話す内容の大半は、自分の恋人や婚約者がどれだけいるかとか、スペックがどれ程高いかとか、どこかに良い男がいないかとか……等々。いわゆる肉食女子的内容で占められているのだ。

「あれ？　君達、授業はどうしたの？」……なんて指摘する者はここにはいない。

ぶっちゃけ彼女らは学院に学びに来ているのではなく、己の伴侶ないし恋人を探す為に来ている訳で、下手をすると授業に一度も出ずカフェテリアで一日を過ごすご令嬢方もザラなのである。

「ねえ。ご覧になって！　オリヴァー様とクライヴ様よ！」

「ああ……。なんて麗しいお二人なのかしら！」

ご令嬢方がうっとりと頬を染め、熱い眼差しで見つめるその先にいたのは、ご令嬢方から距離を取るように陽光が降り注いでいるテラス席に座っている、オリヴァーとクライヴであった。

「ご覧になって！　クライヴ様もオリヴァー様も、何か愁いを帯びた暗いお顔をされて……。あ、溜息をつかれているわ」

「きっと婚約者である妹の事で悩まれていらっしゃるのよ。たいして美人でもないくせに、独占欲に満ちた我儘娘みたいですし！」

学院の人気を二分するオリヴァーとクライヴ。

最優良物件である彼らのどちらをも自分のものにしているエレノアに対し、ご令嬢方は嫉妬に満ちた悪口を展開していく。

だが実の所、独占欲丸出しなのは彼らの方であり、暗い顔をしているように見えるのは溜まった仕事をこなす為に早起きした結果の寝不足ゆえである事を、彼女らは知る由もなかった。

その時。オリヴァー達を見ていたご令嬢方から黄色い歓声が上がった。

「ご覧になって！　アシュル殿下よ！」

「きゃあ！　アシュル殿下がいらっしゃるなんて運が良いわ！　……ああ……。黄金の髪が煌めいて……なんて美しいの！」

ご令嬢達が前にもまして、うっとりと熱い眼差しを向けるその先には、オリヴァー達に近付いて行く金髪の美青年の姿があった。

「やあ。オリヴァーにクライヴ。なんか疲れた顔しているけど、大丈夫？」

「アシュル殿下」

「よう。アシュル。相変わらず無駄に爽やかな笑顔だな」

「無駄なんて酷いなぁ。普通に爽やかって褒めてよ」

そう言って人好きのする笑顔を浮かべるこの男こそ、この国の第一王子であるアシュルである。

豊かに煌めく金色の髪は毛先に緩く癖がついていて、瞳の色はアクアマリンのような澄んだ水色をしている。肌は透き通るように白く、染み一つ見当たらない。

そしてどんな女性でも溜息をついて見惚れるであろう程、非常に整った甘いマスクをしていて、オリヴァーやクライヴと並んでも全く見劣りしない。

つまりエレノア的に言えば「眩し過ぎて目が潰れる」レベルの美形である。

「しかし、君達も大変だねぇ。大切な婚約者ちゃんの為に、わざわざ早朝に仕事をこなしているなんてさ」

アシュルは断るでもなく勝手にオリヴァー達が座るテーブルの空いた席に座ると、からかうような口調で話しかけてくる。

それに対しオリヴァーは曖昧な笑顔を浮かべ、クライヴはぶすっとした顔で無視を決め込んだ。

こういう時、下手なリアクションは却って墓穴を掘る。通常運転が一番だ。

「ああ。オリヴァーはともかく、クライヴは巻き込まれているだけだったね。でもまさか、君まで妹の婚約者になるとは思わなかったよ」

「……侯爵様が決められた事だ。それに俺にも一応のメリットがあったからな」

「ああ。まあねぇ。君、ご令嬢方の『お誘い』に辟易していたものね。でも貴重な女性からのお誘いを蹴りまくるなんて、世の男性達からすれば贅沢もいいトコだよ。僕なんて大切な友人がいつか背後から刺されるんじゃないかって、いつも冷や冷やしていたものさ。そういう意味では「良かったね。おめでとう!」って祝辞を述べたいよ」

「述べんでいい! お前の方こそ第一王子の癖に、いつまでも婚約者をつくらず適当に遊んでばかりいるのはどうなんだよ。さっさとイイ女見つけて身を固めろ!」

「え〜? だって、いい子が見付からないんだよ!」

わざとらしく溜息をつきながら、少しだけ拗ねたように唇を尖らせるアシュルに、『その「いい子」とやらは、女と遊びまくれば見付かるのかよ!』と喉から出掛かってしまい、慌ててグッと耐える。

なんせ見えないだけで、ちゃんとそこかしこにアシュルの護衛が潜んでいるのだ。

彼らは王子の行動のチェック係も務めているので、自分の不敬な発言を彼らの上役に報告されかねない。

自分に叱責や罰が下されるのは構わないのだが、もし万が一バッシュ侯爵への叱責に繋がったら、申し訳ないなんてものではない。

『まあ。こいつなら大丈夫だろうがな』

このアシュルという人物。第一王子であり絶世の美貌を持っているにも拘らず、それに驕ったり気取ったりするところが一切ないのだ。

そのうえ身分の上下に拘らず気さくに誰とでも接する人柄が、男女問わずに絶大な人気を博している。実際、自分がこんな不敬罪に当たりかねない口調で話していても、咎めるどころかむしろ喜んでいる節がある変わり者なので、今考えていた事をそのまま伝えたところで笑って流してしまうに違いない。

「だったら適当なトコで妥協しろ！」

「妥協ねぇ……」

フッと、アシュルの表情に愁いが交ざったが、その一瞬後。いつもの飄々とした笑顔に戻る。

「それが出来たら苦労しないんだよねぇ。あ～あ。どっかに素直で可愛くて真面目で明るくて、ちゃーんと頭の中身がしっかりしていて、話していて楽しい女の子がいないかなぁ？」

アシュルの台詞を聞いた途端、オリヴァーとクライヴの脳裏にエレノアの顔が浮かんだ。

「「……」」

二人は目線を合わせ頷き合う。

今、二人の心は一つになった。

――こいつには絶対、エレノアを会わせられない！　……と。

「……そんな女、いたらいいな」

「……殿下。いつかそんな女性が現れるといいですね」

「……ねえ。クライヴ。オリヴァー。なんで棒読み口調なの？　しかも全然心がこもっていないように感じるのは僕の気のせいかな？」

「とんでもありません。心の底からそう願っておりますよ？　ただ理想をもう少し低くした方がいいのではないか……とは思いますけどね」

「理想が高かろうが低かろうが、僕の自由だからほっといてくれるかい。って訳で、はいこれ！」

ポン、と机の上に置かれた真っ白い封筒にオリヴァーが首を傾げる。

「殿下。これは？」

「王家主催のお茶会の招待状。エレノアちゃんに！」

「……殿下。エレノアは渡しませんよ」

「君、どんだけ妹に対して盲目な訳？　心配しなくても、妹ちゃんだけじゃなくて、他にも今年十歳になった子達には全員招待状出しているから、安心しなよ」

「ああ。そういやお前の弟、今年で十歳だったな」

「そうそう！　僕も十歳になった時、お茶会やったしね。王家の恒例行事だよ。ちなみにこのお茶会って強制参加だから断る事は出来ないよ？」

すかさず退路を断ち、アシュルがスゥッと目を据える。

「オリヴァーから妹ちゃんを奪う気は無いけど、興味はすっごくあるんだよね。だって僕が心から実力を認めている君が、傍から見ていても分かるぐらい溺愛している婚約者なんだよ？　どんな子なのか気にならない方がどうかしている」

「ま、お前の気持ちも分かるし、止めはしないけどな、アレに勝手に期待しといて、「詐欺だ！」って、文句言うなよ？」

「ははは！　クライヴ、相変わらず君は妹に手厳しいよね。安心しなよ。本当に、どんな子なのか興味があるだけだから。そもそも、父親に強請って君らを手に入れ、いいように支配している子なんかに期待はしていないから！」

ピクリと、オリヴァーの眉が上がるが、クライヴは冷めた表情で肩をすくめる。

そんな対照的な二人を面白そうに見つめながら、アシュルは用事は終わったとばかりに、おもむろに立ち上がった。

「じゃあね。お茶会、弟達共々楽しみにしているよ」

ひらりと手を振り、ついでとばかりに自分達を遠巻きに眺めているご令嬢方にもニッコリ微笑みかける。

沸き上がる黄色い悲鳴をバックに、アシュルは颯爽《さっそう》とその場を立ち去って行った。

「……クライヴ……」

「……分かっているオリヴァー。みなまで言うな。むしろお前のようにエレノア愛を全開に出来ない分、俺のが辛いんだからな！」

「でも……でもっ！　たまにたまらなくなるんだ！　エレノアの為とはいえあの子の魅力を偽り、真実を公言出来ない事がこんなにも辛いなんて！　あんなに可愛くて素直で天使よりも天使な子なのに！」

「ああ……。おまけに俺達に向ける笑顔の愛らしい事と言ったら！　しかもその笑顔のまま、「お兄様、大好き！」なんて言われてみろよ。「何度俺を殺しに来る気だ⁉」って、うっかり殺意すら湧いてくるわ！」

「完全に同意するよ！　……ああ、エレノア。生徒会の仕事さえなければ、今朝も一緒に朝食が取れたのに。あの子が独りぼっちで寂しそうに食事を取ったかと思うと、今でも胸が張り裂けそうになる！」

実際の所。エレノア本人は至って朗らかにいつも通り楽しく豪華な朝食を満喫し、フレンチトーストに至ってはお代わりまでしていたのだが、シスコン達の妄想は止まらない。

周囲に悟られないよう。努めて穏やかにかつ冷静に、シスコン達は妹の素晴らしさについて存分に語り合ったのだった。

「にしても王家のお茶会か……。これは流石に侯爵様でも断れないね」

ひとしきり語り合って満足したのか、正気に戻ったオリヴァーが僅かに顔をしかめながら、第一王子の置いて行った招待状を手に取る。

「ああ。それに行かなきゃ行かないで、益々あいつ《アシュル》が興味を持っちまうだろうからな」

──王子が十歳になったら行われる『お茶会』

同い年。もしくはそれに近い年齢の令嬢達が必ず参加しなければいけない……という事は、どう考えても確実にお茶会という名のお見合いパーティーであろう。

「うん。でも考えてみれば良い機会かもしれない。一番権威のある王家のお茶会に参加しておけば、後はどのお茶会を欠席しても角は立たない。しかもその際、エレノアが世間で噂されている通り……いや、それ以上のご令嬢だと周囲に見せ付けてしまえば……」

「当然。王子達も今後一切、エレノアを妃にしようなんて思わないだろうな。他の野郎共に睨みを利かせる手間も省ける。確かに考えてみりゃあ好都合だな」

二人は互いに視線を合わせ、ニヤリと笑った。

「早速お茶会に向けて、入念な対策を練る必要があるね」

「そうだな」

◆◆◆◆◆

「へっくし！」

「お嬢様⁉　お風邪ですか⁉」

「ううん。いきなりくしゃみが出ただけ。大丈夫よ。……ん？　あれ？　何か寒気が……」

「お嬢様⁉　誰か！　お医者様をお呼びしろ！　それから風邪に良く効く薬湯を！　さ、お嬢様はベッドにまいりますよ！」

「そんな。くしゃみ一つで大げさな……って、え？　わっ⁉　ち、ちょっと！　本当に大丈夫だってばー‼」

その頃。バッシュ侯爵邸ではお嬢様がいきなり風邪を召されたと、召使達がてんやわんやの大騒ぎになっていたのだった。

お茶会に向けての対策

私の風邪ひき疑惑。

兄様方が帰って来るまでに何とか、大丈夫なのだと皆に納得させる事に成功した。

あの心配性で過保護な兄達に、万が一にでも私が不調であると思われてしまったら、私は多分向こう一週間はベッドの上で生活させられるであろう。というか絶対にそうなる。

そして兄様方が学院を休んでまで私にベッタリと張り付いて、手取り足取り看病してくださるのだ。そんな生活、絶対に御免こうむる！

時刻は午後三時過ぎ。

今日も相変わらずきちんと定時刻で帰って来た兄様方に、私は「おかえりなさい！」と飛びついた。

「ただいまエレノア。朝食を一緒に取れなくて寂しかっただろう？　御免ね」

「ただいま。お詫びにお前の好きなケーキを買ってきてやったから、一緒に喰おうな？」

「うわぁ！　嬉しいです！　兄様方、大好き！」

笑顔でお礼を言うと、兄様方が揃って蕩けそうな笑顔になり、それぞれが私の頬にキスをした。

オリヴァー兄様が左側の頬でクライヴ兄様が右頬だ。

ボンッと、今日も私の顔が真っ赤に染まるのを見て、兄様方は揃って甘く苦笑する。

「相変わらず慣れないねぇ」

「まったくなぁ」

「うう……。も、申し訳……ありません……」

そう言われたってさぁ！　慣れないものは慣れないんだよ！

彼氏いない歴がまんま年齢って究極の喪女が、絶世の美青年達にキ……キ……キス……されて、平気でいられる訳ないでしょうがー!!

あんた達だって超絶美少女にキスされたら、私の気持ちが少しでも……うん。分かる訳ないか。

美青年が美少女とキスしたって普通だ。それが当たり前なのだ。むしろ正しい絵面だ。

……いかん。もう、自分が何を言っているのか分からなくなってきた。

それにしてもケーキかぁ……。

またアレやられるんだろうな……。はぁ……。

◆◆◆◆◆

「はい、エレノア。あーん」

「……」

お膝の上に私を乗っけて、もの凄く良い笑顔でケーキを食べさせようとしているオリヴァー兄様。

兄様方。誕生日から急に、なんか私への子供扱いが加速している気がするんだよね。

挨拶するたび頬にキスしたり抱き上げたり……は前からだけど、オヤツは必ずこうしてお口にあーんをやりたがる。しかもオリヴァー兄様だけでなくクライヴ兄様まで！

しかもここで「もう私も十歳になりました。子供ではないので、自分で食べます」なんて言おうものなら、もの っ凄く悲しそうな顔をした兄様方の姿にカウンターパンチを食らい、心を抉られる羽目になるのだ。実際、最初言った時にそうなった。

ついでに周囲のビミョーな視線がいたたまれなかった。

ジョゼフに至っては「お嬢様も十歳になられたのですから、少しは男心を理解するようになさらないと……」とお小言を言われてしまう始末。

って、ちょっと待て！　私が悪いのか⁉

お前らの方こそ目も潰れんばかりの美青年に「あーん」をされて、萌えと羞恥に死にそうになっている中身喪女の女心ってやつを、ちっとは理解しろよな！　こん畜生！

……なんて心の中で叫んでいますが、この世界ではこれが普通なんですよね。

女は男に奉仕されてなんぼなんですよね。つまり私が慣れなきゃいけないって事なんですよね。

ああ、分かっているさ。分かっているよそんな事！

『そう。分かっている……分かっているんだけど……でも……でもっ！　慣れないもんは慣れないんだー‼』

そう心の中で絶叫しつつ、恥ずかしさと敗北感に打ちのめされながら差し出されたケーキを大人しく食べる。

うう……。オリヴァー兄様の笑顔が眩しい……。

絶対また私の顔、真っ赤になっているんだろうな。皆にまだまだ子供だと思われているんだろうなぁ……。くそぅ！　淑女の道は遠いぜ！

早く兄様方もこんな妹なんかに尽くしてないで、ちゃんとした大人な女性に尽くし尽くされてください。そうしないと私の心臓、真面目にいつかパンクしちゃいますから。

『はぁ……。お嬢様……』

『今日も尊い……！』

オリヴァーの膝の上で、恥ずかしそうに顔を赤くしながらケーキを食べさせられているエレノアの眼福な姿に、今日も使用人達はうっとりと魅入っていた。

『若様方。お嬢様に「慣れないね」なんて仰っていたけど……』

『ああ。絶対「いつまでも慣れないでいてほしい」って思っていらっしゃるよな』

『うん、絶対そうだと思う。ちなみに俺も、ずっとあのままのお嬢様でいてほしい』

『あ、俺も俺も！』

『僕も！』

『私も同感ですね』

『ジ、ジョゼフ様⁉』

『貴方様まで……！　同志でしたか！』

そんな使用人達の会話など知る由もなく、エレノアはせっせと羞恥心で味があまりよく分からないケーキを食べさせられ続けたのであった。

◆◆◆◆◆

「さてエレノア。今日はこれから大事な話があるんだ」

ケーキを食べ終え、ホッとしながら紅茶を飲んでいる私にオリヴァー兄様が改まった口調で話しかけてくる。

「はい。何でしょうか?」

「エレノアに二週間後開かれるお茶会の招待状がきたんだ。しかも王家から」

「お茶会⁉」

おおっ! やっと来ましたか! 待っていましたよ外の世界への第一歩!

……でもいきなり王家かぁ。しょっぱなからハードル高いな。

ま、いっか。

何はともあれ外の世界にも行けるし、沢山の人にも会える。

美味しいお菓子やお茶も飲める! ついでに友達も探すぞ! ああ楽しみ!

「……エレノア。ちょっと聞いておきたいんだけど」

ワクワクしながらお茶会に思いを馳せていた私に向かって、オリヴァー兄様が真顔で声をかける。

「はい? 何でしょうか?」

「君、王子様と結婚したい?」

私は不覚にも紅茶を噴いた。

「ゲホゲホッ！　に、兄様……も、申し訳ありません……ゴホッ！」

「いや、ビックリしたよね、こちらこそ御免。で、さっきの質問なんだけど……どうなのかな？

君は今でも、王子様と結婚したいと思っている？」

兄様、もの凄く真剣な顔をされている。ひょっとして以前のエレノア、王子様と結婚したいって言っていたのかな？

あ。クライヴ兄様まで眉根を寄せてる。成程、言っていたんですね。

「げ、現実的ではないというか……。正直、考えもしませんでした」

「じゃあ興味は全く無い？」

「はい。この家以外の人達と会う事には興味はありますが、王子様に関しては特に興味はありません」

いやまあ。こちとら元は庶民ですんで、ロイヤルファミリーとかいう人種への憧れは普通にありますよ？

でもそれって例えば、パンダやコアラといった珍獣に会うのと同じ感覚で、未知なるものへの憧れというかそんな感じだ。それに私、見た目は十歳ですけど中身は十九歳なので、「王子様のお嫁さんになる」なんて寝言をほざくような年ではない。

「そう。なら良かった」

オリヴァー兄様とクライヴ兄様、あからさまにホッとしたご様子。

……はっ！　そうか！　兄様方、私がお茶会デビューで「王子様と結婚したい！」って我儘言わないかどうかが心配で確認したかったんですね？

大丈夫。ご安心ください。過去の私だったならいざ知らず、今の私は己を知っております。そのような恥知らずな我儘など絶対言いませんとも！

「エレノア。それなら僕達も心置きなく、計画を遂行出来るよ。これからお茶会に向けて頑張ろうね！」

「はぁ？」

計画？　お茶会で立派な淑女として振舞えるように、マナーの勉強頑張るのかな？

「じゃあエレノア。以前のような我儘な言葉や態度をごく自然に振舞えるように特訓するから、そのつもりで。ああそれと、クライヴは君の専従執事としてお茶会に参加するから、クライヴの主人としてもしっかり振舞えるようになろうね」

「……はい？」

え？　何ですかそれ？

つまり私に我儘令嬢になれと？　しかもクライヴ兄様を顎でこき使えと⁉

「ち、ちょっと待ってください！　何ですかそれ⁉　マナーの特訓をするのならいざ知らず、何で我儘令嬢にならなくてはいけないのですか⁉」

そんな事したら、ただでさえ悪いであろう私の評判が更にがた落ちしてしまうじゃないか！　しかも兄様方にも恥をかかせてしまう。

「それは勿論、君を王家から守る為だよ」

「王家から？　意味が分かりません！」

「つまりお前が王子に気に入られないようにするんだよ。なんせこのお茶会はぶっちゃけ、お見合いパーティーだからな」

え？　なんですと!?

お見合いパーティー？　王家主催の合コン？　お茶会が？

「そもそもお茶会自体、貴族連中が自分の恋人なり結婚相手なりを見つける為の社交場なんだけどな」

「で、ではまさか……クライヴ兄様も、その……お茶会に参加した事が……？」

「ねぇよ！　俺はそもそも、そういったモンに興味が無かったんだ！　まあ。オリヴァーは何回も参加しているが……」

「エレノア！　僕は誓って、誰ともやましい事は無かったからね!?　お茶会も父上の命令で行っただけだし、僕の心は未来永劫君だけのものだから！」

ひぃっ！　オリヴァー兄様！　かおっ！　顔が近いです！

分かりました！　信じます！　何も無かったんですよね!?　だからそんな鬼気迫るお顔で迫って来ないでください！　いやーッ！　また鼻血噴いてしまいますー!!

「……で、話を元に戻すけど。この国の第四王子様がね、君と同じく今年で十歳になったんだそうだ。それでどうも、王家では王子が十歳になるとお茶会を開いて、年の近い貴族の子女を招き、婚約者を探すみたいなんだよ。僕もクライヴもそのお茶会に参加した事が無いから、どういう風に選定しているのかは不明なんだけど」

「でも兄様。私が王子様の目にとまると決まってもいないのに、わざわざ我儘なフリをしなくても良いのではないですか？　というか、目にとまる訳が無いと思いますけど」

「いや。間違いなく目を付けられる」

「そんなぁ！　兄様方の思い込みですよ！」

だって王子様だよ？　王子様って言ったら、選ばれし血を持つ超絶美形と相場が決まっている。

実際兄様方に王子様について聞いてみたら、第一王子様であるアシュル殿下について言えば、見た目は完璧って言っていたしね。その十歳児も相当なレベルに違いない。

それに対して私なんて、家が侯爵家である事と、飛び切り優秀で超絶美形な兄達がいるってだけが取り柄の、平凡な女の子にすぎない。

いや。前世の私に比べれば可愛い部類に入るけど、男性の顔面偏差値が異常に高いこの世界ではどう考えても十人並みかそれ以下のレベル。

とてもじゃないけど王子様のハートを射止められるようなタマじゃない。

なのに私の言葉を聞いた兄様方は、まるで残念な子を見るような眼差しで私を見つめた。

「はぁ……。全くこれだから……」

「ああ……。本当に分かってねぇ……」

「オリヴァー兄様。クライヴ兄様。お言葉ですが、私は自分の事はよく分かっているつもりです！　子供扱いなさらないでください！」

流石にムッとして反論する。このシスコンどもめが。

「いや、分かってない。君は自分が思っているよりもずっと……。いや、それはここでは止めておこう。エレノア。もし万が一君が王子に見初められ、婚約者になったとする」

「はい」

「そうしたら君はこの家を出て、王宮で暮らす事となる。そして一生里帰りも僕達に会う事も許されなくなるんだ。会えてもせいぜい半刻程度。しかも婚約者の王子と同席、もしくは監視付きでないと許可されない」

オリヴァー兄様の語る婚約者事情に、目が丸くなる。なんだその拉致監禁生活は。

「に、兄様……。王子様の婚約者になったら、なんでそんな生活をさせられてしまうのですか？」

「勿論。王家以外の男の子供を産ませない為だよ。しかももし他の王子達が君を婚約者にと望めば、自動的にその王子達も君の夫という事になる」

「えええっ!? な、なんですか！ その無茶ぶりは!?」

「それが王家特権というものなんだよ」

つ……つまり。もし万が一……いや、億が一にでも私が王子様に気に入られてしまったら、自動的に拉致監禁コースまっしぐらなうえ、強制的に重婚させられてしまう……って事なのか!?

ゾクリ……と、背筋に震えが走る。

嫌だ。どんなにその王子様が素敵な人でも、好きでもなんでもない相手と結婚なんてしたくない。ましてや一人だけじゃなく何人もとなんて！

それに何より兄様方や父様方、そしてこの家で仲良くなった人達全員とさよならしなくてはならないなんて、そんなの絶対耐えられない。

兄様方を男として愛しているのかと言えば、今の時点ではまだよく分からない。

だけどこの人達と離されるなんて絶対嫌だ。

「兄様！　絶対無いとは思いますけど王子様に目を付けられないよう。私、頑張って我儘娘を演じます！」

「よく決断してくれたねエレノア！　僕達も全力で君をサポートするから、頑張ろうね！」

「はいっ！」

「クライヴ。君もだからね？」

「……分かっている」

かくしてたった今よりオリヴァー兄様監督の下、お茶会に向けての特訓が始まったのだった。

◆◆◆◆◆

「ちょっと！　このパンケーキ、私の嫌いなグズベリーが乗っかっているわ！」

「申し訳ありませんお嬢様。しかし、グズベリーはお身体にも良いので、シェフがお嬢様の為に、甘くシロップ漬けにしておりまして……」

「嫌いなものは嫌いなのよ！　それにこの蜂蜜。いつものと味が違うわ！　替えて頂戴！」

「お嬢様。そちらはリヌア産の蜂蜜で御座います。いつもの蜂蜜はラヌス産のものでして。これからの季節はたとえ侯爵家の力を以てしても入手が困難かと……」

「あ、そうなんだ。じゃあこれでいいです」

「……エレノア。あっさり納得してどうするの。そこは『私が食べたいと言っているんだから、何が何でもいつものを持って来て！』と言わなきゃ」

「うう……。ご、ごめんなさい……」

「エレノア？」

「わ、分かっているわよ！　お兄様は余計な口挟まないで！」

「ああ。御免よエレノア」

……くっそう……！　オリヴァー兄様。何気に楽しそうだな。

涼しい顔をしているオリヴァー兄様をジト目で睨みつつ、私は執事服に身を包んだクライヴ兄様にも目を向ける。

あっ！　クライヴ兄様。なに肩震わせて俯いてんだよ！　あんたも執事役、真面目にやれよ！

あ、オリヴァー兄様にチラ見されて背筋を伸ばした。ふふん。ざまぁみろ！

私は今日も慣れない『我儘お嬢様』の小芝居に打ち込んでいた。

最初の頃。私は『お嬢様の我儘』というものがよく分からず、「今日は暑いからホットではなくアイスティーがいいわ！」とか言ったり、「これはもういらないわ！　お腹いっぱい！」と、あと一口分のケーキを残したりした。

挙句「私、我儘してもいいのよね！」と、嬉々として階段の手すりを滑り降り、兄様方のみならずジョゼフ達にまで叱られる羽目となってしまったのである。

兄様方に至っては「やる気があるのか！」との追加のお小言付き。……解せぬ。

そんな訳で私の行動一々をオリヴァー兄様が監督し、ダメ出しをされている。

そして召使達も「我々も是非、協力させてください！」と、自ら協力を申し出てくれたのだ。

……うん、それはいいんだけど……。

「お嬢様。以前のお嬢様ならこのような場合は『私に指図する気？　召使の分際で！　辞めさせるわよ⁉』と仰っておりました」

「いいえ、お嬢様。そこは顔を思い切り顰めるのです。そして一言『私の言う事は絶対なのよ！』と、高らかに胸を張って……はい、良く出来ました！」

……と。私のＨＰをゴリゴリと削りながら、過去における黒歴史を容赦なく突き付けてくれるのである。……ありがとう。もはや私のライフはゼロを通り越してマイナスです。

いや、親切心からだと分かっているよ？　分かっているけどもう止めて！　私が悪うございました！　許してくださいと土下座して詫びたい気分だ。

そして何より……。

「ク……ク……クライ……ヴ……！　き、今日は、わっ、私のお気に入りの服じゃないわ！」

「はい。申し訳ありません。それとお嬢様。どもりながらお話されるのは、淑女としていかがなものかと」

「ううう……ごめ……。いや、う……うるさいな……！」

……これですよ。

クライヴ兄様を呼び捨てしなきゃならないってのが、真面目に大変なのだ。

我儘お嬢様口調や態度は日に日に様になってきているのだが、これだけは中々慣れない。

ついうっかり「兄様」って言ってしまう時もあって、その度にオリヴァー兄様や当の本人であるクライヴ兄様に注意されてしまうのだ。

最初は私同様、赤くなったりぎこちなかったりしていたクライヴ兄様だったが、今ではジョゼフに勝るとも劣らない完璧な執事を演じ切っている。

最初の頃は二人仲良くオリヴァー兄様に叱られていたというのに、この違いは一体なんなんだ。元々の出来か？　あ、何か悲しくなってきた。

でもさ。私が慣れないのも、クライヴ兄様にも責任があると思うんだよ。

だってね。普段から超絶カッコいいのに、執事服をビシッと着こなした兄様は、もうなんていうかね……。全てを超越したって感じなんだよ！

ストイックな色気というか、コスチューム萌えというか……。

とにかく魅力が何倍増しにもなっているんだよ！　言っているだけじゃ分からないかもしれないけど、本当に、本当に心臓に悪いんだよ!!

そんなクライヴ兄様に「お嬢様」なんて真顔で言われてごらんよ！

もう真面目に鼻血噴いて腰砕けるから！　え？　お前やらかしただろって？　……はい。実際鼻血噴きました。

はぁ……。でも兄様だって、私に初めて「クライヴ」呼びされた時。顔を真っ赤にしてうろたえていたのになぁ……。あーあ。あの頃のお兄様は可愛かった……。

「それで？　お嬢様。お着替えになられるのですか？　それとも寝間着のまま、一日を過ごされるのですか？」

「き、着替えるに決まっているでしょ！　さ、さっさと手伝いなさいよ‼」

「かしこまりました。……お嬢様。お顔が真っ赤ですよ。熱でもおありですか？」

「ち、ち、ちが……ッ！　ああもう！　兄様の馬鹿ッ‼」

耐え切れず兄様呼びした私を見ながら、努めて涼し気な顔のクライヴ兄様。

上がった口角が実に楽しそうだ。

くっそう……。今に見ていろ兄様！　いずれ絶対に超絶完璧な我儘令嬢になってみせるからな！

上から目線の高飛車令嬢な私の命令に傅き、敬うがいい！

◆◆◆◆◆

「どうだ？　エレノア。仕上がりは順調か？」

「……道のりは険しいです……」

「おいおい。そこは「うるさいわね！　誰に向かって言っているのよ⁉」だろ？」

「いいんです！　お夕食の時だけは休憩タイムなんですから！」

ムキになって反論している私を見ながら、グラント父様が楽しそうに笑った。

今日は父様方の予定が合って、久し振りに全員で夕食を取っているのだ。

メルヴィル父様もアイザック父様も、私達のやり取りを見て同じように笑っている。兄様方もだ。

ちなみにグラント父様。正式に国防軍の将軍職に就いたらしく、こちらに根を下ろすと言って、何故かうちに住み着いているのだ。

グラント父様曰く、「下手に屋敷を構えると、それの維持やら雇った人間の管理やらが面倒だから」だそうだ。

でもグラント父様。いずれ今より上の、しかも正式な爵位を与えられる予定らしく、その時は仕方が無いから屋敷を構えると言っていたなぁ。

……まあ。それでも面倒くさがってここに居座ると私は思っているけどね。

メルヴィル父様も宮廷魔導士団長を拝命したらしく、王都にあるタウンハウスに移り住んだのだが、何故かそちらよりもうちに入り浸っている。

メルヴィル父様曰く、「大丈夫。うちの家令は優秀だから」だそうだが、こないだその家令本人から「いい加減帰って来てください」ってオリヴァー兄様経由で苦情が入ったと聞きましたよ。

全く。二人揃っていい大人がなにやってんでしょうかね。

クライヴ兄様なんて事あるごとに「うっとうしい。さっさと出てけ！」ってグラント父様に文句言っています。

まあ。グラント父様は剣術や護身術。メルヴィル父様は魔術を教えてくれるし、兄様方とのやり取り（兄様方は、ほぼ喧嘩腰）を見ているのが楽しいから、私としてはずっとここにいてもらって構わないんだけどね。

難はと言えば、視界の暴力に私が未だ慣れないって事ぐらいかな？

まったく。本当に親子揃って目に優しくないいんだから……。

「それで父上。アシュル殿下以外の王子様方について、何か分かった事はありますか？」

「うん。それなんだけど、かなり厳重に王子方の情報は秘匿されているね。外交案件やパーティーなどの公務は全てアシュル殿下が前面に出ているから、王宮内でも他の王子方は滅多に見かけない」

「不穏分子や、欲にまみれた輩が王子達に近付くのを警戒しているんだろうね。何より数多群がる王妃候補をアシュル殿下の陰に隠れ、じっくり見定めているのではないかな？」

父様がメルヴィル父様の言葉を引き継ぐ。ふむふむ、成程。

つまり。ご令嬢方や貴族達がその第一王子であるアシュル殿下にしかアピールが出来ないのを良い事に、アシュル殿下への態度とその他の態度が違う人間を他の王子様達が陰で見極めていると。

うわぁ……恐いわ。王家、えげつない。

でもまぁ一国を背負う方々なんだもん。特に自分達の王妃になるご令嬢に関して言えば、美しいだけじゃなくて王家の仕事をサポートしつつ、王子様達をちゃんと支えられる人じゃないと務まんないよね。

私はまず、その美しいってトコからしてアウトだけど。

ちなみに王子様方の分かっている情報について、メルヴィル父様から説明があった。

まず第二王子のディラン様について。

アシュル殿下と年子で、本来ならオリヴァー兄様と同期生という事になるのだが、そもそも学院に通っていないのだそうだ。

なんでも王族って専属の家庭教師がつくから、学校に行っても行かなくてもどちらでも構わないんだって。

そしてこの方の容姿はと言うと。

燃えるように紅い髪と瞳をしていて、学問よりも武芸という、アウトドア派らしい。それ故、しょっちゅう王宮を抜け出しては、国内外で冒険者もどきをしているという変わり者なのだそうだ。

あ。でもグラント父様に憧れているらしく、そのグラント父様が将軍になるって決まって喜び勇んで王宮に戻って来たみたいなんだよね。

でも生憎。諸々の諸事情ゆえ、グラント父様とはまだお会い出来ていないらしい。

そして第三王子のフィンレー様。

この方の年齢は十四歳。ディラン様と同じく王立学院には通われていない。

黒髪に翡翠色の瞳を持った理知的な方で魔術に傾倒しているらしく、ほぼ王宮の奥にある塔にこもって術式の研究にあけくれているらしい。いわゆる引きこもりのインドア派だ。

職業柄、メルヴィル父様は何度かお会いした事があるらしいのだが、興味のある事以外にはとことん関心を向けないタイプであるようだ。

そして今回の最重要人物である第四王子のリアム様。

この方は本当に表に出る事が無い為、メルヴィル父様でも殆どよく分からないらしい。

しいて言えば髪と瞳の色が青い……という事だけ。

ちなみにだが。第一王子のアシュル様は眉目秀麗なうえ、文武両道でご令嬢方に絶大な人気を誇っている方なのだそうだ。

そのうえ身分で相手を区別することなく誰にでも朗らかに接せられる。まさに『ザ・王子様』といった人物らしい。

う〜ん。そんな完璧人間がこの世に存在するとは……。流石はロイヤルファミリーだね。

でだ。ここが一番問題なんだけど、アシュル殿下はもとよりフィンレー殿下も兄様方や父様方の話によれば、ずば抜けて美しい容姿をされているみたいなんだよね。

って事は他の二人も相当の美形だという事になる。……そう、私の目が潰れる程度には。

美形のロイヤル軍団が控えているお茶会。

いや。それだけじゃなく、イケメンお子様連中が大量に参加している筈のお茶会なんて、私、本当に耐えられるのかな？

ただでさえ大勢の前で我儘娘を演じなくちゃならないのに、緊張して失敗したらどうしよう。いや。それよりも美形の王子様達と対峙した時、あまりの眩しさに鼻血を噴く恐れもある。いやきっと噴く。それだけはなんとしても避けたい！

「ああ……。いっそサングラスをかけられたら……」

「サン？　なに？」

ヤバい！　ポツリと呟いた言葉がうっかりオリヴァー兄様の耳に入ってしまった！

「エレノア？　そのサン……なんとかって？」

「い、いえ！　なんかこう、眩しさを抑える色眼鏡とかがあったらいいなぁって思って！」

「眩しさを抑える眼鏡？」

不思議そうなオリヴァー兄様。あ、他の皆も私に注目してる。

「そ、そうです！　それをかけたら顔も隠れるし、周りがよく見えないから王子様とお会いしても緊張しないかなーって思って……」

「……ふむ。成程。眼鏡か……」

あれ？　メルヴィル父様が何やら思案されている。

「良いかもしれんな。エレノアの場合、我儘な言動だけでは弱いと思っていたんだ。色眼鏡は流石にあれだが……外からはかけた本人の瞳を隠し、特定の人間の姿をぼかすように魔力設定した眼鏡……。成程。早速試作してみるとしよう」

何と！　そんな便利なものが作れるんですか!?　魔法凄いな！

「メル。じゃあなるべく大きく作ってくれるかい？」

「具体的には？」

「父上。侯爵様。僕としては顔半分が隠れるぐらいが良いかと」

えっ!?　ちょっと待って兄様！　何ですかそのサイズ。まるでギャグじゃないですか！

「あの……私としては、そんな大きくなくても……」

「じゃあ縁は分厚い方が良いだろ。色は金なんてどうだ？」

「親父。そこはせめて黒にしてやらねぇとエレノアが可愛そうだろ」

……聞いちゃいねぇ……。

いや兄様。確かに金より黒のがマシです。でも問題はそこじゃないと思うんですが!?

ああっ！　父様が「じゃあ、ピンクで」なんて言ってるー！　やめてー！　絶対にイヤー!!

その後も、「じゃあ、髪の毛はきつい縦ロールにしよう」「ドレスは真っ赤か蛍光ピンクだな。フリルを死ぬほど入れるか」「ド派手な刺繍を入れるってのはどうだ？」「むしろ真っ黒なドレスにしてみては？」「いや。せめて色だけは可愛い系にしてやらないと」

……などと。私の意向を丸無視した会話が飛び交った。

確かに……確かにそんなぶっ飛んだ格好のご令嬢、王子様もドン引きだろうさ！　だけどそれだけじゃなくて、その場の全員ドン引きだよ！

仮装大会に出るんじゃないんだよ!?　私の記念すべきお茶会第一号なんだよ!?　なんだってそんな、よりによって道化師かよって恰好で参加しなきゃならないんだ!?

勇気を振り絞り、白熱している兄様方に「その恰好だと、どう考えても目立ってしまいますが良いんですか？」って聞いてみたら、「悪目立ちだからいいんだよ」って返答された。

おい。ちょっと待て！　悪目立ちしてどーすんだ!!

大事な妹。もしくは娘が笑いものになっても良いんですかあんた方は!?

「君の素晴らしさは、僕達さえ分かっていればそれで良いんだよ」

……いつぞやのジョゼフの台詞をまんま良い笑顔で言い切られました。

あ。クライヴ兄様や父様方も力一杯頷いている。駄目だこりゃ。ピエロ決定だ。

仕方がない。もうこうなったらヤケだ。

悪目立ちでもなんでもいい。究極の我儘お嬢様を見事、演じ切って見せようじゃありませんか！

いざ！　お茶会へ

「さあお嬢様。出来ましたよ！」

「……」

私の誕生日の時と同様、やり切った感半端ない良い笑顔で美容担当の使用人達が私に声をかけてくる。が、私にはあの時のような高揚感は欠片も無い。

「さあどうぞ。お姿をご覧になってください」

……ご覧になりたくない……。

だが私にうだうだしている時間など無い。

仕方なく腰かけていた椅子から下りると、私は全身が映る姿見の前へと立った。

「……わぁ……」

抑揚のない声が無意識に漏れる。

そこにはまごうことなく。どこからどう見ても痛い系なご令嬢の姿が映り込んでいた。

顔半分は分厚い縁取りの眼鏡に覆われ、どこの悪役令嬢だよ!?　とツッコミたくなるような縦ロールの髪には、ド派手なピンクのリボンがこれでもかと自己主張している。

加えてリボンの色に合わせたようなフリフリどピンクなドレスと靴。

しかもこのドレス。白だけでなく赤や青、黄色、橙……といった様々なリボンがあちこちに飾り付けられていてね……。もう、なんていうか「何なんだよお前は！　頭イカレてるのか⁉」って、セルフツッコミしたい気分にさせてくれるんだよ。

「エレノア？　出来たかい？」

貴族の正装をしたオリヴァー兄様と、豪華バージョン執事服を着こんだクライヴ兄様が部屋へとやってくる。

「うん。素晴らしいね。想像以上だ！　君達ご苦労様」

満足気にニッコリと笑うオリヴァー兄様。

……あの……想像以上って……。

クライヴ兄様は私から微妙に視線を逸らして肩を震わせている。

くっそう！　笑いたければ笑え！

「……兄様方は、相変わらずかっこいいですね」

抑揚のない声でそう言いつつ、溜息をつく。

それに引き換え私はなぁ……。はぁ。本当にこんなことまでする必要があるのかな。

そんな私をオリヴァー兄様がひょいっと抱き上げる。

「お褒めいただき光栄です。僕の姫君。……うん。いつもみたく顔も赤くないし、心拍数も上がっていない。いい感じだね」

「はい。この眼鏡をかけているお陰です」

そう。今私がかけているこのバカデカい眼鏡。これこそこの世界のグラサン！

あらゆる意味で眩しさを軽減するスーパー眼鏡だ。

物理的にかつ強制的に。私が眩しいと感じた対象者の姿を上手くぼかしてくれる。しかも主に顔中心に。

素晴らしい。なんて目に優しい仕様の眼鏡なのだろうか。

だから普段だったら、顔を真っ赤にして鼻血を噴きそうな程カッコいい兄様方の姿を見ても、ぼやけて見えるから顔が赤くならないで済んでいる。このイカレた格好の中で唯一素晴らしいと思える点だ。

ちなみにこの眼鏡。フレームの色は私の必死の抵抗と泣き落としの結果、かろうじて銀に近い白色になっている。これがもしショッキングピンクなどになったりしたら、私は断固お茶会に行く事を拒否しただろう。

「じゃあそろそろ時間だから。出かけようか？」

「あ、待ってください！」

「ん？　どうしたのエレノア？」

「あの……。オリヴァー兄様。私が我儘仕様になる前にギュッとしてもらっていいですか？」

そう。この屋敷を出た瞬間、私の闘いは始まる。

だからその前に兄様方にうんと甘やかしてもらって、勇気をもらいたい。

「ッ……！」

途端。オリヴァー兄様が口元を手で覆って赤くなる。

そして私の望み通りに優しく（でも力一杯）抱き締めてくれた。

「クライヴ兄様も……。私が嫌な事いっぱい言っても、嫌いにならないでくださいね？」

「ッ！　エレノア……！」

クライヴ兄様。オリヴァー兄様からひったくるように私を奪い取ると、ぎゅうぎゅう抱き締める。

「お前を嫌いになる訳ないだろ！　俺の方こそお前に辛く当たるかも……いや、絶対辛く当たるが、嫌いになってくれるなよ⁉」

「大丈夫です。兄様！　私、この二週間にわたる修行で、兄様のお言葉に込められた心の声（副音声）が理解出来るようになりましたから！　どんとこいです！」

「ああ。俺もお前の我儘な言動の裏にある、真実の声ってのが割と理解出来るようになったぞ！　これも俺達の絆のなせる技ってやつだな！」

「いいねぇ……君達仲良くて。僕一人だけ蚊帳の外みたいで寂しいよ……」

はぁ……とわざとらしく溜息をつかれ、私とクライヴ兄様の額にビキリと交差点が浮かんだ。

「お前はいつもと仕様が変わらなくて済むからな！」

「兄様ばっかり苦労してなくてズルいです！」

「だって僕、エレノアが我儘だった時も変わらずエレノアを愛していたからね。そんな僕に、なんの演技をしろと？」

「「……」」

そう言われてしまえば、クライヴ兄様も私も黙り込むしかない。

そうなのだ。

この兄は、あの超絶我儘野郎だったエレノア（私の事だが）に対しても惜しみない愛を注いでいてくださった、まさに兄の中の兄。ベストオブ・兄なのだ。

だからオリヴァー兄様はいつも通りの態度で私に接すればいいだけなので、この一週間はもっぱら私やクライヴ兄様の監督だけしていた。

……なんか理不尽だなと思うけど、こればっかりは仕方がない。

「さ。それじゃあ本当に行こうか。エレノア。クライヴ。頑張ってね！」

「はいっ！　兄様！」

「おう！」

そうして私達は馬車へと乗り込むと一路、決戦の場である王宮へと向かったのだった。

ドンッと聳《そび》え立つ白亜の宮殿を馬車の中から見上げ、私はゴクリと喉を鳴らした。

見ればあちこちに様々な馬車から降りているちびっ子達やら、大人達やらがいる。

みんなきらびやかに着飾っていて眩しい……筈だが、この遮光眼鏡（仮名）を装着している私に隙は無い。

『さあ……。いよいよ、舞台の幕が上がるのよ！』

私は女優。私なら出来る。ガラスの仮面を着けるのです！

……と心の中でブツブツ呟きながら、私は恭しく差し出されたオリヴァー兄様の手を取ると、馬車から降りていった。

その途端。周囲の空気が凍った……気がした。

チラリと周りを窺《うかが》ってみると、何かみな一様にギョッとしたような表情でこちらを見ている。

……うん。分かるよ君達の気持ち。

私だってこんな奇抜なファッションに身を包んだ少女がいたら、驚愕の表情でガン見する自信がある。

「さあエレノア行こうか？　今日はガーデンパーティー形式らしいから。王宮の庭園は季節を問わず、色々な花が咲き乱れてとても綺麗だそうだよ」

兄様の言葉に答えるべく、私は深く息を吸い言い放った。

「花なんて興味は無いわ！　それよりもお庭でお茶会なんて最低！　折角のお靴が汚れちゃう！　オリヴァー兄様、会場まで抱っこしていって！」

「はいはい。分かったよエレノア」

オリヴァー兄様が苦笑をしながら私を抱っこしてくれる。

そんな私をクライヴ兄様が冷たい表情で一瞥した。

「お嬢様。まだお茶会も始まっていないのに、もう我儘ですか？　少しはご自分の足で歩こうとなさらなければ（どうした？　やっぱ緊張しているのか？）」

「うるさいわねクライヴ！　私は歩きたくないの！　余計な口挟まないで！　（いや、高い位置から出席者達を見たかったのです）」

「それは失礼致しました。ですが主人の行動を諌める事も執事の務めですので（そうか。戦いにおいて、状況分析は必要不可欠だからな。いい判断だ）」

私達は互いにバチバチと火花を散らすふりをしながら、副音声で会話を行う。

「ああ。ほら。エレノアもクライヴもそれぐらいにしなさい。……これから高貴な方々のいる場所に行くのだから。もっと慎重に、お互いに仲良くね」

オリヴァー兄様は流石のスキルで、私達の心の中の会話をしっかり理解していらっしゃるご様子。

ちなみに今のオリヴァー兄様のお言葉は「これから敵の本丸に向かう。各々方、油断なさるな」という意味だ。

なぜ武士な口調なのかという点には深くツッコまないでほしい。

『それにしても……』

オリヴァー兄様に抱っこされながら周囲の人達をチラチラ盗み見てみるが、やはりというか大小問わず、男性は皆イケメンが多い。（皆、大なり小なり顔がぼやけて見えるから）

オリヴァー兄様やクライヴ兄様クラスは流石にいないみたいだけどね。やはり兄様方って規格外なんだなぁ。

対して女の子達はと言えば、色々着飾って華やかだけど顔面偏差値が異常に高い男性達に対し、顔立ち的にはわりかし普通な少女が圧倒的に多い。

勿論それなりの美少女もチラホラいるけどね。やはりというか、以前私が推測した野生の法則が働いているのだろう。……多分。

そして大体の少女達が二人以上の取り巻き（もしくは兄弟？）を付き従えていた。

ううむ……。肉食女子達の群れ……。

話には聞いていたけど、やはり実際見ると凄い世界だな。

彼女らはオリヴァー兄様やクライヴ兄様を目にするなり頬を染め、熱くてねっとりとした視線を向けてくる。

対して私には突き刺さるような鋭い視線を向け、取り巻き達とクスクス嘲笑したりしている。これまた実に分かり易い態度だ。

まあ……ね、こうなるのは分かっていたけど、やっぱ気分が良いものでは無いな。

私の我儘っぷりを先制パンチで見せ付けた事だし、そろそろ本丸へと移動すべきだろう。

「兄様！　歩くのが遅いわ！　もっと速くして！（兄様。すみません。私、早くこの場を離れたいのですが）」

「ああ、御免ねエレノア。……そうだね。ちょっと毒花の臭いがキツいから、急ぐとしようか」

私の要求に兄様がニッコリと笑って頷く。

なんかさらりと呟いた言葉に滅茶苦茶トゲがあった気がするが……。まあ、兄様ってシスコンだからね。

「お嬢様。くれぐれも粗相をなさらないように（これからが本番だ。気を引き締めろ！）」

「うるさいわね！　分かっているわよそんな事！（はい、兄様。了解です！）」

私達は羨望と嫉妬の視線をビシバシと背中に感じつつ、その場を後にしたのだった。

◆◆◆◆◆

お茶会の会場となっている王宮の庭園へと移動した私は、その美しさに目を丸くした。

『す、凄い！　うちの庭園も凄く素敵だけど、こちらとは比べ物にならない……！』

青々とした瑞々しい芝生がどこまでも広がる空間。

そしてそれに映える、色とりどりの花があちらこちらに咲き誇っており、その花々を愛でられるような絶妙なポイントにテーブルや椅子が配されている。

そしてその上には、目も眩む程美味しそうなお菓子が所狭しと置かれているのだ。

しかもお庭の中央には、真っ白な大理石で造られた豪華な東屋のような場所があった。

ひょっとしなくても、そこが王族達の座る場所であろう。

「じゃあエレノア。僕達はここでお茶を頂こうか？」

そう言うと、オリヴァー兄様は大きな藤の木の根元に設置されたテーブルへと向かった。

王族とお近づきになりたいご令嬢方は皆少しでも東屋に近い席に座りたがるので、東屋からかなり離れた端の方にあるこの場所は人気がなく、私達的には絶好のポイントだ。

『うぉぉお！　凄いなこの藤の花！　前の世界でも藤の花が有名な公園に行った事があるけど、それ以上だわ！』

垂れ下がった薄紫の花。それはまさに咲き乱れていると言うに相応しいものだった。

その幻想的な光景を思わずうっとり眺めていた私の口に、すかさずクッキーが差し出される。

「さ、エレノア？　君の好きなクッキーだよ。あーんして？」

おっといけない！　私、花なんかに興味の無いお嬢様って設定だったね！

慌てて差し出されたクッキーをパクリと口にする。

サクサクホロリと口の中で溶けるように無くなっていくその美味しさに、思わず頬がゆるみそうになってしまう。が、我儘令嬢エレノアにそんな反応は許されない。

「兄様。こんな貧相なクッキーじゃなくて、もっとクリームたっぷりのケーキが食べたいわ！」

「ああ御免ね。エレノアは生クリームが好きだものね」

そう言って穏やかに笑いながら、兄様はクリームが乗っかったプチケーキを口元に持ってきてくれた。

パクリと口に含むと、これまた濃厚なクリームの味が口の中いっぱいに広がって滅茶苦茶美味しい。

流石は王族が提供するお菓子だ。レベルが高すぎる。

「兄様！　次はあっちのピンク色のがいい！　早く取って！」

「はいはい」

……何気に視線を感じる……。

こんな会場の端にある席に座っているにも拘らず、あちらこちらから視線を感じる。

うん。そりゃあそうだよね。私の兄様方、超、超、優良物件だからね。肉食女子なら涎を垂らすほど美味しそうだろうさ。

それがこんな子供に傅いてご奉仕しちゃっているんだもん。そりゃあ妬ましいだろうね。とびきり美しく優しい兄に我儘を言いながらケーキを食べる私は、さぞかし可愛げのない我儘娘に見えるだろう。格好もアレだし……。

だがここで手を緩める訳にはいかない。

「クライヴ！　なにをボーっと立っているの⁉　私、喉が渇いているの！　早くお茶を淹れて頂戴！（済みません兄様。緊張とお菓子で喉が渇きました。お茶を淹れてください）」

実の兄に高飛車な口調で命令をする私に、クライヴ兄様は絶対零度の冷めた視線を向ける。

「かしこまりました。お嬢様が考え無しにお菓子を頬張って、喉に詰まらせては大変ですからね。すぐにお淹れ致します（分かった。今淹れてやるから菓子を喉に詰まらせないよう、ゆっくり食えよ）」

「余計な事を言わないでさっさと淹れなさいよ！　気が利かないわね！（有難うございます。気を付けます）」

あ。私達の副音声な会話にオリヴァー兄様の肩が小刻みに震えているよ。

……うん。兄様が楽しそうで何よりです。

オリヴァー兄様のみならず。見目麗しき美貌の執事、クライヴ兄様までをも顎で使うちびっ子……。ふ……。なんかもう、嫉妬の視線ビシバシで火傷しそうだよ。

『……にしてもさぁ……』

お菓子を食べながら、こっちも他の子達の様子を窺っていたのだが。そこには驚きの光景が広がっていた。

「ちょっと！　このお茶、私の好きな茶葉じゃないじゃない！」

「あっちの席に咲いている薔薇の方が、こっちのお花より断然綺麗だから、あっちに行く！」

……等々。他にも、「やっぱりドレスは赤が良かった」だの、「王子様が来たら、私の魅力をアピールしろ」だの、言いたい放題だ。

あ。向こうの席の子、癇癪起こしてティースタンドをひっくり返している。あっちでは男の子を取り合って、ご令嬢同士が取っ組み合いやってるよ。……マジか。

ひょっとして、これが普通のお茶会ってやつなのかな？　だとしたら淑女の嗜みとは一体……。

そういえば以前、クライヴ兄様が言っていたっけ。

『エレノア。世の女共の第一形態は制御出来ない野生の獣だ。それが年を取るごとに獣性の上に人間の皮を被っていき、いわゆる『淑女』と呼ばれる生き物になっていく。だがひとたび「これ」といった獲物を見つけたら、奴らは獣の本性をあらわにして喉笛に食らい付こうとしてきやがるんだ』

それを聞いた時は『兄様……ひょっとして、女性関係で嫌な事《トラウマ》あった？』なんて思ったけど。実際に見てみると、あの時の兄様の言葉ってあながち嘘では無かったんだなーって納得してしまう。

お貴族様の優雅な「うふふ……」「おほほ……」な世界とは程遠い目の前の光景に、うっかり猿山を思い出す。そうか。これが第一形態かぁ……。

う～ん……。確かにこの場では、我儘なフリしてないと逆に浮くなぁ。

対して男性陣はというと、キレて暴れたり喚いたりするお嬢様方を何とか宥めすかし、お菓子を食べさせたりお茶を飲ませてあげたりと皆必死だ。

まあ。男余りのこの世の中で、折角ゲットした恋人ないし結婚相手だもんね。捨てられないよう、必死になるのも分かるよ。

でもこれが女の子への甘やかし無限ループになって、矯正不可能な程、自分勝手で高飛車なお嬢様が出来上がってしまうんだろうな。

普通に育てばちゃんと素直な可愛い子になれるかもしれないのに。なんか勿体ないな……。

その時だった。急に黄色い歓声がわき上がる。

慌てて声の上がった方へと目を向けると、護衛の騎士に囲まれた三人の少年（青年？）達が歩いて来るのが見えた。

多分……いや、間違いない。王子様達だ！

『つ、遂に……！』

ロイヤルファミリーの登場に、私はゴクリと喉を鳴らしたのだった。

◆◆◆◆◆

「おや？　アシュル殿下だけでなく、他の殿下方もご一緒だとは……」

オリヴァー兄様が驚きに目を見開いた後、今度は眉根を寄せる。

「リアム殿下がおられないようだな」

確かに。

遠目だからよく分からないけど、ロイヤルファミリーの中に青い髪のちびっ子はいないようだ。

「どうやら風邪をひかれて欠席のようです。先程の給仕が申しておりました」

クライヴ兄様。いつの間にそんな情報を仕込んでいたんですか。流石は有能執事。仕事速いですね。

しかし、今回のお茶会の主役なのに欠席とは。

ご令嬢方もさぞかしガッカリ……はしてないようだ。

みんな他の殿下方の元に、我も我もと群がっているのが見える。ああ。第四王子じゃなくても、王子様なら誰でも良い訳ね。流石は肉食女子。

「エレノア？　あちらの王子様方が気になるの？」

オリヴァー兄様の言葉にハッとする。

そ、そうだった。昔の私、王子様と結婚したいなんて言っていたんだから、こういう場合は他のご令嬢達みたく王子様と直接お会いしたい筈だよね。

「オ、オリヴァー兄様！　私も皆みたいに、王子様にご挨拶に行きたい！　早く連れて行って！」

「エレノア。駄目だよ。リアム殿下がいらっしゃらない以上、いきなりご挨拶に行ったら他の殿下方のご迷惑になるからね」

成程。つまりはお見合い相手が不在なのだから、わざわざご挨拶しに行かなくてもいいという事ですね？

……って事は……。やったー！　普通にお茶して帰ればいいだけか！

うわぁ良かった。一気に気が楽になった！　だけどここにいる間はやるべき事をやらなければね。

「だって、お兄様はアシュル殿下とご友人なのでしょう⁉　ならすぐにご挨拶出来る筈だわ！」

「お嬢様。それはあくまで学院内での話です。今この場で我々は殿下方の臣下として礼節を守らなくては」

「何よ！　クライヴったら役立たずね！　私が殿下達にご挨拶したいのよ！　私の執事だったら何とかしなさいよ！」

「残念ながら。いくらお嬢様のご希望だとて、叶えられるものとそうでないものがあるのです。お嬢様も十歳におなりになられたのですから、そろそろそういった事実を受け入れ学ばれたらいかがでしょうか？」

「うるさい！　うるさい!!　クライヴの馬鹿！　役立たず!!」

……ふぅ……。こんなもんかな？

兄様方をチラ見すれば、二人とも満足そうに小さく頷いている。

私は更に癇癪を起したふりをしながら、オリヴァー兄様の胸に顔を埋めて小さく溜息をついた。

……ああ。疲れる。もう帰りたい……。

そんな私の頭を、オリヴァー兄様の優しい手が労わるようにサラリと撫でた。

「じゃあエレノア。そろそろお暇しようか？」

「えっ!?」

思わず上がった抗議……ではなく歓喜の声に、クライヴ兄様が咳払いをする。

私は慌てて再び気を引き締めた。

「い、嫌よ！　何でもう帰らなくちゃいけないの!?」

「だってエレノアがお嫁さんになりたいって言っていた王子様、今日はご病気で欠席だってクライヴが言っていただろう？　お菓子も沢山食べてお腹いっぱいだろうし」

「嫌！　私、帰らないから！　お菓子だってまだ食べたいんだから！」

はい。正直、場が持たないのでお菓子を食べまくっていた結果、私のお腹はパンパンです。

流石の私も緑茶と煎餅といった口直しが欲しいです。

「王子様なら別の機会に会えるようにするから。ね？　エレノア」

「お嬢様。我儘も大概になさいませ」

「嫌ったら嫌～!!」

さ、流石に大声張り上げ続けていたから息が切れてきた。

あ。クライヴ兄様から最後のダメ出しの合図が！

……よし。今度はジタバタしてみよう。

オリヴァー兄様。私が落ちないように、しっかり支えていてくださいね！

王子様達とのご対面

「おお～！　今回もまた一段とすげぇな！」

目の前で起こっている野生の王国……ではなくお茶会の様子を、ラフな正装に身を包んだ赤髪赤目の青年が面白そうに眺めている。

その横では宮廷魔導士団の黒ローブを着込み、眼鏡をかけた黒髪エメラルドアイの少年が、心底うんざりとした様子で溜息をついている。

「品がない。五月蠅い。早く塔に戻りたい」

「まあそう言うな。お前達も通ってきた道だろう？　可愛い末っ子の為に、もう少し我慢しておくれ」

王族らしい白を基調とした正装に身を包んだアシュルは、ここぞとばかりに自分達に媚を売ろうと挨拶にやってくるご令嬢達を適当に相手しつつ、そういう意味での興味を全く示す気配の無い弟達をやんわりと諭す。

「でもさ兄貴。今回は俺達の時にもまして凄くねぇ？」

燃えるような紅い髪と、煌めくピジョン・ブラッドのような深紅の瞳を持つ第二王子のディランは、大人顔負けの体躯を持つ精悍な容姿をしている。

だが決して粗暴という訳でもない。

第一王子のアシュル同様、驚く程整った顔立ちに野性味がプラスされた結果、しなやかな肉食獣の様な危険な色気を放つワイルド系美青年になった……といった感じだ。

「僕の年も酷かったけど……。なんか年々、ご令嬢方の質が低下している気がするよ」

対して第三王子のフィンレーは、ディランとは正反対の知性と理性が服を着ているのかと言われる程の知的系美少年だ。

襟足長めのサラリとした艶を含んだ黒髪と、吸い込まれそうに深い翡翠色の瞳を持っている。

そして魔術に傾倒しているとの噂通り、今着ている服も魔導士団員が着ている制服を豪華にしたような作りとなっていた。

興味を持ったものに対して以外、まるで表情筋が動かないとされる無表情にかかっている眼鏡は、フレームの無い薄いタイプのもので、理知的な雰囲気の彼に非常に良く似合っていた。

「まあ否定はしないけどね。そうそう、今回はお前達のお気に入りである、クロス子爵とオルセン男爵の義理の娘になる予定の子が参加しているんだよ」

「ああ……。アレ？」

フィンレーが興味なさそうな様子で会場の隅をチラ見する。

そこにいたのは会場の隅にある藤の木の下、オリヴァーの膝の上でテーブルの傍に控えているクライヴと何やら言い合いをしている、遠目でも分かる程に奇抜で派手な格好をした女の子だった。

「う～ん。見れば見るほど、あの服のセンス……斬新だな」

「派手な格好をすれば目立つとでも思ったんじゃない？　凡夫の浅はかさだね。……まあ確かに、嫌でも目がいってしまうというか……。にしても酷すぎるけど」

「あれがオリヴァーの溺愛している妹君。エレノア嬢か……。クライヴのあの嫌そうな態度。あの振舞い。まあ、噂通りだね」

そのまま見ているとエレノアはこちらを指差し、抱かれているオリヴァーの腕から身を捩って抜け出そうとしているようだ。大方、自分もこちらに連れていけと駄々をこねているのだろう。

それに対してクライヴが何か言ったのか、更にヒステリックに癇癪を起こしている。

『あの』オリヴァーが溺愛している娘なのだから、ひょっとしたら噂と違い、『まともな』ご令嬢ではないかと期待していたのだが……。どうやらしっかり噂通りの娘であったようだ。

「う～ん。やれやれ。オリヴァーもクライヴも大変そうだねぇ」

「あんなのが義理の娘なんて、クロス子爵が気の毒だね」

「オルセン将軍もな。見ろよ、息子の嫌そうなあの態度。あんだけ息子が毛嫌いしている女なのに、オルセン将軍もよくバッシュ侯爵に文句を言わねぇよな」

「じゃあ困っている友人を、ちょっと助けてあげようか。ねえ、そこの君。バッシュ侯爵令嬢をここに呼んで来てくれる？」

アシュルの言葉に、傍らに控えていた近衛騎士が深く頭を垂れた。

◆◆◆◆◆

「失礼致します。バッシュ侯爵令嬢に、殿下方がご挨拶をされたいとの仰せです」

いきなりこちらにやって来た近衛騎士の言葉に、オリヴァー兄様に支えられながら海老反りをしていた私は、その姿のまま固まった。

『えええー！　な、何で⁉　お見合い対象の王子様、欠席の筈でしょー！』

見れば兄のオリヴァーとクライヴも固まっている。

そりゃそうだよね。私達、そろそろ帰ろうかーって話し合っていたんだから。（勿論、副音声で）

なのにあちら側から呼ばれてしまうなんて、そんなのってアリ⁉

いち早く我に返ったオリヴァーが、素早く海老反り状態のまま固まっていたエレノアを抱き抱え直した。

「エレノア、良かったね。王子様方が君とお会いしたいって」

そう耳元で囁かれ、エレノアはハッと硬直から解けた。

「わ……わぁー！　嬉しい！　は、早くお会いしたいわ！」

バンザイして喜びつつ、眼鏡の奥は涙目だ。

一体全体なにがどうしてこうなった⁉

とにかく直々のご指名なのだ。お待たせする訳にもいかない。

私はオリヴァー兄様に抱き上げられたままクライヴ兄様を引き連れ、王子様方の元へと向かう。

気分はもう死刑台に向かう死刑囚だ。

「お嬢様。くれぐれも王子様方に失礼の無いように（エレノア、しっかりしろ！　落ち着いて頑張れば大丈夫だ！）」

「クライヴ……。余計なこと言わないで（うう……クライヴ兄様！　が、頑張ります！）」

かくして私は、王子様方が寛いでいる東屋の前へとやってくると、芝生の上に下ろされた。

「アシュル殿下。ディラン殿下。フィンレー殿下。オリヴァー・クロスで御座います。本日は妹のエレノアへのお招き、感謝いたします」

オリヴァー兄様が臣下の礼をとり、クライヴ兄様もそれに続くのを見て、私も慌ててカーテシーをご披露する。

「殿下方。は、初めまして。エレノア・バッシュで御座います。本日はお招きいただき有り難う御座いました！」

「やあ、オリヴァーにクライヴ。それにエレノア嬢。よく来てくれたね。こちらこそ会えて嬉しいよ」

私達から見て正面に座っている人が優しい口調で話しかけてくる。

顔がめっちゃボヤけてて、辛うじて笑っているって事しか分からないけど……金髪だから、この人が第一王子のアシュル殿下だろう。

という事は、アシュル殿下が座っている椅子に凭れるようにして立っているのが赤毛だからディラン殿下。そして左側の席に座っていらっしゃるのが、フィンレー殿下だろう。

こちらも顔がめっちゃぼやけている。つまりは全員、鼻血レベルの美形だという事だ。

――こ、この人達に気に入られたら、拉致監禁コースまっしぐら……。

恐怖と緊張でゴクリと喉が鳴る。

「さ、エレノア嬢。立ち話もなんだから、こちらに来て僕達と一緒にお茶を飲まないかい？」

ひぃいぃ！　なななんで一緒にお茶ー？　挨拶して終わりじゃないのー!?

どうしよう……どうすれば……。あ！　そ、そうだ！　演技しなきゃ！

早く……早く、我儘で常識知らずな令嬢らしく、喜びつつはしゃがなくては！　ああ。でも上手く言葉が出てこないっ！

「エレノア？　ああ、申し訳ありません殿下方。妹は喜びのあまり、言葉が出ないようです」

固まってしまった私を、オリヴァー兄様がさりげなくフォローしてくれる。ナイス！　兄様！

「お嬢様。折角のアシュル殿下のご厚意です。みっともなく殿下方に見とれているのは止めて、早くお席に着かれませ（エレノア。第一王子直々の誘いだ。断れん。可愛そうだが、ここは覚悟を決めろ！）」

ああ……！　殿下方が何か話し合っている！　な、何か言われているのかな？

クライヴ兄様にも活を入れられ、私はギクシャクしながらアシュル殿下の正面の席に座った。

うう……。つくづくこの眼鏡していて良かったよぉ！　こっちの表情もごまかせるし！

「エレノア嬢。君、甘いものは好きかな？」

「は？　は、はい」

「そう。じゃあこのお菓子の中では、どれが一番好き？」

アシュル殿下がテーブルの上に置いてあるお菓子を指差す。

え？　ひょっとして取ってくれるつもりなのかな？　うわぁ、恐れ多いわ……。

「あ……えっと……。そ、その苺が乗っかっているケーキが……美味しかった……です」

「ふぅん……これか。確かに美味しそうだよね」

そう言うとアシュル殿下は苺のケーキを手に取る。

ん？　手に取った？　……あれっ⁉　何故か一瞬、後方から殺気を感じた気がする。

アシュル殿下はこちらを見てニッコリと笑うや否や、手にしたケーキをパクリと口に含んだ。

「うん、本当だ。とても美味しいね」

再びニッコリ笑われ、思わずポカンとしてしまう。

え？　なに？　自分で食べちゃったよこの人。

……え～っと。こういった場合、どう返事したら良いのかな？　「それはよろしゅうございました」って言えば良いのかな？

「あの……」

「お嬢様。何をいつまでも物欲しそうな顔で意地汚くご覧になっているのですか？　淑女として、はしたないですよ」

私が口を開いた絶妙のタイミングでクライヴ兄様がピシャリと言い放った。

『クライヴ兄様⁉』

振り返って兄様の顔を見てみれば、物凄く冷たい表情で私を睨み付けている。が、その目には心配そうな色がしっかりと浮かんでいた。

兄様……！　な、成程。つまり今私は好物を王子様に食べられて、腹を立てているっていう体を取ればいいんですね。ご指導有り難う御座います！

「誰が物欲しそうに見ているっていうのよ！」

早速、戦いのゴングが鳴った。

「お嬢様がですが？　まさか自覚がおありにならなかったのですか？」

「何よ！　使用人の分際で！　なんでいつも嫌なことばかり言うの⁉　クライヴなんて大嫌い！　さっきだって……」

「エレノア！　止めなさい！」

初めて聞くオリヴァー兄様の厳しい口調に身体がビクリと竦んだ。

「おにい……」

「ここがどこで、一体誰が目の前にいらっしゃるのか。君はちゃんと分かっているのかい？」

「……」

「エレノア。僕は殿下方にお詫びをしておくから。君はクライヴと一緒に席に戻っていなさい」

そう言い終わったオリヴァー兄様が溜め息をつく。

おお……！　凄いです！　兄様、真に迫っています！

まさに常識知らずな我儘娘のやらかしに困り果てていらっしゃる身内そのものですよ。さっきの厳しいお言葉も、演技だと分かっていてもちょっとだけビビりました。

「さ、行きますよ。お嬢様」

席を立ち、俯いている私に手を差し出すクライヴ兄様。

その手をペチリと叩くと、私は挨拶もせずにその場から走りだした。

「お嬢様!?」

「エレノア！」

兄様方の声をバックに衆目の中、人目をはばからず庭園を全速力で走り抜ける私の心は、悲しみではなく、喜びと解放感で一杯だった。

——やったー！　やり切ったぞ！

王子様方。不敬な女で済みません。でもこれでもうお会いすることもありませんでしょう。ごきげんよう。いいお妃候補が見つかるよう、心から祈っております。って訳で兄様方、後のフォローは宜しくお願いしますね！

私はそのまま後ろを振り返ることなく、脱兎のごとくに会場を後にしたのだった。

◇◇◇◇◇

走り去っていくエレノアの姿を見ながら、オリヴァーはもう一回溜息をついた。

「さて。アシュル殿下。貴方、わざとエレノアに意地悪をしましたね？」

「おや？　僕、何か意地悪したかな？」

「とぼけないでください。エレノアにお菓子を選ばせて、いかにも食べさせてあげるフリをされたでしょう？」

「心外だな。何が美味しいか聞いただけじゃないか。でもそれを勝手に誤解されてしまえば、そういう事になるかな？」

「殿下。貴方がたがどう思おうとも、エレノアは僕のたった一人の妹であり、大切な婚約者です。今後このような行動を取らないとお約束していただきたい」

食えない笑みを浮かべるアシュルに対し、オリヴァーはいつもの物静かな笑みを浮かべること無く、厳しい表情でそう言い切った。

『ふ～ん……？』

オリヴァーとはクライヴ絡みで親しくなり既に四年にもなるが、温厚な彼が声を荒げる姿など一度も見た覚えが無かった。

それは彼に対して強硬手段を取るようなご令嬢方に対しても同じで。まさかこんなイタズラ一つでここまで自分に対して憤るとは思ってもみなかった。

さっきエレノア嬢が好きだと言った苺のケーキを手にした時、一瞬殺気にも似た視線を向けてきたのにも驚いた。

その時、「ああ。この男は本気でエレノア嬢を愛しているのだ」と、心の底から確信したものだ。

……うん、人の好みは色々だからな。でもまさか『貴族の中の貴族』と評されているオリヴァーの趣味がアレだとは……。ちょっと……いや、かなり意外だった。

アシュルはチラリとクライヴの様子を窺ってみると、妹の走り去って行った方向を見つめている。表情や態度こそ冷たい風を装っているが、情の深い男だ。やはりオリヴァー同様、妹の事を心配しているのかもしれない。

「クライヴ。君も僕に何か言いたい事ある？」

「……私は……」

「いいよ。ここではいつもの通りに話してくれても。僕が許可しよう」

アシュルの言葉に、クライヴがフッと詰めた息を吐いた。

「アシュル。確かにうちの馬鹿妹がウザかったのは分かるがな。お前があんな態度取ったりすれば、あいつが周りからいい笑いモンになっちまうってのは分かっていただろう？　まあ、あいつにはいい薬になっただろうが。オリヴァーの言う通り、二度とああいうことをしようとするなよ？」

エレノアに伝え忘れていた事だが、身内以外の男がお茶会で女性にお菓子の好みを聞く時。それは「君に私の手でお菓子を食べさせて差し上げたい」という意味で、つまりは気になっている女性へのアプローチの一種なのだ。

それに対し、女性は相手が好みであれば自分が食べさせてほしいお菓子を教え、興味がない相手には「この中に、私の好きなものはありません」と言って断わるのだが、まさかアシュルがそれをエレノアにするとは思ってもいなかった。

もしかしたらこの男がエレノアに興味を持ったのか？　と、一瞬焦ったが、どうやら自分達……というか主に自分を見下したり我儘ばかり言っているエレノアに対し、ちょっとした意地悪をしたかっただけのようだ。

ひとまずエレノアの事がバレていない事には安堵したものの、可愛い妹が苛められたと思えば気分は良くない。（エレノア自身は分かっていない上に、知ったとしても気にもしないと思うが）

だがしかし、これでもう王族との接点も無くなるうえ、他のお茶会の誘いも激減するだろう事を考えれば、不快ではあるがこれ以上ない程の成果とも言えるだろう。

「安心するといいよ、クライヴ・オルセン。それとオリヴァー・クロス。僕達が彼女とこうして会う機会はもう無いと思うからね」

「……ええ。フィンレー殿下。そうである事を心から願っております」

そう言うとオリヴァーは、アシュルに負けず劣らずな食えない笑顔を浮かべた。

人助けをしました

……ヤバイ。迷った……。

私はだだっ広い王宮の回廊を、行く当てもなくウロウロとさ迷っていた。

やはり土地勘の無い場所を猛ダッシュするものではない。しかも人のいない場所に向かって爆走していたので、道を聞こうにも歩いている人すらいないのだ。

でもこれ不用心すぎないか？　仮にもロイヤルファミリーのお住まいだよね？

「……仕方がない。最終的には兄様方に捜し出してもらうしか……」

その時だった。

なんか複数の子供達の声が聞こえてくる。……というか、女の子の金切り声も交じっているよ。

え？　なんでこんな人気の無い場所で？

まあでも人がいてくれて助かった。取り敢えず庭園に出る通路を教えてもらおう。

そう思い声のする方向へと歩いて行くと、そこには三人の女の子達とその取り巻き達であろう複数の少年達がいた。

「あのー、申し訳ありま……」

声をかけようとした私は、そこに彼女達以外にもう一人いる事に気が付いた。

なんと給仕服を着た少年だ。

しかも何故か彼は床に尻餅をついており、周囲には割れた陶器やお茶などが散乱していた。

「何よ！　折角あんたみたいな使用人ふぜいに声をかけてあげたっていうのに、それを断るなんて信じられないわ！」

彼を取り巻くように立っていた少女の内の一人が、不機嫌そうな金切り声を張り上げる。

すると他の少女達も次々と声を上げ始めた。

「そうよそうよ！　しかも貴方、私のテーブルの専属にしてあげるって言ったのに、それも断ったわよね⁉」

「貴族の子女である私達のお願いを男の……しかもお前のような下賤な者が聞かないなんて、どういう教育をされているの⁉　さあ、私達に丁寧に詫びて許しを請いなさい。さもないともっと嫌な目に遭う事になるわよ？」

……ジーザス……。

おいおい。これってつまり、目を付けた可愛い給仕係が自分達に靡かなかった……って理由で、あの少年を苛めているって事だよね？

そりゃあ小さくても女の子だから、男の子に振られてプライドが傷ついたのは分かるけど。だからって取り巻き引き連れて「放課後校舎の裏に来な！」的な仕返しするなよ。

しかし、このお茶会に参加しているって事は、あのご令嬢達って私と同い年なんだよね。なのにもう男漁り全開かよ。流石は肉食女子。十歳児でも侮れん。

見れば因縁をつけられている少年は、ギャアギャアと喚くご令嬢方に対して無言を貫いている。

以前、王宮に仕える者達はたとえ使用人でも腕に覚えのある者が多いって、父様に聞いた事がある。

だからこの少年もひょっとして、それなりに強いのかもしれない。現に特に怯えている様子もないしね。

でも相手は複数。しかも全員お貴族様だ。

いくら腕に覚えがあっても不味い状況には変わりないだろう。

私は覚悟を決めるとその集団に近付いて行った。

「あら？　ごきげんよう。そこの方々」

声をかけるとその場の全員がビクリとする。

そして私の方を振り向くや否や、ギョッとした顔になった。

……うん、まあ、気持ちは分かる。

「何を五月蠅くさえずっていらっしゃるのかしら？　しかもこんな使用人に絡んでいらっしゃるなんて……。品性を疑いますわね」

そう言いながら、さりげなく尻餅をついたままの給仕の少年の前に行き、彼女達からガードするように立ちはだかった。

ご令嬢達は超奇抜ファッションに身を包んだ私の登場に一瞬言葉を失った様だけど、すぐに復活して憤慨したように顔を赤くしたり、意地悪い笑いを浮かべたりしている。

「ああら？　そんな恰好をなさっている方に、品性うんぬんを言われたくありませんわ。ねぇ？

バッシュ侯爵令嬢様。元々のご容姿が残念ですと苦労されますわね？」

途端他のご令嬢達も、「そーよ！　そーよ！」と喚き出す。

……うん。多分この子がこの連中の中ではボスなのだな。

「あら。これは私の趣味で着ているものですから、苦労でもなんでもありませんわ。……ところで、貴女ってどなた？」

わざと口角を上げながら、馬鹿にした口調で煽ってみる。

するとしたたかな様でいて、そこはまだまだ十歳児。すぐ挑発に食い付いてきた。

「なっ！　わ、私はペレス伯爵の一人娘であるイライアよ！　宰相様のお家に連なる由緒正しき血筋なのですからね！　よく覚えておきなさい！」

「ええ。よく覚えましたわ。たかが伯爵家の者が、侯爵家の娘である私に対して失礼な物言いをなさった事も……ね。屋敷に戻りましたら早速、父や私の兄達にもこの事をご報告させていただきますわ」

その瞬間。周囲の……特に取り巻きの少年達の顔がザっと青くなった。

そう。貴族の階級制度は絶対だ。しかも私の父であるアイザックは、あんなに温厚で穏やかそうな人物に見えて実は滅茶苦茶切れ者らしく、今現在の宰相様から直々に宰相職を譲りたいと打診されているお方なのだ。

でも本人は「娘との時間をこれ以上減らしたくない！」という理由で断り続けているみたいなんだよね。それでいいのか？　父よ。

しかもオリヴァー兄様のお父様であるメルヴィル父様って、爵位は子爵だけど宮廷魔導士団の団長だし、クライヴ兄様のお父様のグラント父様は、騎士の頂点である将軍の位を拝命している。しかも近い内、子爵位を授かる事が正式に決定したらしい。

いくら血筋が良くても、それだけの勢力を敵に回したらペレス伯爵家もただでは済まないだろう。ましてや、このペレス伯爵令嬢の取り巻き達の家は絶対に伯爵家よりも格下である筈だろうし、下手すると家ごと潰されてしまう可能性がある。

……いや、別にチクるつもりは毛頭ないけどね。

だって言ったら最後、本当に報復しそうで怖いんだもん。特にオリヴァー兄様が。

「さあ！　分かったならさっさとここから立ち去りなさい！」

最後に威嚇するようなキツイ口調で言い放つと、少年少女は怯えた様子でバタバタとその場から走り去って行ってしまった。

ふぅ。やれやれ何とかなった。これも日頃の我儘令嬢教育の賜物だな！

それにしてもボス格が私の家より身分低くて良かった〜！

「さて……と」

私はクルリと後ろを振り向くと、件の少年は未だ床に尻餅をついたままの状態でこちらを見ていた。

『あれ？』

顔がめっちゃぼやけている。って事はこの少年、凄い美少年って事だな。ま、そりゃそうか。だからああしてご令嬢達に絡まれていたんだもんね。

あ、警戒した様子。

ああ。次は私に何をされるのかと不安なのかな？　大丈夫、安心して。私、ショタコンの気はないから。

「貴方、大丈夫？」

「……」

少年は答えなかったが、よく見ると手の甲から血が滲んでいた。

多分持っていたティーカップとかを落とした拍子に、その破片で切ってしまったのだろう。

『え～っと。ハンカチかなんか……は、持って無いな。……あ！　そうだ！』

私は自分のドレスに目を落とすと、スカート部分に幾つもくっついているリボンの中から真っ白い色を選んで引きちぎった。

「ッ!?」

そうしてギョッとした様子の少年の傍にしゃがみ込むと、怪我をした箇所を包帯の要領でクルクルと巻き付けていった。

「はい。応急処置としてはこれでいい筈よ。後はすぐにお医者さんに診せる事ね。怪我の痕が残ったりしたら大変だから。あ、そうそう！　お聞きしたいんだけど、庭園にはどうやって行けばいいのかしら？」

「……庭園なら、この先を真っすぐ行けば着きます。……あの。大丈夫なのですか？」

「え？　何が？」

「その……ドレスの飾りを……」

言い辛そうにそう言うと、少年は自分の手に巻かれたリボンを見る。

「ああ、気にしないで。こんなに沢山くっついているんだもん。一つや二つ無くなった所で誰も気が付かないわよ」

「はあ……」

少年はなおも戸惑っているようだが、私の価値を下げる為に作られた、こんなアホなドレスに愛着など無い。むしろこの悪趣味なリボンの山が、こんな風に他人様の役に立つなんてとても喜ばしい事だ。

私は少年をマジマジと見つめてみる。

見ただけで分かるサラサラした綺麗なダークグレイの髪。

瞳は……顔がぼやけていて分からないが、ぼやけているって事は相当な美形という事だ。

う～ん。美少年の素顔が見れなくて、残念なのか助かったのか……。

それとまだ小柄ながら、スラリと均整の取れた肢体をしている。

うん、これはまさに将来の有望株。きっとこれから益々、ああいった風に女の子達から絡まれるんだろうな。超絶美形な兄を二人も持つ私には、その苦労が痛いほどよく分かる。

「顔が良いと、苦労するわね」

「！」

「それじゃあね。傷、お大事に！」

私は同情を込めてそう口にすると、教えてもらった道を小走りしながら庭園へと向かった。

◆◆◆◆◆

「エレノア。今日は本当にお疲れ様」

「……はい。疲れました～……」

あの後。庭園が見えて来たと同時に私はクライヴ兄様に捕獲された。

「お前は一体、どこまで走って行ったんだ！」と怒られつつ、合流したオリヴァー兄様と共に急いでお茶会を退席して今現在はこうして馬車の中だ。

「あの……オリヴァー兄様にクライヴ兄様。あの後、殿下方にお叱りを受けましたか？」

なんせ私、謝罪もしないで走って行ってしまったからなぁ。

「いや？　別にお叱りは受けていないよ。ねぇ、クライヴ」

「ああ。ちょっと世間話をしただけだから。お前は何も心配しなくていい」

兄様方のお言葉にホッとする。

良かった。たぶん兄様方とお友達なアシュル殿下が許してくださったのだろう。優しそうな方だったしな。

「それにしても、まさか殿下方に絡まれてしまうとはね。やはりその恰好、注目を集めすぎたかな？　何事も程々が一番って事だね」

オリヴァー兄様……。それ、お茶会の前に気付いてほしかったです。

「でもこれでもう、私は王家と関わらなくても済むのですよね？」

「ああ。多分ね」

良かった良かった。これで万が一の拉致監禁コースは潰えたって訳だ。

……あ、なんか安心したら眠くなってきた。

「エレノア。ほら、おいで」

私の眠気を察したオリヴァー兄様が両腕を広げる。

私は大人しくポフンとその胸に抱き着き、目を閉じた。

あ、そうだ……。あの絡まれていた少年を助けた事、兄様方に言ってなかった……。

まあいっか。帰ったらそれとなく話そう……。

そんな事をつらつらと考えつつ、私はオリヴァー兄様の優しい体温を感じながら睡魔に身を委ねたのだった。

◆◆◆◆◆

「やあ。お疲れ様」

王宮内にあるサロンで他の兄弟達とお茶をしていたアシュルが、入って来たダークグレイの髪の美少年に向かって優しく微笑む。

「今日は疲れただろう？　さ、お前もこっちに来てお茶を飲むといい。リアム」

『リアム』と呼ばれた少年が髪をかき上げると、ダークグレイの髪が瞬時に鮮やかな青色へと変わる。

その瞳は鮮やかに煌めくサファイアのような蒼。

そう。彼こそこの国の第四王子リアムであった。

「……洋ナシのフルーツティー。ある？」

「ああ。ちゃんと用意してあるよ。お前の好物の栗を使ったパウンドケーキもね」

そう答えると、心なしか嬉しそうな顔をする弟にアシュルは目を細めた。

「兄上。なんで王家ってお茶会デビューで働かされる訳？」

「そりゃあね。普通にお茶していたら、バカが釣れないだろう？　……で？　どうだった？」

「……結構絡まれたよ。詳細は『影』達から聞いて。あ、でもフィン兄上みたいに男にはあまり絡まれなかった」

「ちょっとリアム。僕の古傷抉るの止めてくれる？」

「フィンレーみたいなタイプって、加虐性のある男の執着心を擽るらしいからな」

「……ディラン兄上。殺されたいの……？」

「おいちょっと待て！　手に電流乗せんの止めろ！」

弟達の会話を聞きながら、アシュルは小さく溜息をついた。

代々王家の直系……つまり王子は十歳になるとお茶会を開く。

これは公然の秘密として、その王子の婚約者を見つける為のお見合いであるとされている。

それ自体は合っているのだが見定める方法が少々異質で、当の王子は主催者としてお茶会に参加するのではなく、今のリアムのように使用人として参加するのだ。

それゆえ身分がバレないよう、王子は十歳になるまで極力公の場に姿を現さない。

そしてリアムやディランのように、目立つ色彩を纏っている者はこうして魔法でその色を隠すのだ。

それもこれも表側と裏側から相手を見定め、婚約者に足る相手を見つけ出す為であるのだが、アシュルから始まりディラン。フィンレーと。目ぼしい相手を見つける事は叶わなかった。

そして最後の砦としてリアムがお茶会に挑んだ訳なのだが……。どうやら今年も駄目だったようだ。

ふと、アシュルはリアムの手に巻かれた布を目にし眉根を寄せた。

「リアム。その手はどうした？」

「ん？　ああ……。袖にした女達に絡まれて、その時に割れたカップで切っちゃって」

「へぇー。で、お前が撃退したのか？　それとも影か？」

「バッシュ侯爵令嬢が来て蹴散らしてくれた」

「はぁ⁉」

意外な人物の名前に一同が目を丸くする。

「え⁉　バッシュ侯爵令嬢……って、あの？」

「それ、間違いじゃなくて？　本当にバッシュ侯爵令嬢なのかい？」

「ド派手なフリフリドレスを着ていて、分厚い眼鏡をかけていた」

そのあまりにも覚えのある特徴に三人の兄達は黙り込む。

「……間違いなくエレノア嬢だね。で？　どうやって蹴散らしたの？」

「えーと。『たかが伯爵令嬢が侯爵令嬢の私に失礼な事言ってないで、とっとと立ち去れ！』……的な事言っていた」

「……うん。なんか凄くエレノア嬢っぽいけど……。で？　その後彼女はお前に何かしたか？」

「手当してくれた」

「は？」

「自分のドレスのリボン引きちぎって、切ったトコに巻いてくれた」

「え？」

「そんな事して大丈夫かって聞いたんだけど、『沢山あるから一つぐらい無くなったって分からない』って言ってた」

「……」

もはやツッコむ言葉も出てこない。

美少年であるリアムに目を付け、絡んでいたご令嬢達を追っ払って自分のものに……という流れならば話は分かるが、やった事は傷の手当……。

しかも自分のドレスからリボンを引きちぎっただなんて。そんな貴族令嬢、今迄見た事も聞いた事も無い。

思考が追い付かず、三人ともが気持ちを落ち着かせるべく紅茶を口に含む。

そこで思い出したように、リアムが駄目押しとばかりに爆弾発言をかました。

「ああ。そういえば最後に『顔が良いと、苦労するわね』って言っていた」

ブッ！　と、その場の全員が紅茶を噴き出す。

「お、おまっ……！　本当にそれバッシュ侯爵令嬢か⁉　……って本人だよな。特徴が一致してるしな……」

「う～ん……。なんか、かなり変わっているご令嬢みたいだね……」

リアムは自分の手に巻かれた白いシルクのリボンをジッと見つめる。

「……もし適当な子が見付からなかったら、俺の婚約者はバッシュ侯爵令嬢でもいいや」

「いやお前、それはなんつーか……。王族の嫁ってセンスや容姿も一応問われるからな？　早まって結論出すなよ？」

「まあいいんじゃない？　最終的にはリアムが決める事でしょ。僕達は関知しなければいい訳だし。傍から見ていたら楽しそうだしね」

ディランが渋面になるがフィンレーは肯定する。

何気にエレノアに対し興味が出てきてしまったようだ。

「そうだねぇ……。うん。まあそれじゃあ一応、バッシュ侯爵令嬢を『婚約者候補予定』という事にしておこうか。『公妃』にならなければ表に出る事もないし、いざとなったら容姿云々はどうとでもなる。……それに何より、ただの我儘令嬢って訳でもなさそうだしね」

アシュルの言葉にその場の全員が頷いた。

こうして本人が知らぬ間に、エレノアは『婚約者候補予定』の枠にひっそりと鎮座する事になってしまったのだった。

第二章

ダンジョン編

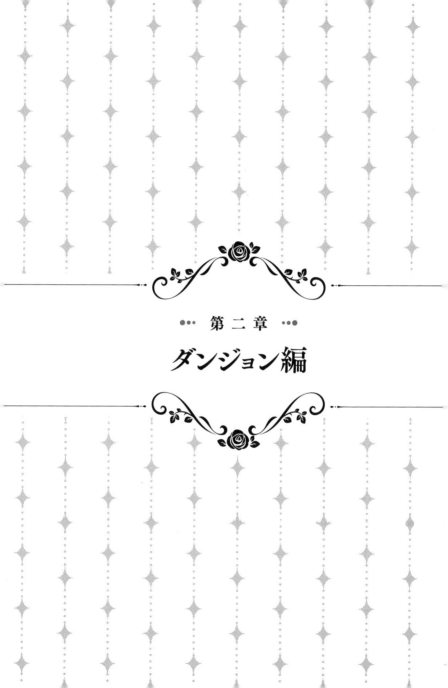

ダンジョンに行こう！

あの波瀾万丈な王家のお茶会から早一年。私は十一歳になりました。

しかし十一歳にもなったというのに何故か私の身長、あまり伸びないんだよね。

体形だって、ちょっとはあちこちに膨らみが出てきてもいいと思うのに、何故かツルペタのまま……。いかん。なんか目頭を押さえたくなってきた。

おかしいよね⁉　普通十一歳って第二次性徴期真っ盛りだから、女子の私は男子よりも早く身長も体形も大人の階段を上って行く時期な筈なんですよ。

実際日本女子やっていた時は、それぐらいにいきなり身長伸びて女の子特有のアレもきて……。

いや、アレは来なくてもいい。

来ても誰に相談すればいいのか分からないし恥ずかしい。そして何より鬱陶しい。

「エレノア？　何を考え込んでいるんだ」

「クライヴ兄様」

本日は学院がお休みなので、私は朝からクライヴ兄様と剣の修行を行っている。

ちなみに今現在はクールダウンしている最中だ。

「いいえ。なんというか……。私、成長遅いなぁって思って」

「ん～？　別にいいじゃないか。そんなグングン成長しちまったらこっちは寂しいからな。ゆっくり大人になっていけばいい」

そう言って私の頭を優しく撫でてくれる兄様。

くぅっ！　銀色の髪が太陽に当たってキラキラ輝いて。麗しい御尊顔と合わさってダブルで眩しい。

相変わらず本当に目に優しくない美しさです。妹はいつになったらこの暴力的顔面破壊力に慣れるのでしょうか。

「兄様は凄く成長しましたよね」

「そう思うか？」

「はい。とても」

私と違い、この一年でクライヴ兄様はグンと大人っぽくなった。

身長も前より伸びて今ではグラント父様と変わらない。

……まぁ相変わらず、剣術も武術も父様に敵わないらしいんだけど。

グラント父様曰く「前よりはマシになった」だそうだ。父様……息子に対して言い方、本当に容赦無いね。

「そうだとしたらお前のお陰だな」

「私の？　何故ですか？」

「男が成長する時なんて、愛し守りたい者が出来た時って相場が決まってるからだろ」

きゃーっ!!

ボフンと顔から身体から真っ赤になって湯気がたつ。
サ、サラリと凄い事言いましたよこの人！
折角クールダウンした身体が一瞬で熱くなってしまったじゃないですかー!!　い、妹に対して、なに殺し文句言っちゃってんだよ!!

「おっ、お、おにい……さまっ！　そ、そういうお言葉、他に言う方、いらっしゃらないんですかっ⁉」

私の婚約なんて一時的な防波堤代わりなのに、未だにこの兄はシスコン全開でこんなクソ甘ったるい台詞を私に向けて吐いてくださる。

あれだ。確実にオリヴァー兄様の影響受けていますよ。本当にけしからん！

途端、ゾクッ……と、なんか物凄い冷気を感じた。

見ればクライヴ兄様の顔が無表情になっている……って、ヒィッ！　目！　目が笑っていません！　冷え切っています！　氷結です！　なんか背後からもオーロラらしき何かが見える……気がします。しかも極彩色ではなく、おどろおどろしい色のやつが！

「……エレノア。お前、それどういう意味だ……？」

声が滅茶苦茶怒っているー!!

荒げていないのが余計に恐い！　恐いです、兄様!!

ガクガクと涙目で震えている私を見て、クライヴ兄様が先程の無表情から一転、打って変わって笑顔になった。

……いわゆる、『黒い微笑み』ってやつだ。

「お前、余計な事ばかり考えて頭が沸いているんだろ。運動不足ってやつだな。よし、今日は特別に俺が親父に受けているレッスンを体験させてやろう。普通の奴だったら三日は寝込むかもしれんが、幸いお前は鍛えているからな。今日一日筋肉痛で動けなくなる程度で済む。安心しろ」

兄様ー!! それちっとも安心できないやつ!

グラント父様の特別メニューって死亡フラグしか立ちません!!

「まずは基礎訓練からな。腹筋百回。腕立て二百回。屋敷周りを全速力で十周。その後は素振りを高速で千回。さあ、やるぞ!」

「クライヴ兄様! そんなもん体験したら私、死んでしまいますよ!」

「やかましい! とっとと始めろ!」

「わーん! 兄様の鬼ー!!」

……それから一時間後。

「つ……疲れた……!」

何とか提示された数字の半分ぐらいの基礎訓練はこなせたものの、もう心臓はバクバク。膝はガクガク。腕もブルブル。息も絶え絶えになってしまい、私はみっともなく鍛錬場の芝生の上で大の字でのびていた。

え? 淑女としてその恰好はアウトだろって?

うるさいわ! それじゃああんたも、私と同じ目に遭ってみろってんだ! むしろ失神しなかっただけでも褒めてほしいくらいだよ! くっそう!!

そんな私を尻目に、全く疲れを見せる事無くクライヴ兄様が腰に差している鞘から剣を引き抜く。

そして意識を集中させると手を剣へとかざし、ゆっくり横になぞる様に滑らす。

するとその動きに合わせるかのように、普通の剣が青白く光り輝いた。

クライヴ兄様の魔力。水の属性の一つである『氷』の力が剣に宿ったのだ。

そのままクライヴ兄様がその剣で様々な剣技の型を振るう。

青白い光が残滓となって光の帯を作り、氷の魔力が周囲にダイヤモンドダストのような煌めきを撒き散らす。

まるで一分の隙も無い剣舞を見ているようだ。

「綺麗……」

思わず呟き、食い入る様にクライヴ兄様の剣さばきに魅入る。

私が提案した（という事になっている）剣に魔力を込める戦法だが、割と早い段階でグラント父様が実用化にこぎつけた。流石は英雄と呼ばれる戦の申し子である。

そしてそれを私や家族の前で披露してくれたのだが、その時私が「グラント父様！　凄い！　カッコいいー！」と、大興奮してはしゃいだ事でクライヴ兄様のやる気に火が付いたらしく、今ではクライヴ兄様も完璧に剣に魔力を込められるようになっている。

え？　私ですか？

私は今のところ二割程度……いや、一割程しか剣に魔力を込める事が出来ないでいます。はい。

クライヴ兄様曰く「魔力が安定していないから」だそうで、今現在は魔力を安定して出せるようにオリヴァー兄様から指導を受ける日々だ。

これまたオリヴァー兄様も魔術に関しては容赦なく私をしごいてくださるんですよね。

あんまり上達しないのが気に入らないのかもしれないけど、そこは天才と凡人の違いと諦めてほしいです。

ちなみにオリヴァー兄様。剣を使っての戦闘はクライヴ兄様に敵わないそうなんだけど、剣にムラなく魔力を込められるのは、オリヴァー兄様の方が上だそうで、結果的に戦闘能力はどっこいどっこいになるのだそうだ。

なんでもオリヴァー兄様もグラント父様を絶賛する私を見て奮起したらしい。二人揃って安定のシスコンっぷりです。

私はあちこちギシギシ言っている身体を何とか起こすと、腰ベルトに差していた刀を鞘から引き抜いた。そう。十歳の時にクライヴ兄様から頂いた、オリハルコンのアレですよ。

実はこの刀、元々はナイフだったんだけど私の我儘……というかお願いで、三十センチ程の片刃の剣に鍛え直されているのだ。

片刃の剣。……そう。つまりは憧れの『日本刀』ですよ！

まあ脇差サイズなんだけどね。

勿論この世界に日本刀なんて存在しないから、アイザック父様にイラスト付きで説明して何とか作れないかとお願いしてみたのだ。

「ふーん。面白い剣だねぇ。エレノアは本当に色々よく考え付くから感心するよ。でも何でわざわざ片刃にするの？」

父様には当然そう聞かれたのだが「憧れの日本刀が欲しいからです！」とは当然言えない。

なのでその方が怪我をする事無く、直接剣に触れながら魔力を込める事が出来るから……と言っておいた。

後付けみたいだが嘘ではない。本当にそう思ったからだ。

ついでに峰打ちの概念も伝えておいた。

戦争とか魔物退治とか。一撃必殺の場合には必要のないものだけど、戦いの最中に生け捕りにしたり、殺したくない相手と打ち合ったりした時なんかには有効だという事を拙いながらも父様に説明していく。

それを父様から聞いたグラント父様はひとしきり私を褒めた後、早速懇意にしている鍛冶師に私の希望を伝えた。

その結果。ナイフは見事脇差へと形を変えたのだった。

余談だが後に、その鍛冶師の手によって改良された刀が騎士達の間で評判となり、主に魔力を剣に込めて戦うタイプの騎士ご用達になったんだとか。

私は先程のクライヴ兄様に触発され、刀に魔力を込めてみる。

だけどやはりというか刀身はクライヴ兄様の時のように均等に魔力を宿さず、斑に魔力の残滓が点滅しているだけだ。

「う～ん……。やっぱ駄目だなぁ……」

「エレノア。また失敗か？」

「はい。……兄様。私もいつか兄様のように、美しく剣に魔力を宿す事が出来るでしょうか？」

「ああ。お前は驚く程剣術の筋が良い。オリヴァーに習って魔力を完璧にコントロール出来るようになればきっと出来るさ」

優しく笑いながら、クライヴ兄様は私の髪にキスを落とす。

しっかり真っ赤になりながら、私はクライヴ兄様を見上げて微笑んだ。

「……」

「クライヴ兄様？」

「ああ！　ったくお前って奴は！」

そう言うとクライヴ兄様は私を自分の胸に抱き締める。

あ……。兄様の香り……爽やかで優しくて、凄くいい匂い。

「お前、十五になるまでそのままでいてくれよ。……でないと俺の理性と自制が利かん」

そのまま……とはまさか、この幼児体形のままでいてくれって事ですか？

何ですかそれ。こんな体形の十五歳がいてたまるか！　というか私が嫌だ！

私の第二次性徴期、頑張れ！　頼むからいい仕事してくれよ！

◆◆◆◆◆

結局私は筋肉痛が酷くて稽古を続行出来ず、クライヴ兄様に抱き上げられた状態でサロンへと連れて来られた。

そこではオリヴァー兄様が珍しく難しい顔をしながら、手元にある手紙を見ている。

「オリヴァー兄様」

「やあ。エレノア」

私に名を呼ばれ、一転渋面を笑顔に変えた兄様は私に向かって両手を広げる。

あ。今度はこっちにおいでって事ですね。……嫌です。

「なんで？」

「私、さっきまで沢山運動していっぱい汗をかきました。しかも運動着のままです」

「僕は全然気にしないけど？」

「私は気にします！」

「あ、そう？　そんなに気になるなら僕がお風呂に入れてあげよう。ジョゼフ、早速入浴の用意を
……」

「待ってください!!　何でそうなるんですか!?」

十一歳にもなって実の兄にお風呂に入れられるって、どんな羞恥プレイなんだ！

たとえツルペタ体形でも断固拒否だ！　また鼻血噴いちゃうだろうが！

「だって汗臭いのが気になるんだろう？　僕は全然気にしないのにねぇ……」

あ。これって脅しだ。

お風呂が嫌なら自分の腕の中に来いって、そう言いたいんだ。

……この人なら絶対に有言実行するよね。くぅっ！　オリヴァー兄様。なんて鬼畜で卑怯な……！

――結果、私は脅しに屈した。

「ほれ、オリヴァー」

クライヴ兄様が苦笑しながら私をオリヴァー兄様に手渡す。

あっ！　やめて兄様！　ほっぺにキスって、それだけは！

「うん。エレノアからはいつも甘い匂いがするね」

キスしちゃった後でそんな台詞を耳元で囁かないでください！　妹を憤死させるおつもりですか⁉

うう……オリヴァー兄様。この一年でより一層美貌に磨きがかかりましたが、妹弄りにも拍車がかかりましたよね。

だから私はいつまでたっても、こんな真っ赤で無様にうろたえる羽目になるんですよ。

本当、寿命が縮まるから勘弁してください。真面目にお願いします。

「と、ところで兄様。さっき読んでいたお手紙なんなんですか？」

途端。オリヴァー兄様の顔から笑顔が消えた。

「ん？　ああ、アレ？　お茶会のお誘いだよ。……王家から」

「え⁉　またですか？」

「うん、そう。また……ね」

オリヴァー兄様は先程読んでいた手紙を手に取ると、手紙は一瞬で炎に包まれ灰になってしまう。

……あの。王家からのお手紙ですよね？　不敬ではないのでしょうか？

実はあのお茶会から、王家からのお茶会の招待状が定期的に届くようになってしまったのだ。その度丁寧に欠席のお返事を差し上げているのだが、暫くするとまた招待状が届くの繰り返し。キレたオリヴァー兄様が第一王子のアシュル殿下に直接お断りの旨を告げ、遠回しに「もう送ってくんな！」って伝えているんだけど、その都度笑顔で「あ、そう？」と仰られて終わり。取り付く島もないらしい。

「一体全体どういう訳なんだか。あんな風にエレノアをからかっておいて、個人的にお茶会に誘ってくる意味が理解できないよ」

うん。私もよく分からない。

だってさ。どう考えても王子様達は、私に良い印象なんて持っていなかったよね？

あのお茶会の時に直々にお呼ばれされたのだって、我儘な私をちょっと懲らしめようとした……ってのが理由だった訳だし。

でもその王子様達のやらかしのお陰で、私がお茶会を断っても角が立たないんだそうな。

それでもいつ強硬策を取られるか分からないって、オリヴァー兄様はイライラしている。

「これから長期連休のシーズンだし……。いっそどこかに避難するって手もあるかな……」

そう呟くと、オリヴァー兄様は私の顔を覗き込んだ。

うっ……！　眩しいです兄様。

「エレノア。どこか行きたい所はあるかい？」

「い、行きたいところ？」

おおっ！　遂に私、この屋敷から外の世界へデビューですね⁉

あ。あのお茶会は世界へのデビューにカウントしません。だって外の世界と言っても、肉食女子の闊歩する野生の王国だったから。

「うん、そう。僕の生家であるクロス子爵邸に行ってもいいし、バッシュ侯爵領の中にある避暑地でもいい。君の行きたい所に連れて行ってあげるよ？」

クロス子爵家のお屋敷！

オリヴァー兄様とクライヴ兄様が生まれ育った場所か……。凄く興味がある。

バッシュ侯爵領内も温泉とかあったら最高だな。あ、海も見てみたい。

いっそ外国旅行とかでも……。

その時。私はとある事を思い出した。

そうだ。今なら『あそこ』に連れて行ってもらえるかもしれない。

「オリヴァー兄様！　行きたい所決めました！」

「うん。どこかな？」

「私、ダンジョンに行ってみたいです！」

元気に言い放った私の爆弾発言に、兄様方は驚きで目を丸くした。

◆◆◆◆◆

「うわーっ！　凄い人！　あ！　屋台がある！　わっ！　あっちにもー!!」

「こら！　おじょ……エル！　はしゃいで走らないで！　迷子になるだろ⁉」

「あ、ごめんなさい！　ウィル……兄さん」

しまった！　と眉を八の字にして謝ると、ウィルが「仕方ないな」って顔で優しく笑ってくれた。

「ほら。ご主人様達方から離れたら、後でうんと叱られてしまうからね。屋台は後で色々回ろう」

「本当⁉　兄さん大好き！　約束ね！」

「……クッ……！」

ウィルが口元を手で覆いながら真っ赤になって俯いた。

私はそっとウィルの傍に立つと、小声で声をかける。

「ウィル？　大丈夫？」

「も……申し訳ありません。身に余る幸福感にこの身を委ねておりました。恐れ多くもお嬢様から兄呼びをされるなんて……。しかも大好き……。私は生涯この日の事を忘れないでしょう」

小さく私にだけ分かるぐらいの声で囁くようにそう言うと、ウィルは目元の涙をそっと拭った。

う……うん。何だかよく分からないけど、ウィルが幸せそうで何よりです。

今現在、私はダンジョンのある小さな街へとやって来ている。

というよりダンジョンの周囲に造られた街……と言った方がいいかな。

そしてここのダンジョンは出来たばかりのダンジョン。通称『ベビー・ダンジョン』だ。

うん。まんまな名前だね。

私がダンジョンに行きたいと言ったら、グラント父様が「ここなら大丈夫だろ」って、教えてくれたのだ。

ここは丁度クロス子爵領とうちのバッシュ侯爵領との境目にある田舎町なので、何かあった時にはすぐに両家が対応出来るうえ、『ベビー・ダンジョン』に生息する魔物はスライムなどの低級なものばかりらしい。

「それだったらお前らだけでもエレノアを守ってやれるだろ？　それにまさか普通のご令嬢がダンジョンに行くなんざ、流石の王家でも想像すらしねぇよ。目くらましになって丁度いいだろ」

そう言ってグラント父様は渋る兄様方や他の父様方を説得してくださったのだ。ありがたやありがたや。

というかしっかり兄様方を煽って怒らせて、そんでもってやる気にさせるその手法。お見事としか言いようがありません。

案の定「ベビー・ダンジョンの雑魚ごときに後れを取る訳ねーだろが！」「一瞬で全てを消し炭に変えてやりますよ」と、兄様方は行く気満々になってしまわれたご様子。

……兄様方。グラント父様にいいように踊らされていますよ？

そんな訳で私と兄様方、そして従者としてウィル他数名の召使達でダンジョンに遊びに（？）来た訳なのだ。

勿論私が女の子である事を知られる訳にはいかないので、今現在の私の恰好は短い髪のカツラを被り、従者見習い風の少年……といった出で立ちとなっている。

父様達や兄様達にも「少年にしか見えない。完璧！」とお墨付きを頂いたのだが、私もそう思った。

……フッ……。まさか己の幼児体形が、こんな風に役に立つ日が来るとは思わなかったよ。

設定として私達は『新しく出来たダンジョンを領主代行として視察に来た若様達と、それにくっついて来た従者&従者見習い』という事になっている。

まあ『領主代行』とか『視察に来た若様達』ってのは、設定でもなんでもなく事実なんだけどね。

ちなみに私は従者見習いで、従者であるウィルとは兄弟という設定になっているのだ。

当初ウィルは「わわわ、私などがお嬢様の兄⁉　そそそ、そんな恐れ多い事……‼」と、全力でそのお役目を拒否した。

「ウィル。私の兄になるのは嫌？」

「嫌ではありません！　恐れ多いのです‼」

「私はウィルが兄様って嬉しいよ？　実際いつも優しくて、もう一人お兄様がいるみたいだなって思っていたし」

「ッ⁉」

「だから兄様役はウィルにやってもらいたいな。……駄目？」

そこでウィルは床に崩れ落ちた。

見れば顔は真っ赤で息も絶え絶えになってしまっていて「ウィル！　しっかり！　死なないでー！」と、私がパニックを起こし、その場は一時騒然となってしまった。

ウィル、後でジョゼフにめっちゃ叱られていたけど、結果的に「お嬢様！　不肖このウィル。身命を賭して、この名誉あるお役目を遂行してご覧に入れます！」と、私の仮の兄になる事を快く承諾してくれたのだった。

その後、「オリヴァー様とクライヴ様の嫉妬も、ご褒美だと思う事にします」って謎の言葉を呟いていたが……。まあ承諾してくれて何よりです。

「でも兄さん。なんでダンジョンが出来たら視察しなきゃいけないの?」

「うん。ダンジョンにもそれぞれ特性があってね。そうだな……分かり易く言うと、ダンジョンは『内向き』と『外向き』にザックリ分けられているんだ」

「内向きと外向き……?」

「『内向き』は魔物が外にあまり出て来ないタイプのダンジョン。対して『外向き』は、生まれた魔物が外に出て来るタイプのダンジョンなんだよ。生まれたばかりのダンジョンが『外向き』だった場合、スタンピードが起こり易いうえに凶暴な魔物も多く生まれてしまう。だから大きくなる前にダンジョンの『核』を潰す必要があるんだ」

「へぇ〜!」

ちなみにスタンピードとは魔物の大量発生及び暴走の事です。

もし大規模なスタンピードが発生したら、一つの都市が一瞬で壊滅状態になる程の大災害になってしまうから、どの国も一つでも多くのダンジョンを把握し、管理もしくは監視しているんだって。

「まあ『外向き』のダンジョン自体、滅多にないんだけどね。それにダンジョンから生まれる魔物の魔石は純度が高くて高価だし、希少な天然資源も豊富に生まれるから、殆どはこうして上手く共存していく形になっているんだよ」

成程。確かにそうだよね。

力のある騎士、もしくは冒険者が魔物を狩る事で安全性が保たれ、彼らがもたらす魔石や天然資源が街や経済を活性化させ、結果として多くの人達に利益をもたらす。

実際まだ出来立てのダンジョンなのに、既に色々な宿屋や屋台などが立ち並び、ダンジョンを中心とした一つの街が形成されつつあるのだから。

それゆえ貴族はダンジョンが出来ると必ず手の者に調査させたり、こうして直々に視察に訪れたりするのだそうだ。

なんせ一つのダンジョンがあるだけで、途方もない莫大な税収アップに繋がるんだからね。

痩せた土地しかなくとも、良質なダンジョンを持っているだけで下手な高位貴族よりも資産を持っている下位貴族って、実は多いんだそうだ。

身近な人で言えばメルヴィル父様のクロス子爵領がそれに当たる。

クロス子爵領ってダンジョンの数が飛び抜けて多い土地柄らしく、冒険者だったグラント父様と組んで様々なダンジョンを管理し、莫大な富を築いているんだそうだ。

なのに何故未だに子爵位なのかと言えば、あまり中央と接点を持つと面倒くさいから、わざと下位貴族のままでいたんだと仰っていた。

そこら辺、本当にメルヴィル父様ってグラント父様と性格似ているよね。

「ウィル！　エル！　遅れているぞ」

そんな事を考えていると、クライヴ兄様が私達に声をかけてきた。

私達は慌てて兄様方の元へと走る。

「ウィル。何の為にお前がいると思っているんだ。甘やかすだけじゃなくて、叱るべき時はしっかり叱れ。お前の弟だろ！」

ウィル。平身低頭で謝っている。

でもクライヴ兄様。なんか「お前の弟」ってトコ妙に強調していた気がするな。

「エル。こういう所は初めてだから珍しいよね？」

「は、はい！　オリヴァー様！」

「おい、オリヴァー。お前まで甘やかすな！」

「いいじゃないかクライヴ。急ぐ旅じゃないし、腹ごしらえも兼ねて少しここで休憩を取るとしよう。エル。気になる屋台を巡って、好きなものを買って来ていいからね。ただし僕達の目の届く範囲内でだよ？」

「は、はいっ！　有難う御座います！」

オリヴァー兄様のお許しを得て、私は喜色満面で周囲の屋台をキョロキョロ見回した。

武具を売っている屋台や様々な携帯グッズを売っている屋台も多いが、一番多いのはやはり食べ物の屋台だ。

果物を一口サイズにして串に刺して売っていたり、焼き肉やパンなんかも売っている。

中にはダンジョン用だろう。干し肉とかドライフルーツとか、携帯食なんかを売っている屋台もある。

そして食事系だけじゃなく、人形焼きみたいなカステラのお菓子を売っているお店なんかもあって、もう目移りしてしまう。

……で。色々見回して気が付いたんだけど……。女の人がいない。

どこを向いても男・男・男だ。そしてやはり皆押しなべて顔面偏差値が高い。

いや。女の人、いる事はいるんだけど、その大半が子育て終了後のどっしりした肝っ玉母さんっぽい人や、年を取ったご婦人方だ。若い女性はほぼ皆無。

これってダンジョン都市だから……って訳ではないんだよね。

「兄さん。若い女の人がいないね」

「うん。いる所にはいるんだけどね。まあ、こういう場所は荒っぽい連中が多いから余計にいないんだろう」

なんでもダンジョンには、冒険者達の他に外国からの観光客や犯罪者まがいの流れ者なんかもやって来るらしい。

中には人身売買組織なんかも紛れ込んでいるらしいから、余程の変わり者か腕に覚えがないと女性は来たがらないし、周囲も行かせようとしないんだって。

……という事は、私はその『余程の変わり者』って訳ですか。

そう言うとウィルがそっと私から顔を逸らした。……つまりはその通りらしい。

おい。仮にも仕える主人から目を逸らすな。こっち見ろ。傷つくだろうが！

『ま、いっか。とりあえず何か買おうっと』

という訳で、先程から良い匂いを漂わせている屋台の一つへと向かった。

どうやら肉や野菜を串に刺して炭火で焼いたものを売っているお店のようだ。

肉の油が炭に落ちて爆ぜる音と、スパイシーなタレの匂いが鼻腔とお腹を刺激する。

「すみませーん！　くださいな！」

「はいよ！　おやまぁ、これは可愛い坊やだね。あんたもダンジョン目当てにここに来たのかい？」

「はいっ！　ご主人様のお供で来ました！」

「まあまあ、そうかい！　小さいのに偉いねぇ！」

恰幅の良い五十代後半だろう女将さんが、少し皺の目立った顔を綻ばす。

……済みません。小さいって言っても私、もう十一歳になりました。

それにしてもこの世界で意識が覚醒してから、初めて「普通の」女の人を見た気がする。

ニコニコと人の良さそうな顔で笑う彼女は、私の元いた世界によくいる気の良い商店街の女将さんと見た目も雰囲気もそっくりで、本当にほっこりする。

「あのっ。それでこのお肉が刺さっているのと、お野菜が刺さっているの。両方五本ずつ欲しいんですけど」

「はいはい。丁度焼き上がっているよ。ほら、坊や可愛いから一本ずつオマケしておいてあげるよ」

「わーい！　お姉さん有難う御座います！」

「おやおや！　こんな小さいのに女の扱いが分かっているね！　気に入った！　もう一本追加だ！」

「やったぁ！　お姉さん、最高！」

「あははは っ！　しっかりお仕事頑張っておいで！」

「はいっ！」

◇◇◇◇◇

「「……」」

そんなエレノアと女主人とのやり取りを後方で見守っていたオリヴァーとクライヴが、複雑そうな表情を浮かべた。

「生き生きしているねぇ……エレノア」

「……あいつ、一体どこからあんなやり取りを学んだんだ？　ウィルの奴が教えたのか？」

「違うんじゃない？　ほら、ウィルも戸惑っているよ」

見れば串焼き屋の女主人にお金を支払っているウィルの顔が引きつっていた。

「クライヴ。あの子は記憶喪失になってから、本当に変わったよね。……まるで『別人』のように」

オリヴァーの呟きにクライヴは返事をしなかった。いや、出来なかった。

それはずっと前から感じていた『違和感』。

あれではまるで……。

いくら記憶が無くなったと言っても、あんなにも人格そのものが変わってしまうものなのだろうか。

「……いつかあの子に、確認をしなければいけない日が来るかもしれない。その内容によっては……でも願わくば……」

そんな日が来なければいい。

このまま仲の良い兄妹のまま……。そしてただの愛しい婚約者のまま。ずっと傍で愛し守りたい。

何も変わらず、このままで。

ウィルと笑い合い、両手いっぱいに串焼きを抱えてこちらに向かって走ってくるエレノアを見つめながら、オリヴァーとクライヴは心の底からそう願った。

◆◆◆◆◆

「うん。この串焼きは中々美味しいね」

私達は買って来た串焼きを食べながら、オリヴァー兄様を先頭にダンジョンに向かっている。

貴族としてはこんな風に食べ歩きなんてもっての外だと思うんだけど、オリヴァー兄様もクライヴ兄様も気にしている様子はない。ウィル達お付きの者達もだ。

なんでもクロス子爵領はダンジョンが多いから、こうして直接もしくはメルヴィル父様やグラント父様に同行してダンジョンに視察に行く事が多かったらしく、買い食いして歩くのはいつもの事なんだとか。

これ。多分というか絶対、グラント父様の影響だよね。

そんでもってやってみたら楽しかったってメルヴィル父様が嵌ってしまって、後はなし崩し的に全員が右に倣《なら》えしたんだわきっと。

う～ん……。クロス家とついでにオルセン家、フリーダムだね。

「さて。そろそろ入り口が見えてきたね」

兄様の言葉に前を向いてみれば、前方に鬱蒼と茂る森が見えた。

そして多分ダンジョン目当てであろう大勢の冒険者達と、その前に立ち塞がっている騎士の様な格好の人達がいる。どうやらダンジョンはこの奥にあるらしい。

「やあ。ご苦労」

「これはオリヴァー様！　お待ちしておりました」

オリヴァー兄様が騎士達に声をかけると、その中で飛びぬけて体格の良い男が前に進み出て、背後の騎士達共々深々と頭を垂れる。どうやらこの人が、騎士達のまとめ役のようだ。

それに頷きながら、オリヴァー兄様とクライヴ兄様が目深にかぶったフードを下ろす。

すると途端に、周囲から息を呑むような音や「凄ぇ……」と言った声があちこちから聞こえて来た。

うん。気持ちは分かります。

兄様方、この顔面偏差値が異常に高い世界の中でも規格外の美貌を持っているからね。そりゃあ、同性であろうとも見惚れるよ。

かくいう実の妹だって毎日見惚れていますからね。はい。

「おう、ウィル！　どうだ元気にやっているか？　若様達の足手まといになってねぇだろうな？」

大柄な騎士さん。ウィルを見つけるや声をかけてきたのだが、口調がめっちゃ砕けている。

あれ？　よく見るとこの人ウィルに似ているような……？

「止めてくれよ親父！　ちゃんとやってる……と思う」

「ルーベン。ウィルはいつもよく働いてくれているよ。妹の面倒もしっかり見てくれているしね」

「ははは っ！　オリヴァー様。クライヴ様。もしこいつの仕事に不満があったら、遠慮なく返品してください。俺が直々に一から鍛え直してやりますから！」

「親父！　真面目に黙れって!!」

豪快に笑うウィルパパと真っ赤になっているウィル。

そうかー。この人がウィルのパパか……。

無精髭がワイルドさを引き立てているナイスミドルだ。

「さあ。ではダンジョンへとご案内致します。他の冒険者達は私の部下達がここで足止めしておきますので、邪魔されずに調査が出来ると思いますよ！」

そう言うとルーベンは颯爽と森の中へと足を踏み入れる。

それに続き、私達も森の中へと入って行った。

「ところでオリヴァー様。バッシュ侯爵令嬢はいずこにおわしますか？」

森の入り口から遠ざかった所でルーベンが口を開いた。

うん。私が一緒に来るって、この人には知らされていたんだね。

「ああ。エレノアは……」

「ああ、みなまで言われずとも分かっております。急に来るのをお止めになられたのでしょう？　大方、ダンジョンに行きたいと仰ったのも若様方への嫌がらせの為でしょうし。しかしまぁ、よくもこんな突拍子もない我儘を考え付かれますな！　あの温厚で人格者なバッシュ侯爵様のお嬢様なのにかなり残念な……」

「親父！　ストップ！　もう口閉じろ!!」

「お？　何だウィル。なにお前が仕切って……」

「いいから！　オリヴァー様とクライヴ様を見てみろよ!!」

「は？　……って、え？　オ……オリヴァー様？　あれ？　クライヴ様も。ど、どうされたのですか!?」

ルーベンが兄様方の方を振り向くなり、戸惑った表情になった。

そりゃそうだよね。今兄様方、めっちゃ無表情なうえ、背後に暗黒オーラを漂わせているんだもん。ってか武人だったら、さっきからビシバシ感じるこの殺気を察しろよ。

「エル。ちょっとこっちにおいで」

オリヴァー兄様に呼ばれ、慌てて兄様の方へと走り寄ると兄様は私の肩を優しく抱く。

「ルーベン。紹介するよ。僕の妹であり、婚約者のエレノアだ」

「……へっ？」

「あの……こんな格好していますが、バッシュ侯爵の娘のエレノアです。初めまして」

ペコリと頭を下げるとルーベンが固まった。

「エ……エレノア……様？　……マジで……？」

「ああマジだ。お前が言う所の『我儘で残念』な俺達の妹だよ」

クライヴ兄様の駄目押しの台詞で、ルーベンの顔からドッと冷や汗が噴き出した。

「ももも……申し訳ありませんっ!!　大変な御無礼を!!」

電光石火の勢いで、ルーベンがその場で土下座する。

それを見たウィルは手で顔を覆うと深く溜息をついた。

まあ、さもありなん。

ウィルが声をかけるまで、あんだけ兄様方が暗黒オーラをビシバシ出しているのに気が付かなかったんだからね。

多分ウィルが止めなかったら延々と喋り続けて、そんでもって最終的には兄様方にブチ切れられていたんではないだろうか。

ひょっとしてルーベンって、場の空気が全く読めない人なのかな?

だからウィルが気使い魔になっちゃったのかもしれない。ウィル……何気に苦労しているんだね。

「全くお前って奴は！　俺の親父からこいつが一緒に来るって連絡あっただろうが！」

「そ、それが……。閣下とメルヴィル様からの連名の手紙には、この度のダンジョン視察を若様方がされる事と、エレノア様については『俺（私）の義理の娘がそっち行くから、くれぐれもよろしく！』としか記載されておらず……。まさかこのようなお姿でいらっしゃるとは夢にも思いませんで……」

「親父……」

「父上……」

うわぁ……。父様方、超適当だな！

それじゃあこの人が私が来ていないって思っちゃうのも無理ないよ。

ああ。兄様方が落ち込んでいる。父様方がちゃんと説明していると思っていたんだもんね。

ルーベンも土下座したままだし……。

仕方がない。ここは私が何とかしなくては。

「あの、兄様方。グラント父様もメルヴィル父様も、きっと何かあった時の為に、私の情報を極力出さないように配慮されたのではないでしょうか？　それにダンジョン視察は、領土を預かる貴族の大切なお仕事です。なのに私は観光気分で同行したいとおねだりしてしまったのですから、この方があぁ言うのはむしろ当然の事です。だからこれ以上叱らないであげてください」

兄様方もルーベンも、目を丸くして私の方をマジマジと見てくる。

兄様方。私の事を悪く言われて怒ってくれているんだろうけど、記憶を無くす以前のエレノアって言われたまんまのどうしようもない我儘娘だったし、オリヴァー兄様やクライヴ兄様にも酷い事言ったりやったりしていたと思うんだよ。……いや、してたね絶対。

仕えるべき主君の大切な息子を嫌な目に遭わせている奴になんて、それがたとえ守るべき女の子であっても良い感情を抱く訳なんてないと分かっている。

だから私《エレノア》に対しての言葉が辛辣《しんらつ》になるのも当然の事だ。

むしろそれだけ兄様達の事を大切に思っている人なんだから、臣下として大切にしなければね。

「……エレノア様」

ルーベンはその場から立ち上がると、騎士が主君に対して行う礼を執る。

「先程の愚かな発言をお許しくださり、感謝いたします。クロス子爵家を守護する騎士団長として、このルーベン・ブラン。我が騎士団の忠誠をエレノア様にお捧げ致します」

おお！　この人クロス子爵家の騎士団長だったんか！

やっぱ貫禄違ったよねー。……じゃなくて！

「えっ⁉　いえ、そこまでされなくても……」

だいたい騎士の忠誠って仕える主君にのみ捧げるものでしょう？

私なんかに捧げてどうするんだ。

「いえ。美しい姫君に忠誠を捧げるのは騎士として、そして男としての最高の誉れに御座います。どうぞお受けくださいませ」

そ、そんな事言われても……。

私は助けを求めるようにチラリと兄様方の方を見るが、二人とも私に向かって物凄い良い笑顔で頷いている。

兄様方……。つまり私に忠誠を受けろと？

「……え～っと……。じ、じゃあ有難く。あ、でも命なんて捧げられてもいりませんからね⁉　なんか凄く危ない状態になっても、助けるのは父様方や兄様方のついでで構いませんから！」

私の言葉にルーベンが「ブハッ！」と噴き出した。

折角シリアスチックに決めていたのに台無しにしてしまってゴメン。

あ、兄様方やウィル達も肩を震わせている。

うう……。ひょっとしたらこういう場合は「光栄ですわ」とか言って微笑んでいた方が淑女っぽくて良かったのかな？　いや、今更遅いけどさ。

「まあ……。じゃあ話が纏まった所で先に進もうか。ルーベン。報告によればこのベビー・ダンジョンは『内向き』だったね」

「はい、オリヴァー様。それにまだ低級の魔物しか発生しておらず、集まっている冒険者達もランクが下の者か、かけだしの者達ばかりのようです」

「ふむ。じゃあダンジョンの『核』は破壊せずそのままで。ある程度成長するまでは見守る程度にしておこうか。ただ視察で希少鉱物が見つかった場合、採り尽くされないよう気を付ける必要があるね」

「は。そこのところはいつも通りに……」

うむ。オリヴァー兄様、物凄い年上のルーベンに対しても『主君』として堂々と接していますよ、カッコイイ。

バッシュ侯爵邸でも一目置かれているし、本当に有能な人なんだよね。

だから私みたいなのが婚約者なんて申し訳ないです。

早く防波堤代わりの妹よりもイイ人を見つけて、素敵なお嫁さんと幸せになってくれる事を願っておりますよ。

まあ……でもその時はちょっと……いや、大分嫉妬しちゃいそうだけどね。

だって兄様方がシスコンなのと同じく、私もしっかりブラコンだからさ。

そうこうしている内にダンジョンの入り口である巨大な洞窟の穴が見えてきた。

「エレノア。お前は俺達の間にいろ。無いとは思うが、万が一の時にはウィルと一緒に出口を目指して走れ。分かったな？」

『えー！　その時は私も戦います！』……とは言わず「はい。分かりました」と素直に返事をしておく。足手まといは早期退場が望ましいのは当然だ。

「ま、安心しろ。これなら大丈夫って魔物が出てきたら、お前と戦わせてやるから」

「え？　それってどんな魔物なんですか？」

「妥当なところでスライムかな？」

「……兄様。私に戦わせるつもりないでしょう？」

あのプルンプルンを倒した所で、巨大ゼリーを切りましたぐらいの感動しかないんですよ。

「バカ！　スライム舐めんな！　あいつらにもランクがあって、問答無用で溶解液を噴きかけてくる奴だっているんだからな！　……ま、そういうのはレアクラスだから若いダンジョンにはいないがな。いたとしても俺かオリヴァーが瞬殺してやるから安心しろ！」

「だから！　瞬殺しないでください！　私は戦いたいんですってば！」

◇◇◇◇◇

そんなやり取りを少し離れた場所から見つめていたルーベンが口を開く。

「……なあウィル。エレノア様は、噂に聞いていたのとはまるで違うお方だな」

「ああ。とてもお心が優しくて愛らしい方だろう？　オリヴァー様もクライヴ様も、目の中に入れても痛くないぐらいにお可愛がりになられているんだからな！　もう俺達使用人は皆、あの方にお仕え出来て幸せの極みってヤツ！」

「……確かにな。あんな顔の若様方、初めて見る」

ルーベンはエレノアを蕩けそうな顔で見つめるオリヴァーとクライヴに目を細めた。

自分の主であるメルヴィル様の資質を全て受け継がれたオリヴァー様。

そしてクロス子爵家騎士団を鍛え上げてくれた、国王の覚えめでたき英雄グラント様が「あいつは俺によく似ている」と密かに自慢しているクライヴ様も、どちらも自分達臣下にとって次期主君と仰ぐに足る自慢の若様方だ。

その彼らを不遇に扱っているとされるバッシュ侯爵令嬢。

希少な女性。しかも貴族なのだから、多少の我儘は仕方がない事と分かってはいても、快く思っていない者は多い。かくいう自分もその内の一人だった。

だが……。

自分の目の前で、オリヴァー様やクライヴ様と笑顔で話されているバッシュ侯爵令嬢エレノア様。

少年の姿をしていても愛らしいその少女は、噂とかけ離れたご令嬢だった。

目の前で自分の事を悪し様に言われたというのにそれを怒るでもなく、我が主君の思惑を理解し、なお且つ「自分が悪かったのだから」と、暴言を吐いた張本人である自分を庇ってくれた。

そのうえ場を和ませようと、あのような冗談まで仰られるなんて……。

そもそも考えてみれば、あのメルヴィル様とグラント様が自分の息子を貶めるようなご令嬢を「よろしく」してくれなんて言ってくる訳がなかったのだ。

一年前。お二人がいきなり王都勤めをなされたのは若様方を心配されての事と思っていたが、本当のところは、可愛い義理の娘の傍に居たいが為だったのかもしれない。……いや、きっとそうだ。間違いない。

でもお二人のお気持ちが、今は凄く理解できる。

自分だとて、もしあんなにも可愛い娘が出来たとしたら、岩にしがみついてでもどんな手段を使ってでも傍にいようとするだろう。

「……なんだろう。天使なのかな？　いや、絶対天使だよな……あれ」

「親父……。顔がキモい。いい年したオッサンが頬染めるな！」

◇◇◇◇◇

「あれ？　オリヴァー兄様。ウィルがルーベンに張り倒されていますす」

「ああ。あれってあの親子独特のコミュニケーションなんだよ」

「そうなんですか。仲良いんですね」

うんうん。やはり身内は仲良しが一番だよ。

……って、あれ？　何か取っ組み合いの喧嘩に発展していますが。あれもコミュニケーションの一種なのかな？

やっぱ騎士の家系って、拳と拳で分かり合うってのが家訓なんだろうね。

でもそろそろダンジョンの探索をしないと日が暮れちゃうかも……って、あ！　クライヴ兄様が二人をぶちのめした。しかも正座させて説教始めちゃったよ。

そんなこんなで私達はやっとダンジョンの中へと足を踏み入れた。

「ッ！」

「どうした？　エレノア」

「何か……変な感じがします」

ダンジョンに入った途端、感じた違和感。

ゾワゾワッとするような落ち着きが無くなるような……。

まるで別の生き物の胎内に入ってしまったかのような感覚に、何だか得体の知れない不気味さを感じてしまう。

「姫様は感受性が高いのですな。ひょっとして魔力属性は『土』なのでしょうか？」

「はい。そうです」

ルーベンの指摘に私は頷く。

「成程、それでですか。姫様。ダンジョンとはいわば、母なる大地が魔物を産み出す母体へと変異したものです。だからこそ土の魔力をお持ちの姫様が反応されたのでしょう」

成程。そういえばダンジョンって他の生き物達同様、成長するんだもんね。

つまりダンジョンって動かないだけの巨大な魔物なんだ。

……それにしてもルーベン。さっきから私の事『姫様』呼びしているんだけど、恥ずかしいから止めてくれないかな。

「それにしても、土の魔力をお持ちの姫様がいてくださったのは行幸でした。ダンジョンの視察に土属性がいるといないでは、効率にかなりの差が出ますからね」

「ルーベン団長の魔力は何なのですか？」

「私の属性は『風』です。ウィルの奴は『風』と、僅かですが『土』を持っています。若様方はそれぞれ『火』と『水』ですね」

はい。それは知っています。

それで今気が付いたんだけど、こっちの世界の子供って容姿も魔力属性も父親に似るよね？　だって兄様方もウィルも父親とそっくりだし。

ひょっとして誰の種なのかすぐ分かるように遺伝子が進化したのかもしれない。

……ん？　って待てよ。確か私の父様の魔力は『土』じゃなくて『火』だったよね？　それに私の容姿は母親譲りって言っていたし……。ま、まさか……！　私の父親って、父様じゃないの……⁉

「女の子は基本母親に似るし、そもそも『土』の魔力は女性に遺伝しやすい。逆に言えば、男性には滅多に出ない属性なんだよ」

オリヴァー兄様が補足してくれる。成程ね。あービックリした！

ちなみに。騎士団の中でもウィルみたいに自分のメインの魔力属性の他に、『土』の魔力を合わせ持っている人達がいるらしいのだが、『土』の魔力量そのものが弱くて、殆ど役に立たないレベルらしい。

だから数人だけいる『土』属性の騎士達は皆、他のもっと規模のデカいダンジョンの視察や監視に引っ張りだこだから、こっちに連れて来られなかったんだそうだ。

ふむ。私の前世では土の魔力って一番ありふれた地味な印象だったんだけど、この世界では逆にレア属性だったのか。自分の魔力がレアものなんて、なんか嬉しいな。

その後もどんどん奥を目指して進んでいく。

出来立てっていうからちょっと大きな洞窟レベルかと思ったんだけど、そこは流石ダンジョンというべきだろうか。全く先が見えない。

まあでも普通のダンジョンは階層が百近くあるのもざらみたいなんだけど、ここは出来立てだから、まだ一階層しか無いんだって。

「兄様。魔物いませんね」

ちなみにダンジョンの特徴なのか、普通の洞窟と違って何故か明かりを照らさなくても十分明るい。

ルーベンに聞くところによれば、まさにそれがダンジョンの特徴なのだとか。

う～ん。冒険者に優しい造りになってんなぁ。

……とか思ったのだがどうやらその逆で、ダンジョンは外から入って来た人間や生き物達の死骸を養分にするらしく、生き物が入って来やすいような環境を整える傾向があるんだそうな。

うわぁ……。まるで食虫植物のようだ……。えげつないわぁ。

それにしても、さっきから何故か魔物と一匹も遭遇していないのは何故ですかね？

「どうやら冒険者連中が根こそぎ倒しちまったみたいだな。残念だったな、エレノア」

兄様。その顔ちっとも残念そうじゃありませんよ？

まさかと思いますが私が来る前にルーベンに命じて、魔物一掃させてた……なんて事はありませんよね？　……ないよね？

あ、なんか微妙に目線を逸らした！　くっそう！　兄様ったらどこまで過保護なんだ！

そうして私達は魔物と全く遭遇する事無く、ぽっかりと開けた空間に到達する。

「あ！」

ふと沢山の気配を感じて上を見上げてみると、赤、黄、青、橙といった光の粒が乱舞している。

「綺麗……」

「姫様？」

「エレノア、どうした？」

「え？　ほら、沢山の光がキラキラと飛んでいて綺麗でしょう？」

私が頭上を指差すと、皆は首を傾げたり訝しそうな顔をしている。

え？　ひょっとしてあの光が見えているのって私だけ⁉

そうこうしている間に光は四方に飛んでいって、岩の中に溶けるように消えてしまった。

「……エレノア。光は何色だった？」

「え？　えっと、赤色とか……他に黄色や青や橙……とにかく色々です」

「ふうん。で、今光はどうなっている？」

「あちこちの岩の中に溶けるように消えました。あ、ほらあそこの岩。青白く光っています」

オリヴァー兄様は私が指差した岩に近寄ると、ゆっくり手をかざして呟いた。

「『鑑定』」

途端、岩が強い光を放つ。

おおお！　リアル鑑定！　初めて見た！

ってかオリヴァー兄様、鑑定スキルがあったんだね。それって凄くレアなスキルだと思うんだけど、この世界でもそうなのかな？

「……青鋼《あおはがね》だ」

オリヴァー兄様が、やや緊張した面持ちでそう告げる。

青鋼？　それって一体なんなんでしょうか？

「青鋼とは、普通の鋼の数十倍の強度と魔力を宿す鉱石だよ。オリハルコンには及ばないが、かなり希少な鉱物だ。エレノア、他に光っている場所は？」

「え、えっと……。あ！　高い所……あのちょっと出っ張っているとこが赤く光っています」

私が指し示した場所。

そこは聳え立つ岩の壁のかなり上方にあり、光が届かぬ暗がりの中。ぼんやりと赤く光っている。

するとクライヴ兄様が岩場を軽やかに駆け上がっていき、私が示した岩を剣の柄で砕いて地面へと着地した。思わず拍手！

クライヴ兄様は砕いた岩の欠片をオリヴァー兄様に渡す。すると兄様の手の中で、岩が再び眩い光を放った。

「……まいったな。オリハルコンの原石だ。まだ生成前の種状態だけどね」

途端、皆がどよめいた。

え？　オリハルコン⁉　それって滅茶苦茶希少な鉱物ですよね⁉　ダンジョン内でも滅多に見付からないって、グラント父様が言っていたよ確か。

「若様……。それではこのダンジョンは！」

「ああ。希少鉱物を中心に生み出すダンジョンだ。若いダンジョンとはいえ、あまりにも魔物の数が少なかったから少し怪しんではいたのだが……。まさかここまで容易くオリハルコンの鉱脈が見つかるとは……」

「で、ですが『土』の属性を僅かでも持つウィルが何も反応しなかったのは一体？」

戸惑うルーベンの言葉を受け、オリヴァー兄様がウィルに話しかける。

「ウィル。君は何か感じたかい？」

「い、いえ。特には……何も」

戸惑いがちに答えたウィルにオリヴァー兄様は頷いた。

「そうか。でもそれが当然なんだよ。ここは出来たばかりのダンジョン。実際、この鉱物達もまだ発芽したての種のようなものだからね。たとえ純粋な『土』の魔力を持っていたとしても、気付くのは難しかっただろう」

種……ですか。

つまりは赤ちゃんのようなものかな？

「エレノアが見たという様々な色の光。多分あれは鉱物に宿る生まれたての精霊達だ。それがエレノアの『土』の魔力に惹かれて寄って来たのだろう。多分だが、エレノアの『土』の魔力は普通の者に比べて相当高いんだ。そうでなければ精霊が自ら寄って来るなど有り得ないし、だからこそこうしてこのダンジョンの特性にもいち早く気付けた」

そこまで言うと、オリヴァー兄様が優しく微笑みながら私の髪を撫でた。

「出来立てとはいえ、危険なダンジョンに君を連れてくるのは正直言って気が進まなかったんだ。でも今は君が一緒に来てくれて、本当に良かったと思っている。鉱物を産み出すダンジョンは、その特異性と希少性から出来るだけ早い段階で管理を徹底させる必要があるんだ。それをこんな出来立ての……しかも、誰の手も思惑も付いていない状態で発見出来るなんて……。君は本当に素晴らしい。自慢の婚約者だよ。僕の愛しいお姫様」

そう言われた後、頰にキスされ、一気に顔がユデダコ状態になった。

更にクライヴ兄様にも頰にキスされ、脳が沸騰寸前状態になってしまったのは当然の結果です。

うわぁ……。クラクラするし目が回る。

ウィルや他の従者達やルーベンも、そんな私を温かい眼差しで見つめていて居た堪れない。

なんなんですか、この公開羞恥プレイは!?

「さて。このダンジョンの特性は分かった。すぐに引き返して父上に報告をしなくては」

オリヴァー兄様の言葉に皆が頷き、入り口に向かって歩き出したその時だった。

私の目の前を何かが横切る。

『え?』

それは瞬く間に暗闇の中へと消えていった。

「どうした？　エレノア」

「いえ。何かがいた気がしたのですが……」

「また鉱物の精霊が飛んでいたんじゃないのか？」

「う～ん。そうかもしれません」

でも一瞬だけだけど、目にしたあれは人型をしていた気がした。

鉱物の精霊達はただの光の粒だったから、ひょっとしたら別の何かなのかもしれない。

……まさかと思うけど……魔物⁉

「あの、クライヴ兄様。小さな人型の魔物っていますか？」

「小さな人型の魔物……？　小さいってどれぐらいだ？」

「えっと……このぐらい？」

そう言って私は自分の人差し指を立てた。

「……かなり小さいな。妖精サイズじゃないか。ルーベン。そんな魔物いたっけかな？」

「いえ。私が知る限りではいない筈ですが」

いないのか……。って、妖精⁉　いるんかい！　……あー、そりゃそうか。精霊かいるんだもん。妖精もいるよね。

「あれ？」

なんか地面が光っている気がする。

しかも蛍光灯のように輪になって……あれは……キノコ？

日本でいう所のツキヨタケ？　それが私達の進行方向にいきなり出現した。どう考えても怪しい。

……って、兄様方！　なんでそのまま蛍光キノコに向かって突き進んでいるんですか⁉

「オリヴァー兄様！　クライヴ兄様！　止まってください‼」

「エレノア⁉」

「何事かっ⁉」

途端、その場の全員が私をぐるりと囲んで守る体勢になった。いわゆる臨戦態勢ってヤツです。

「あのっ！　兄様方には見えないみたいなのですが、目の前に怪しいキノコの輪があります！」

「怪しいキノコの輪？」

「まさか……『妖精の輪《フェアリーリング》』か⁉」

「妖精の輪《フェアリーリング》？」

そ、それってまさか、妖精が作ると言われている妖精界への入り口？　って事は……。さっき私の目の前を掠めたのって、本物の妖精だったの⁉

その直後、私の全身に悪寒が走った。

――何？　このヤバイ感じ……⁉

「クライヴ。これは……！」

「ああ。間違いなく魔物の気配……！　だが微弱な上に、どこに潜んでいるのか……」

オリヴァー兄様もクライヴ兄様も、そしてルーベンやウィル達もいつもと違い、鋭く厳しい表情で自分の剣に手を掛けながら四方に目を光らせる。

そんな中妖精の輪《フェアリーリング》が突如、強い光を放った。

「兄様！　前方三十メートル先です!!　妖精の輪《フェアリーリング》がある所から、何かが来ます!!」

その時だった。再び私の目の前に先程の『何か』が現れる。

私は咄嗟にソレを手に掴んだ。

『ギャーッ！　ヤメロ！　ハナセ!!』

甲高い金切り声が上がる。

私の手の中にいるのは、まるでミノムシのような枯れた葉っぱを重ねて身に着けた小さな妖精だった。

「ッ！　あれは……！」

「妖精の輪《フェアリーリング》かっ!!」

兄様達が一斉に光る妖精の輪《フェアリーリング》に目を向けた。

どうやらアレが視えるようになったらしい。それって私がこの妖精を捕まえたからかな？

クライヴ兄様。オリヴァー兄様。そしてルーベンらが次々と抜刀する。

「オリヴァー！　ウィル！　剣に魔力を込めろ！　……来るぞ!!」

クライヴ兄様が剣に魔力を込めた次の瞬間。妖精の輪《フェアリーリング》から巨大な魔物達が出現した。

ひぇぇぇっ!!　何ですかあれっ!?

キマイラ、ワイバーン、ワーウルフ、コカトリス……等。私が一度は目にした（主に漫画やゲー

ム で）化け物勢揃いですよ!!

いやあああっ！　そりゃあ私、魔物退治したいって思っていましたよ!?　思っていたけど、いきなりあんなの相手にしたいなんて思わない！

ってか兄様達が危ないっ!!　いや、私も危ないけど！　下手すれば死ぬけど!!

「エレノア！　いいか、決してここから動くなよ!?」

「は、はいっ！」

さっき「何かあったら真っ先に逃げろ」と言われていたが、魔物は一匹二匹ではない。動いたら逆にそれを標的に、一斉に襲い掛かってくるだろう。だから私は動かない方がいいのだ。

「オリヴァー！　エレノアを守りつつ、俺達を援護しろ！」

「分かった！」

「ルーベン！　ウィル！　ダニエル！　俺が取りこぼした魔物を連携して倒せ！　いいか、相手の属性を見極めるのを忘れるな！」

「若様の方こそ、愛しい姫君の前で無様を晒されませんように！」

「ほざけ！　ルーベン、お前はまだ剣に魔力を込められないんだ！　無理だと判断したらすぐに引け！　無駄死にをすれば、それこそ忠誠を誓った女が泣くぞ！」

「心得ました！」

そんな事を言い合いながら、クライヴ兄様達が魔物めがけて突撃する。

魔物達も兄様達に向かって攻撃を仕掛けてくる。

だがクライヴ兄様が渾身の一撃を放つと、物凄い衝撃波が魔物の半分を瞬時に凍結、破壊する。

その殺戮の刃から逃れた魔物達が、クライヴ兄様に向かって四方から襲い掛かった。

だがそれらは瞬時に消し炭へと変わる。私を背に守りつつ、放ったオリヴァー兄様の火の魔力が炸裂したのだ。

それを更にすり抜けた魔物は、ウィルやルーベン達が連携して次々と倒していく。

普段は優しくて気の良い兄ちゃんって感じのウィルだけど、実はかなり強くてビックリした。

きっと騎士団の中でもそれなりの実力の持ち主だったんだろう。

そうじゃなければ、オリヴァー兄様とクライヴ兄様のお供として選ばれなかった筈だから。

「す……すご……！」

いまだに手の中でジタバタもがいている妖精の事も忘れ、圧倒的な力で魔物達を次々倒していく兄様方やウィル達に、今自分が置かれている状況も忘れて見入ってしまう。

だが魔物は一向に数を減らさない。

それはそうだ。なんせ妖精の輪《フェアリーリング》から次々と溢れ出てくるのだから。

『ど……どうしよう！』

いくら兄様方やウィル達が強くても、無尽蔵に湧いて出る魔物を相手にしていたらいずれ大怪我を負ってしまうだろう。

最悪命を落とす事になってしまったら……。

『クソッ！　ハナセ！　コノ、ブスオンナ!!』

キーキー声に諸悪の根源を思い出し、握る手に力を込める。……いや、決して「ブス」と言われたからじゃありませんよ？

妖精の奴、「ギャー！」とか喚いていたが知った事か。

「ちょっとあんた！　あの穴、さっさと塞ぎなさいよ‼」

『ハァ？　ソンナノ、ヤルワケナイダロ！』

「あっそう。死にたいんだ」

『アッ！　チョッ！　マッテ！　ヤメテ！　ツブレル！　ホントニシヌ！』

「こっちは大切な人達の命がかかってんのよ！　さっさと何とかしなさいよ‼」

『ク……ッ！　コ、コノコムスメ！　イトタカキ、シコウノソンザイニムカッテ、コノフケイ……！　マジメニユルスマジ！』

いと高き？　至高の存在？　このミノムシが？　冗談言わんでほしい。

「あっそう。じゃあ至高の存在さん。まずはそのカタコト言葉止めてくんない？　聞き辛いから！」

『コ……この小娘！　どこまで不敬なんだ！　ほら、これでいいだろ！』

「おお！　やれば出来るじゃない！　じゃあ次はさっさとあの妖精の輪《フェアリーリング》何とかして！」

『……妖精の輪《フェアリーリング》はキノコを崩せば消滅する。簡単な話だ』

「穴のキノコを崩せばいいのね⁉」

では早速！　……と、妖精の輪《フェアリーリング》に目を向けてみるが……駄目だ。

あんな魔物がウジャウジャ湧いて来る所になんて、とてもじゃないが近寄れない。

「ちょっと！　そもそも近寄れそうにないから！　あんたあの妖精の輪《フェアリーリング》の製作者なんでしょ⁉　いと高き存在なんでしょ⁉　何とかしてよ！」

『無理だ。作ったモノは消せない』

「あんた本当に至高の存在⁉　作ってはい終わりって、製作者としてどうなの⁉　やっぱただのミノムシか！」

『なんだ、そのミノムシというのは！　よく分からんが物凄くムカつくぞ！』

私といと高きミノムシが言い争いをしている間にも、皆の攻撃をかわして私達の前まで辿り着いた魔物を、オリヴァー兄様が剣を振るって一刀両断にする。

どうやら魔力で攻撃する分を防御に回したようだ。……それって、つまり……。

『ヤバい！　確実に皆が疲れてきているんだ！』

そもそもこの妖精が妖精の輪《フェアリーリング》なんぞ開きやがったから……！　おのれ、この諸悪の根源。どうしてくれようか⁉

……待てよ？　ひょっとしてこいつが死ねば、妖精の輪《フェアリーリング》が消えるんじゃ……。

『おい！　今お前、恐い事考えたろ⁉　無理だから！　私が死んでも状況変わらないから！』

ちっ！　気が付いたか。察しの良いヤツめ。

『……そんな事をしなくても、もとを断てば穴は塞がる』

「もと？　それってどこよ⁉　妖精界か⁉　そこに行けって⁉」

冗談じゃない。妖精界なんて行ったら、帰って来られないじゃないか。

知っているんだからね！　妖精はそうやってあの手この手で人間を自分達の世界に引きずり込もうとするって事は。

『違う！　妖精界ではない。別のダンジョンだ！　そこにこのダンジョンと通じる妖精の輪《フェアリーリング》を作ったのだ！』

は？　別のダンジョンに？

じゃあそこからあの魔物達はやって来ているって事？　そういえば妖精界にあんな魔物がウジャウジャいるって、よく考えてみれば変だよね。

「どうしてそんな悪戯したのよ⁉」

周囲に衝撃波が炸裂して、思わずしゃがみ込む。

オリヴァー兄様が二重に防護壁を作ってくれて助かったようだが、いくら妖精が悪戯好きって言ったって、これじゃあ悪戯なんてレベルを超えているだろう。

『……悪戯ではない。私は脅されて仕方なくやったのだ』

なんですと⁉

脅されてやったたって、何で⁉　しかもどうしてここに魔物を？

ひょっとして今日、兄様達が視察にやって来るって知っていたから？　その誰かがこの妖精を使って、こんな事を？

「誰が……そんな事を……？」

『知らん。興味も無い。分かっているのは私と半身を使い、このような事をしでかしている諸悪の根源はお前らと同じ人間だという事だけだ』

嘲笑交じりに言い切られる。うん、そこは素直に同族としてゴメンと言いたい。

でも妖精にも色々種類がいるように、そいつらと私達は同種であるけど全く別の人間だ。

こんな相手を嬲り殺すような悪辣な事……私達は絶対、死んでもやらない。

「ねえ、そもそも何て脅されたの？」

『……私の半身が捕らえられている。アレが捕らえられている限り、私に選択の余地はない。あの魔物達も、あやつらが私の半身を利用して捕らえたものだ』

半身？　もしかしなくても仲間……もしくは伴侶の為か。

でも妖精を生け捕りにするなんて、どうやったんだろ。

『う……それは……。私がねぐらにしていたダンジョンに……だな。ある日、物凄く旨そうな果物が山のように置かれてて……。その、夢中で食べていたら、いつの間にか捕らえられていたというか……』

思わずガックリと肩を落とす。

食い気につられて捕まった訳ですか。いと高き至高の存在が？　馬鹿なんですか？

『半身は特殊な妖精封じの鳥籠に入れられている。私が破壊しようにも、力の大半を半身の元に置いてきてしまったから、手の出しようがない。それゆえお前のような小娘なんぞに、不甲斐なくもこうして捕まっているという訳だ』

妖精はそこまで言うと、しょんぼりとしてしまった。

うーん。嘘言っているようには見えないな。

「……ねえ。さっきもとを断てば穴が塞がるって言ったよね？　じゃあ私を、その魔物を送り込んでいる奴の所に連れていく事は出来る？」

妖精が驚いたような顔で私を見つめる。

『……私を信用するのか？　私が魔物の巣に道を作るとか考えないのか？』

「うーん、いや……考えなくもないけどさ……」

そもそも今、この妖精が言った事が事実かなんて事も分からないし、逃げる為の嘘かもしれない。でもどっちにしろこのままではジリ貧だ。だったら一か八か、試してみるしかない。

「上手くいけば貴方の半身も助ける事が出来るかもしれないし、私も兄様達を助けられる。ね、お互いの利益の為に手を組みましょう」

『……信用出来ない。お前もあいつらと同じ人間だ。約束なんぞしても、きっとすぐ反故にするに決まっている』

そうきたか。妖精に信用出来ないって言われちゃったよ。

「信用出来ないのはお互い様だよ。でも貴方はこれからもその悪者達に脅され続けて、やりたくない事するの？　貴方の半身もきっと、自分のせいで貴方が苦しんでいる姿を見るのは辛いと思う。だからさ、信用はしなくてもいい。私を利用するって考えてくれればいいから」

私は戦っている兄様達を見た後、手の中の妖精に向かって頭を下げた。

「お願い。私に力を貸して！」

『……』

すると私の目の前に次々とキノコが生えてくる。

そしてそれは青白く光り、妖精の輪《フェアリーリング》へと変わった。

「こ、この中に入ればいいのね？」

『……そうだ』

私はゴクリと喉を鳴らす。

やっぱり恐い。

でもこのまま何もしなかったら私だけじゃなく、大切な人達が死んでしまうのだ。

私は覚悟を決め、オリヴァー兄様に向かって叫んだ。

「兄様！　聞いてください！」

「エレノア!?　どうしたんだ！」

「私、この魔物達が出て来る場所に行って、妖精の輪《フェアリーリング》を壊して来ます！　兄様達は私が妖精の輪《フェアリーリング》を壊すまで、ここで頑張って耐えてください！」

「エレノア!?　一体、何を……」

戸惑いの表情を浮かべたオリヴァー兄様が、私の足元にある妖精の輪《フェアリーリング》を見て驚愕に目を見開く。

「それじゃあ行って来ます！」

「待ちなさい！　エレノアッ!!」

「あ、兄様！　後ろにワーウルフが！」

オリヴァー兄様が慌てて後ろを振り向いた隙に、私は妖精の輪《フェアリーリング》の中へと飛び込んだ。

◆◆◆◆◆

「ッ!!」

何度も瞬きをしていると、周囲の真っ白な光がゆっくり晴れていく。

「ここは……?」

気が付けば私（と妖精）は、洞窟独特の岩肌に囲まれた場所に立っていた。

『……おい。約束は守った。いい加減私を解放しろ！』

「え？　あ、ゴメン！」

慌てて握りしめたままだった手を広げると、妖精がフワリと宙に浮きあがった。

……悪いと思うけど、どう見てもミノムシがふよふよ浮いているようにしか見えない。

「それにしても……。本当に別のダンジョンと繋がっていたんだ……」

一回ダンジョンに入っていたお陰で、ここがただの洞窟ではなくダンジョンの中であることが分かる。

でも先程までいたダンジョンとは明らかに違う。魔力に満ちた空気と威圧感が桁違いだ。魔物の気配も物凄く強く感じる。

ん？　魔物の気配？

「どんどん送り込め！　もっと！　もっとだ！」

突然、ヒステリックな男の声がダンジョン内に響く。

慌てて周囲を見渡すと、声はあの大きな岩場の向こう側から聞こえてくるようだ。

しかも強い魔物の気配もそちらの方から感じる。

『ひょっとして……』

あのダンジョンに魔物を送り込んでいる奴がいるのかもしれない。

はやる気持ちを抑えながら、足音を立てないようにゆっくりと岩場に近付き、そっと向こうを窺い見る。

するとぽっかりと開けた場所に、フードを被った複数の男達がいるのが見えた。

しかも彼らの足元には妖精の輪《フェアリーリング》が光っている。

「ええぃ！　魔獣共め！　一向に奴の死体をこちらに持って来ないではないか！」

「ジャレッド様、どうかもうその辺で。ここまで魔獣を送り込んでも駄目だということは、ここらが潮時でございましょう」

「諦めろと言うのか⁉　折角の好機をふいにしろと⁉　嫌だ！　俺は俺の未来と『運命』を奪ったあいつに……。オリヴァー・クロスに、必ず復讐してやるんだ！　さあ！　もっと強い魔獣を召喚し、この中に送り込め！」

男はそう言うと、手にした鳥籠を掲げる。

「あれが……まさか」

『私の半身だ』

すると鳥籠の中心が光り輝き、頭上から音も無く魔獣が姿を現す。

そして妖精の輪《フェアリーリング》の中に次々と吸い込まれるように消えていった。

間違いない。あいつらが魔獣を私達の元に送り込んで来た元凶だ。

しかもやはり私達を……というか、オリヴァー兄様を狙っているのだ。早くあの妖精の輪《フェアリーリング》を何とかしなくては。

「……ねえ貴方。私の姿を視えないように出来ない？」

『……なにせ力が足りん。視えなくする事は出来ないが、気付かれにくくする事は出来る』

「それでいいよ。じゃあお願い」

『うむ』

私は妖精に魔法をかけてもらい、なるべく音を立てないように気配を殺して男達の元へと向かう。

幸いというか、男達は妖精の輪《フェアリーリング》に集中している。

なので魔法の手助けもあり、私の接近には全くと言っていいほど気が付かないでいる。

『今だ！』

充分過ぎるほど間合いを詰めた私は一気に跳躍すると、一番近くにいた男の背後から飛び蹴りを食らわせた。

「うわぁ！」

不意の攻撃に男はたたらを踏み、結果妖精の輪《フェアリーリング》の中へと足を踏み入れ、そのまま魔物達と共に妖精の輪《フェアリーリング》の中へと消えて行ってしまった。

「な、何だ⁉」

私は次に、男を蹴り上げた反動を利用し空中で身を捩ると、振り向いた首謀者らしき男の顔に飛び蹴りを食らわせた。

「ブッ！」

打っ飛ばすつもりが、やはりというかウェイトの関係で男はよろけるだけだった。

だがその拍子に、男の手から鳥籠が地面へと落ちる。

私は地面に着地するや否や素早く鳥籠を手にすると、妖精の輪《フェアリーリング》のキノコを数個足で踏みつぶし、全速力でその場から逃げ出したのだった。

イケメンと鼻血

『いやぁぁぁ‼　こ、この鳥籠……重いっ‼』

妖精の輪《フェアリーリング》を崩し、鳥籠を奪取したまでは良かったが、その後は一連の騒動の黒幕達との鬼ごっこだ。

「待てー‼　このガキがっ‼」

重い鳥籠を抱え必死に逃げる私に対し、黒幕達は容赦なくレッドアローだのファイヤーボールなどを撃ちまくってくる。

仮にも女に向かってなんという仕打ちをするのだ！　と憤るも、今の自分の恰好（男装）を思い出して我に返る。

幸いというか、クライヴ兄様やグラント父様との特訓で得た俊敏さと感知能力を死ぬ気で総動員し、何とかやり過ごせている。

けれど土地勘もなく、子供の足で逃げ回っていても、いずれは捕まってしまうだろう。

下手をすれば攻撃にやられて大怪我をしてしまう。もしくは最悪の場合死ぬかだ。

「ちょ……み、ミノムシ君……！　どっか……いい、隠れ場所……とか……ない……!?」

ゼイゼイと息を切らしながら自分の頭にとまっている妖精に尋ねると、妖精は『ミノムシ言うなー！』と、髪の毛を引っ張る。痛くは無いがウザい。

『あと少しだ。もう少し先に三つ叉に分かれた道がある。その内の左の道を曲がれ。別の階層への道へと繋がっている』

「分かった！」

私は最後の力を振り絞り、走るスピードを速めた。

そして件の三つ叉へと辿り着くと、その勢いのまま左折する。……だが目の前にあるのは巨大な岩だった。

『えええーーっ!!　行き止まりー!?』

私は次に襲い来るであろう衝撃に備え、ギュッと目を瞑った。

……だが衝撃は一向に襲って来ない。

「あれ？」

パチリと目を開けキョロリと周囲を窺う。

するとそこには巨大な岩の代わりに、あちらこちらに水晶と思しき結晶が生えた幻想的な空間が広がっていた。

「……ここって……？」

『階層を進んだんだ。先程は五十階層であったが、ここは最下層の八十階層。水晶エリアだ。これで暫くは時間が稼げる』

「……出来れば地上に出たかったんだけど……」

『知るか！　私は半身を助けるという条件で、ここにお前を案内したのだ。お前は見事、妖精の輪《フェアリーリング》を破壊した。今頃はあちらのダンジョンも落ち着いていよう。さあ、さっさとその鳥籠を壊して我が半身を解放せよ！』

「いと高き存在の癖にケチだなぁ、もう！」

だが等価交換としては、確かに妖精は対価を支払った。だから今度は自分の番だ。

『私の剣で切れるかな？　オリハルコンだから、いけると思うんだけど……』

そう思いながら鳥籠を床に置き、剣を抜こうとした次の瞬間。ザワリと全身の毛が総毛立つ程の悪寒が全身を駆け巡った。

「な……何……？」

恐る恐る周囲を見渡す。

すると、めちゃくちゃ不快な金属音のような音が近付いてくる。それも複数……。

音がする方を振り向いた私は目を思いっ切り見開き硬直した。

「ッ！　……ギ……」

『ソレ』を見た私は、上げかけた悲鳴をかろうじて飲み込む。

『おお。クリスタルスコーピオンか。そういえばこの八十階層は、あやつらの住み家であったな』

呑気なミノムシ妖精の言葉に、私は硬直したまま答えられない。

だって今私達の目の前には、言葉通りの透明でキラキラした巨大サソリ達がワサワサ集まっていたのだから。

しかも一匹一匹が超デカい！　あれ絶対五メートルは余裕であるよね⁉

『安心しろ。クリスタルスコーピオンの主食は水晶だからな。人間は喰わん』

そ、そうなのか。じゃあつまり見た目を裏切って草食って事なのかな？

『ただ奴らは縄張り意識が異常に高くてな。侵入者を喰いはしないが、襲いはする』

ちょっとー‼　それ、どこをどう安心しろとー⁉

そうこうしている間にも、サソリ達は私に向かって歯やハサミをカチカチ言わせながら威嚇してくる。

私は鳥籠を手にすると、ソロソロと前を向いたまま後退していき、ある程度の距離を取ってから、全速力でその場を逃げ出した。

後ろをチラリと振り向くと、サソリ達はまだ興奮状態のようだが、私を追い掛けて来る気配はなさそうでホッとする。

「ちょっと！　これじゃあ落ち着いて鳥籠破壊出来ないじゃない！　もっと安全な場所は無いのー!?」

『ここはダンジョンだぞ？　大なり小なり危険はつきものだ。それにあやつらはフロアボスでもなんでもない。ただの小物だ』

「そんな説明求めてないー！　ってかフロアボスって何なのー!?」

『大声を出すな。……ああ、見付かった。避けろ！』

「へ!?」

何が……という間も無く、頭上が急に暗くなった。

それと同時に何かが落下して来るのを感じ、慌ててその場から離れる。

ズン……と、地響きが起こり、超巨大な何かが私の目の前に飛来した。

キラキラと、全身を光り輝く鱗に覆われたその巨体。

生き物というよりむしろ、動く宝石のような優美極まりないその姿。

『奴がこの階層のフロアボス。クリスタルドラゴンだ』

「クリスタル……ドラゴン……」

前世の知識として知っている。

ダンジョンの中で、ダイヤモンドやミスリルなどの希少な鉱物を好んで食べるドラゴン。

その食性から全身が希少鉱物で覆われ、殆どの魔力を撥ね返してしまうという伝説の生き物……。

クリスタルドラゴンは威嚇のような唸り声を上げながら、ゆっくりと私の方へと顔を向ける。

『あやつは本来大人しいドラゴンだったのだが、身体そのものが希少な素材としてとてつもない高値で売れるがゆえ、先程私を使役していた奴らに仲間を殺されてな。それゆえ、人間全てを敵と認識している』

「だから！　冷静にそういう救いようのない情報、教えてくれなくていいから!!」

すると後方から、先程のサソリ達が集まってくる音が聞こえてきた。ひょっとしたらフロアボスの怒気に当てられてやって来たのかもしれない。

うわぁぁ……！　後門のサソリ。前門のドラゴンだよ!!

これ詰んだ……かも。

ああ。前世ではいつ死んだのか分からないまま幼女になって、挙句魔物に殺されるのか。私の人生って一体……。せめて……せめて一回でいいから、男の人とお付き合いとかしたかったな。

折角こんなイケメンだらけの顔面偏差値が異常に高い世界に生まれたってのに。お付き合いはおろか、鼻血を噴くだけの人生だったなんて……！

『オリヴァー兄様。クライヴ兄様……』

走馬灯のように次々浮かんでくる、彼らと過ごした日々。

私の大好きで大切な兄様方。せめて一目でいいから無事な姿を確認したかったな……。

クリスタルドラゴンがこちらに向かってゆっくりと近付いて来る。

それを見た私は覚悟を決め、目をギュッと瞑った。

――ドン!!

「えっ⁉」

物凄い爆音と爆風が巻き上がる。

それに驚き、振り向こうとした身体はフワリと誰かの手に抱き込まれた。

次の瞬間、物凄い速さで元居た場所から移動していく。

「え？　えっ⁉　な、なに……っ⁉」

あっという間に、クリスタルドラゴンの咆哮が小さくなっていく。

それでもスピードは止まらないどころか、所々で宙に浮かんだり落ちたりを繰り返す。

まるでジェットコースターに乗ったような感覚に目が回りそうになってしまう。

『ひぃぃっ！　は、腹がフワンフワンするー！　目が回るー‼　一体、何が起こってるのー⁉』

「……ヒュー、そろそろいいか？」

「はい。ここまで来れば、もう大丈夫かと」

数分……いや、数十秒だろうか。浮遊感と疾走感が突然止んだ。

「しっかし、まさかあんな所に子供がいるとは……。おいお前、大丈夫か？」

「ほぇ……？」

ジェットコースターから降りたばかりのような、酷い酩酊感にクラクラしながら、声のした方へと顔を向ける。

「ッッ⁉」

するとそこには、燃えるような紅い髪と瞳をした、クライヴ兄様ばりに精悍で端正な顔立ちの、超絶美形なお兄様のドアップが……。

「どうした？　やっぱ傷でも負っていたか？」

カチンと固まってしまった私を見たお兄様は、心配そうに私の顔を至近距離から覗き込んでくる。

久々に兄様方ばりの顔面破壊力&視覚の暴力に遭遇してしまった私は、白目を剥くなり盛大に鼻血を噴いてしまったのだった。

◆◆◆◆◆

「大丈夫か？」

「は、はい……。だいぶ気分も楽になりました。……あの……。お見苦しいさまをお見せしました。申し訳ありません」

今現在私達は、最下層から一段上の七十九階層にいる。

私を助けてくれたお兄様の話によると、ここは水のエリアなのだそうだ。

先程までの岩場とは打って変わって、真っ白い砂の大地と透き通るような綺麗な水を湛えた大小の湖が点在する幻想的な場所だ。

そして目の前にいる紅い髪と目をした超絶美形の青年と、どうやら部下らしき黒髪黒目の青年は、たまたま八十階層に来ていた冒険者なのだそうだ。

彼らはクリスタルドラゴンとクリスタルスコーピオンがあまりに騒がしかった為、悪質な冒険者が密猟しに来たと思い、駆け付けたのだという。

すると小さな子供が今にも襲われそうになっていたから、慌てて助けてくれたんだって。有難う御座います。

で、助けたは良いけど私が鼻血を噴いてグッタリしてしまった為、湖のほとりに魔物が嫌うという香木をたき、お茶を淹れたり額を水で濡らしたタオルで冷やしてくれたりと、甲斐甲斐しく介抱してくれていたって訳なのである。

はぁ……。たまたまとはいえ、良い人達に巡り合えて本当に良かった。

「なに、気にするな。恐怖と緊張から解放されて気が抜けたのだろう。無理もない事だ」

「……」

本当は超絶美形のご尊顔にやられて鼻血が出たんです。……なんて言える訳もなく、私は黙り込むしかなかった。

ああ……それにしてもこの世界って、本当に私に全然優しくない。

好みの美形に会うたび鼻血を噴く女に、ロマンスなんぞやって来るもんかよちくしょうめが！

「そうそう。まだ名を名乗って無かったな。俺はディー。こっちは俺の連れでヒューだ」

「ディーさんにヒューさんと仰るのですか。わた……いえ、僕はエルと言います。先程は危ない所を助けていただき、本当に感謝しております。有難う御座いました！」

「ああ。エルというのか。よろしくなエル！」

二カッと笑うディーさん。

笑うと精悍な顔立ちが途端、やんちゃなイメージに変わってしまって、そのギャップに何だかドキドキしてしまう。

う～ん……。クライヴ兄様もそうなんだけど、クール系美男子の笑顔によるギャップ萌えって、破壊力半端ないよなぁ……。

「……で、聞きたいのはエルが何でこんな所にいたのかだ。このダンジョンの管轄は特殊でな。俺達が納得出来る説明が聞きたい。理由いかんによっては、更に詳しい事情を聞く必要にも迫られるからな」

え？　という事はこの人達って、このダンジョンを所有しているどこぞの貴族が雇った冒険者って事なのかな？

そういえばミノムシ妖精。あのクリスタルドラゴンの仲間達が殺されたって言っていたし、ひょっとしてその調査で来たのかもしれない。

「は、はい。分かりました。あの、僕が分かる範囲でご説明します」

私は自分が女である事を伏せ、自分がここにいる訳を説明した。

自分の兄が仕えている地方領主の管轄内でベビー・ダンジョンが発生し、兄と共にそのダンジョンに視察に行った所、領主に恨みのある誰かが妖精を使って魔物を送り込んで来た……と。

一部嘘はついているが、おおむね間違ってはいない。

ちなみに、その仕えている領主の名は明かせないと言ったのだが、それに関してはあっさり「問題ない」と言ってくれた。何でだろうか？

「成程……。それでお前がその妖精と一緒に、こっち側にやって来たという訳か。ってかお前、可愛い顔してやる事大胆だな！　下手すりゃ死んでいたぞ？」

「はぁ……。でもどのみち行動してなかったら全滅でしたし……」

「肝が据わっているんだな」

「大切な人達の命がかかっていましたから」

そう。自分だけだったら、こんな無謀な事は流石にしない。というか、恐くて出来ない。

でも自分以外の人達の命がかかっているんだったら話は別だ。

しかもそれが、とてもとても大切な人達の命だったとしたら尚更である。

ディーさんは私をジッと見つめた後、目元を優しく緩めながら頭をクシャリと撫でてくれた。

何だかその行為がクライヴ兄様を思い出してしまい、うっかり目頭が熱くなってしまう。

「安心しろ。お前は俺達が責任を持って地上に連れて行ってやる。……で？　その果物に齧り付いている枯れた葉っぱみたいなのが件の妖精か？」

言われて見てみれば、ミノムシ妖精がディーさん達の荷物の中からリンゴを引っ張り出し、夢中になって齧り付いている。

……確か果物を餌に捕まった筈なのに、まるで学習していないよこの至高のミノムシは。

ディーさんもなんか呆れているっぽい。

「ま、いい。ひとまず俺達も腹ごしらえするか」

ディーさんの言葉を待っていたかのように、私の目の前にスッと小枝に刺さった焼きマシュマロが差し出された。

「はい、エル君。あーん」

見れば差し出した張本人は、無表情のヒューさんだった。

あれ？　私、今男装しているのに「あ～ん」ってされてしまいましたよ。

ひょっとしたらこの世界って、男の子でも小さくて可愛ければ、こういう事されるのが当たり前なのかな？

「マシュマロ嫌いですか？」

「い、いえ！　大好きです！」

「では遠慮せずにどうぞ。はい、あーん」

……覚悟を決めよう。

そもそも私はこの人達に助けられたのだ。

その恩人の施しを無下に断るなど、あってはならない。マシュマロ大好きだし。

私は差し出されたマシュマロを、ぱくりと口に含んだ。

その途端。焚火でトロリと温められたマシュマロが、口の中で甘く蕩ける。しかもこのマシュマロ滅茶苦茶美味しい。きっと名のあるパティシエが作ったやつだ。

「美味しいですか？」

「はいっ！　すっごく美味しいです！」

あ～んをされた恥ずかしさも吹き飛び、目をキラキラさせながら何度も頷く。

「……そうですか。それではお代わりをどうぞ」

差し出されたマシュマロを、今度は躊躇なくパクリと口に含んだ。

うん。本当に美味しい。いくらでもいけそうだ。

「……至福……！」

「え？　あの、ヒューさん。何か言いましたか？」

「いえ。何も」

う～ん。それにしてもディーさんが規格外の美形だから目立たないけど、この人もかなりのイケメンだな。

オリヴァー兄様と同じ黒髪黒目だけど、与える印象は随分違う。目も細く、しかも鋭くて職業はアサシンと言われても納得してしまう雰囲気を持っている。

でもきっと優しい人なんだろう。

だって私の為にまた、せっせとマシュマロ焼いてくれているし。

「……おい、ヒュー。ちょっといいか？」

そんなヒューの姿を冷汗を流しながら見ていたディーだったが、焼きマシュマロに目が釘付けになっているエレノアに気が付かれないよう、こそっと小声で話しかける。

「何です？　ディー様」

「お前……なんかあの子に甘くないか？　そんなに子供好きだったっけ？」

「いえ、特には。あの子だから甘くしているのです。それが何か？」

サラッと言い放たれた言葉に、ディーの顔が引きつる。

「い、いや……。まあ、なんだ……うん。人の趣味に口を出すつもりはないが……。次は「お付き合いしてください」とか言い出しそうだよな」

「ええ。許されるのなら寿退社して、エル君と所帯を持ちたいくらいですね」

「おっ、おまっ!! そ、そっちの趣味があったのか!? ってか寿退社なんて許すかバカ!」

ここにきてヒューがわざとらしく溜息をついた。

「はぁ……。んな趣味ある訳ないでしょうが。あんた方兄弟に女遊びを教えたのはこの私ですよ?」

「だったら何で!?」

「まだ気が付かないんですか？　あの子、女の子ですよ」

「!?」

ヒューの言い放った爆弾発言に、ディーは驚愕に目を見開いた。

「お……お前……。エルが女の子って、それマジか?」

「マジです。大体、そういうものを見抜くのも私の仕事の一つですからね」

「……」

ディーはエルことエレノアをマジマジと見つめる。

少し癖のあるヘーゼルブロンドの髪は短く切り揃えられており、大きな黄褐色の瞳は、まるでインペリアルトパーズのようにキラキラしている。

健康そうな白い頬は、焚火にあたっているせいか薄っすらピンク色に染まっていて……。全体的に見てとても愛らしい。それに確かに言われてみれば、全体的に丸みがあるし男にしては華奢だ。

だがやはりいまいち信じ切れない。

大体平民にしろ貴族にしろ、女が生まれたら真綿でくるむように大切に育てるし、恋人ないし夫を得るまで極力外には出させない。

それは希少な女性を不法な手を使っても手に入れようとする輩や、身分が上位の望まぬ相手に、大切な娘が見初められてしまうのを防ぐ為だ。特に平民や下級貴族などはその傾向が強い。

極端になると、デビュタントや結婚式によって初めて娘がいたことを周囲が知る……といった話もあるくらいだ。

だからこそこの目の前にいる少年が、実は少女であるという事実が信じられないのだ。

いや。ヒューがそうだと言うのなら確実にそうなのだろうとは思う。

だが何故に、こんな可愛らしい少女が男装などしてまで従者見習いなんかしなければならないのか。とてもじゃないが理解できない。

「ディー様。試しにお一つどうぞ。そうすれば私の気持ちがお分かりになるでしょう」

そう言われ、マシュマロの刺さった小枝を手渡される。

ディーは躊躇しながらも少女に向かってマシュマロを差し出した。

「……え～と……。食うか？」

エルことエレノアは、マシュマロをキョトンと見つめた後、ボンッと音がするぐらいに顔を真っ赤にさせた。

「え……あ……あの……」

面白いぐらいうろたえているその様子に、うっかりディーの悪戯心が湧いてきてしまう。

「何だ？　ヒューなら良くて、俺じゃあ嫌なのか？」

「いいい、いえっ！　そ、そうじゃありませんっ！」

「じゃあ食えよ。マシュマロ好きなんだろ？　ほれ、あーん」

ちょっと強引にマシュマロを食べさせようとしてみると、エルは恥ずかしさからか更に顔を赤くさせながらモジモジしだした。

……おい、何なんだ？　この可愛い生き物は⁉　うっかり新たなる扉が開きそうになってしまうじゃないか！

横をチラリと見てみれば、ヒューが口元を手で覆い顔を背けているのが見えた。……お前もか。お前もなのか⁉

やがて意を決したように、エルが差し出したマシュマロをパクリと口に入れる。

「……えと……。美味いか？」

「お、美味しい……です」

「ッ‼」

可愛い顔を真っ赤にさせて、しかも潤んだ上目遣い……だと⁉

おま……ッ！　ガキのくせしやがって、なんて恐ろしい仕草をしやがる！　俺だから良かったものの、他の野郎共だったら間違いなくこの場で押し倒されていたぞ⁉

見ろ！　俺の隣の男を。心なしか呼吸が荒くなっているのが手に取るように分かる。おい、正気

に戻れヒュー！　お前いつもの冷静沈着さはどこいったんだよ⁉

「……ヒュー……。お前の気持ちは、十分理解した……！」

「……分かって……くださいましたか……」

「？」

口元を手で覆い、顔を赤くして萌えに震える男二人に、エレノアはキョトンと不思議そうな顔をしながら首を傾げた。

◆◆◆◆◆

何故か微妙になってしまった空気の中、エレノアはディーから質問攻めにあっていた。

「エル、お前年は？」

「え？　十一歳です」

「好きなもんとかあるか？　趣味は？」

「甘い物が大好きです！　えっと、趣味は……兄との剣術及び体術訓練です。他にも魔力操作の訓練とかも少々……」

「剣術と体術の訓練か……。いや、いい趣味しているな」

「有難う御座います！　いずれは自分一人の力で魔物を狩るのが目標です！」

「……そうか」

ニコニコと嬉しそうに笑うエレノアに、思わず相好を崩しまくってしまうディーをヒューが見えていたとは……！』

『……ヒュー……。ヤバイ。素直で可愛くて戦えるなんて……。こんな理想の女がこの世に存在しない位置からつつく。

『ディー様。鼻の下伸び切っていますよ』

『ディー様。気持ちは分かりますが落ち着いてください。肝心な質問がまだです』

『ん？　ああ、そうだったな』

ディーは顔を引き締め、次の質問に移る。

「エル。お前……その、決まった相手とかいるのか？」

「え？　決まった相手って？」

「まあ、ぶっちゃけ結婚相手だ」

「け、結婚相手⁉　……え～っと……」

「いるのか？」

「……はぁ……。兄……いえ、姉が……」

「ふ～ん……」

◇◇◇◇◇

——え？　何？　このお見合い的ノリな質問の嵐は。

しかもさっきから、何やら二人でコソコソ話し合っている。あれか？　やはり私の正体が怪しくて探りを入れているのか？

まあ、そりゃそうだよね。私、仕える領主様の名前も自分の姓も名乗っていないんだもん。きっと私から色々情報を聞き出して、後で色々調べようと思っているんだろうな。

でも情報は多ければ多い程良いって言うけど、私の結婚相手まで聞き出す必要ってあるのかな？

……出来れば、私がバッシュ侯爵令嬢だって事はバレたくないんだよね。

『私が本当は女だって知ったら、二人ともドン引きだろうなぁ……』

男装してダンジョン探検やっているお嬢様なんて、どう考えてもアウトだろうし。

お茶会であれだけダメ令嬢っぷりを披露してしまった後だし、「あそこのお嬢さんは……」って、更にヒソヒソされるのは目に見えている。これ以上悪評がたったら、真面目に嫁の貰い手が無くなってしまうだろう。

……いや、兄様方がいるけどさ。

でも所詮は防波堤代わりのなんちゃって婚約者だしなぁ……。はぁ。今世もまた寂しいお一人様人生かぁ……。

そんな時だった。空気を読まずにミノムシ妖精が話に割り込んでくる。

『おい、いい加減に戯れるのを止めて私の半身を解放しろ！』

「……それ、まんまアンタに言いたいんだけど……」

私達は揃って妖精にジト目を向ける。

さっきまでリンゴと戯れていたのは一体誰なのかと問い詰めたかったが、確かにいい加減、約束を守ってやらなくてはいけないだろう。

「それにしても、この光の玉が貴方の半身な訳だ……」

『というより、私の『力』そのものだ』

「へぇ……。そうなんだ」

私はマジマジと鳥籠を見つめた。

「綺麗だね」

『……そうか？』

「うん。まるで宝石みたい。あ、そんな事より、ちょっと待ってて。わた……いや、僕の剣で切れるか試してみるから」

私は腰の脇差を鞘から抜こうとした。

「エル。お前、その妖精の『力』を解放してやるのか？」

「え？　はい。そういう約束でしたから」

「……それはあまり良いとは言えないな」

「え？」

『何だと!?　どういう意味だ人間！』

気色ばんだ妖精に、ディーが鋭い眼差しを向ける。

おお……凄い迫力。クール系美形って、怒るとめっちゃ凄みが増すよね。

「理由はどうであれ、お前がやらかした事でエルと仲間達は死にかけたんだろう？　そんな相手に、取引と称して己を解放させようなど、おこがましいとしか俺には思えん。それに妖精は平気で嘘をつく。今お前の『力』を解放させた後、俺達を襲わないとどうして信じられる？」

ディーさんの指摘に、ミノムシ妖精はグッと黙り込んでしまった。

まあ確かにね。

そもそも私は何の関係もないのに巻き込まれて、命の危険があったのだ。それは否定しない。

……でも。

私はオリハルコンの脇差を引き抜くと、一点集中。気合を込めて鳥籠に向かって振り下ろした。

パリン……。と、まるで陶器が割れるような不思議な音を立てながら、鳥籠がバラバラと崩れ落ちる。

すると中にいた光が勢いよく飛び出し、何故か私の周囲をクルリと一周した後、そっと頬に触れてきた。

その後、光はミノムシ妖精の方へと飛んで行くと、周囲を嬉しそうにクルクル回りだす。

そうしてミノムシ妖精を包み込むと、周囲を一瞬太陽のように眩く照らした後、フッと消滅してしまった。

光の残滓がキラキラと降り注ぐ中、ディーさんが呆れたように私を見つめ溜息をついた。

「……行ったか。ったく、お前は恐れ知らずというかなんというか……」

「だって。それでも彼は約束を守って、わた……僕をここに連れて来てくれました。だから僕も、約束は守ります」

「ならばせめて、地上に無事に出るまで解放しなければ良かったんだ。万が一、お前達を害そうとした連中に襲撃された時に備えてな。あの妖精も『力』がお前の手元にある以上、お前の指示に従わざるを得ないだろう」

「……でもそんな事をしたら……僕はあの悪党達と同じになってしまいます」

「……なあ。もし俺達がお前を助けてなかったら、同じ事を出来たか？」

痛いところを衝かれた。

確かにディーさんに助けられなかったら、真面目に命がいくつあっても足りなかったし、地上にもどうやって出たらいいのか途方にくれていただろう。

「う～ん……。その時は土下座でもなんでもして、また契約してくれるように拝み倒します。無事に帰ったら山程果物贈呈するとか条件付けて」

こんな時なのに呑気にリンゴ漁って食べていたから、その条件ならかなりいい線いけてたと思うんだよね。

途端、ディーさんとヒューさんが同時に噴き出した。

「ははは。命令じゃなく拝み倒すってか！　成程な！」

「斬新な手ですね。ですが非常に効果的かもしれません」

「そ……そうですか？」

う……う～ん。爆笑しているけど、褒められた……っぽい？

ディーは笑っている自分達を不思議そうに見ている少女を目にし、胸に温かいものがこみ上げてくるのを感じた。

◇◇◇◇◇

なにせ未だかつて、自分の欲望を後回しにしてまで相手の事を優先する女なんて、母親以外に見た事が無かったのだ。

あの妖精の『力』を手にしていたのだから、主導権は完全に此方側にあった。

ましてやこの場には、『女の望みを叶えて当然』な男が二人もいたのだ。

普通の女であれば、絶対に妖精の力を我が物として使おうとしただろう。

それに対し妖精が怒って抵抗しようとすれば、自分達を使って妖精を従わせようとした筈だ。

だがこの少女は妖精を使役するのではなく、助けてもらえるよう「お願い」すると言ったのだ。

しかも土下座してでも拝み倒す……など、これが笑わずにいられようか。

「……ヒュー、俺はこの子に決めた。ここを出たらエルの身元を徹底的に洗え」

「承知しました。ディー様……いえ、ディラン殿下」

この少女ならきっと、兄弟達も気に入るに違いない。

たとえ気に入らなくても……。いや、むしろその方が独占出来るから、自分にとっては都合がいいか。

ただどうやらこの少女、既に自分の兄弟達と婚約しているようだ。

だがそれならば、王族である自分が婚約者としてこの少女を指名すればいいだけの話だ。問題はこの子自身が本当の事を知った時、どんな反応を見せるのかだが……。なにせ、普通の『女』としてのカテゴリーに全く当てはまらない子だから。

ふと、ディランの脳裏にバッシュ侯爵令嬢の姿が浮かんだ。

一年前、弟であるリアムの婚約者候補を探す為に開いたお茶会で出会った、あの規格外なご令嬢。影からの報告で、彼女が取った一挙一動や言動が明らかになったが、弟が言っていた事は概ね事実であった。

リアムに絡んできた連中にはそれ相応の制裁を与えた。特にリアムに怪我を負わせた、あの伯爵令嬢の生家は徹底的に。

今現在。あの伯爵家とその取り巻き達の生家は全てお取り潰しになり、一族は平民に落とされている。ただ当事者であった少女達は皆、厳格な事で有名な修道院行きになった筈だ。

だがバッシュ侯爵家が伯爵家への粛清に関わったとの報告はあがっていない。

あの時。バッシュ侯爵令嬢は自分を侮辱した伯爵令嬢達の事を、身内に報告すると言って脅していた。にもかかわらずその後、バッシュ侯爵家が動いた様子は一切無かった。

有能だが娘に甘いとされているバッシュ侯爵も。妹を溺愛しているあの兄も。誰一人動いていないという事は、あの侯爵令嬢が誰にも何も言わなかったということだ。

つまり彼女はただリアムを助けようとして、牽制の意味で、そういう脅し文句を言ったのだろう。

「つまり、リアムに見せた姿こそが本当のエレノア嬢って事なのだろうね。……迂闊だったたな。

王家《うち》と縁を結びたがらない貴族がいるなんて、想像もしていなかったからね。……考えてみれば、あのオリヴァーが執着する子なんだから、もっと疑わなければいけなかった筈なのに……」

そう言って兄のアシュルは不敵に笑っていたが、未だもってバッシュ侯爵令嬢を表に引っ張り出せずにいるようだ。

その事で兄やリアムの関心を益々引いてしまっているみたいだが……。まあ、俺も興味はあるが、ただそれだけだ。

俺が今、心を奪われているのは、この目の前にいる小さな女の子ただ一人。

手の込んだお菓子などではない。木の枝に刺して焼いただけのマシュマロを、あんなにキラキラ嬉しそうな顔をして食べて、幸せそうに笑う女がいるなんて思わなかった。

そして恥じらう姿は、まるで天使のように愛らしくて……。

きっとこれから先、一生のうちでこんな女に巡り合うなんて幸運は二度とないだろう。

婚約者が何人いたって構うものか。俺は必ず、この子を手に入れてみせる。

「エル。話があるんだが、いいか？」

「はい？」

「地上に戻ったら……」

その時。突如として鋭い咆哮が空間に響き渡った。

◇◇◇◇◇

いきなりの咆哮に全員が瞬時に身構える。だが目の前に現れたのは……。

「……え？　何これ？」

ヨタヨタと覚束ない足取り。

大きさは大型犬程度の……。でもどう見ても犬ではないソレは、小さなドラゴンの幼生だった。

つまり子ドラゴンだ。

おおお！　ミニチュアドラゴン！　超可愛い！　目がつぶら！

子ドラゴンは私達を見るなり、警戒したように後ずさる。……が、何だか弱っているのか、ふらりと身体がよろけて尻餅をついてしまった。

うっ！　あまりの可愛さに昇天しそう……って、そうじゃなくて！

「だ、大丈夫⁉」

咄嗟に子ドラゴンの元に駆け寄ろうとした私の身体を、ディーさんが慌てて押しとどめた。

「馬鹿か⁉　迂闊に野生の魔物に触れようとするな！　しかも相手は子供とはいえ、ドラゴンだぞ⁉」

「で、でも……。あんなに弱っていますし……」

「ディー様。どうやらあのドラゴン、クリスタルドラゴンの幼生ですね」

――クリスタルドラゴンの幼生⁉

私は目の前の子ドラゴンをマジマジと見つめた。

黒目勝ちのクリクリした瞳。青みがかった身体はまだ鱗に覆われておらず、つるんとしている。

……これが、あのクリスタルドラゴンの子供……？

クリスタルドラゴンは身体が水晶のように透き通っていて、鱗も宝石のようにキラキラしていたけど、目の前のこの子の身体は艶々してうっすらと青みがかっているものの、透明でも光り輝いてもいない。

「エル君。クリスタルドラゴンは希少鉱物を食べ続ける事により、その特性を身体に蓄積していって、最終的にあのような姿になるのですよ」

成程。だからまだ子供のあの子は親と色が違うんだ。

でも何でまだ子供なのに親と離れて……しかもこんな違うエリアにいるのだろうか？

「……多分だが、密猟者がこいつを生け捕りにしてここに連れて来たんだろう。エリアボスであるクリスタルドラゴンの匂いがついているから、このエリアの魔物に襲われなかったんだろうが、あれだけ弱っているという事は、食事を満足に与えられていないな。自力でエサを採ろうにも、このエリアには希少鉱物が存在しないだろうし」

なんだそれ、酷い！

あんなに小さいのに親から引き離されて、まともに食事も与えられずにいるなんて。さぞかし心細くて辛いだろう。

本当。あの子を密猟した連中、揃って地獄に堕ちろと言いたい！

「ひょっとしたらあの幼生がここにいるのは、エル達を襲った連中の仕業かもしれないな。ここの希少生物を狩り尽くしてから、こいつを連れて逃げる気だったのだろうが……。ダンジョン妖精を取り逃がしたから一旦作業を中止して、すぐにでも逃げようとする筈。だとしたらこいつを連れに、ここにやって来るかもな……」

「ではディー様。あのドラゴンの幼生を囮に……」

「ああ。あいつらがダンジョン妖精を手中に収めたままだったら下手に手を出せなかったが、今なら何とかなるだろう。不意を衝き、奴らを一網打尽にするぞ！」

「え？　ま、待ってください！　じゃあこの子はこのまま放置ですか⁉」

「ああ。下手に近寄る事も出来んし、その子がいれば敵は油断する。安心しろ。その子は必ず、全てが終わったら親元に返してやるから」

「そんな……」

こんなに弱っているのに。

本当は早く親の元に返してやりたいのに、私達の都合で放置するなんて……。

私はいたたまれない気持ちで子ドラゴンを見つめた。

すると子ドラゴンは私と目を合わせるなり警戒の唸り声を止め、そのままジッと私と目を合わせ続ける。そしてクルクル……と、甘えるような可愛らしい声で鳴き始めたのだった。

まるで親に甘えるような鳴き声に私は我慢できず、ディーさんの腕から抜け出し、子ドラゴンへと駆け寄った。

◇◇◇◇◇

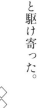

「エルッ！」

ディーことディランが、すぐにエレノアを追い掛けようとするのを、何故かヒューが制止する。

「ヒュー⁉　貴様、何しやがる！」

「シッ。殿下、あれを……」

ディランがエレノアの方を振り向くと、すぐ間近にやって来たエレノアを見上げた子ドラゴンはのっそりと身体を起こし、その長い首を伸ばして顔をエレノアの胸に擦り付けた。

「……おい、ヒュー……あれは……」

いくら子供とはいえ、ドラゴンは滅多な事で人に懐かない。

特にクリスタルドラゴンは孤高にして至高とされる知性高きドラゴンだ。

それがまだ会って間もない、あんな小さな少女に懐くなんて……。

呆然とその様子を見ていたディランだったが、次の瞬間クッと驚愕に目を見開く。なんとエレノアの身体が淡いオレンジ色の光を放ち始めたのだった。

その光はエレノアの抱くドラゴンの幼生を優しく覆っていく。

「キュルルルー！」

「わっ！　ビックリした！　どうしたの？　いきなり大声出して」

先程までの様子から一変し、元気な鳴き声を上げる子ドラゴンに驚くエレノアだったが、更に元気よく自分に体当たりするように抱き着いて（？）きた子ドラゴンの勢いに吹っ飛ばされ、エレノアは地面へと転がった。

「わっ！　ちょっ！　わぷっ！　た、タンマ！　ストップ！」

舐めたり擦り付いたりと、全身で親愛の情を示す子ドラゴンに翻弄されまくっていたエレノアだったが、それを救ってくれたのはディランだった。

「ディーさん！」

「エル、お前大丈夫か？」

エレノアごと抱き起された子ドラゴンが、途端に唸り声を上げてディランを威嚇する。

そんな子ドラゴンを必死に抱き締めてあやしながら、エレノアは困惑した顔をディランへと向けた。

「ディーさん、この子なんかいきなり元気になっちゃったんですけど？」

「ああ。そりゃーお前が、魔力を注いでやったからに決まってんだろ」

ディランの言葉にエレノアはきょとんとする。

「へ？　わた……僕が魔力を？」

「ん？　何だ無自覚だったのか。お前の魔力は『土』なんだろ？　ダンジョンは特に大地の魔素に満ちている場所だからな。お前が『土』の魔力を使ってそれを集め、その子に与えてやったんだよ」

◇◇◇◇◇

「うぇえ!?　そ、そんな高等技術を僕が!?」

思わず大声を上げてしまった。

だって大気中の魔素を集めるのって、実は物凄く難しいのだ。

いつだったか。オリヴァー兄様が集めた魔素で炎を創り出して見せてくれた事があったのだが、それに対して私は魔素を集める事すら出来なかった。

「エレノア。君は魔力操作がもうちょっと出来るようになってから、もう一度やってみようね？」

オリヴァー兄様にそう言われたにもかかわらず、私は魔素集めが全く出来なかった悔しさから、こっそり隠れて練習してみたのだった。

そして結果はと言えば……。

大気中の魔素を集めるのではなく、自分自身の魔力を全力放出してしまい、軽い貧血状態になってぶっ倒れてしまったのだった。

なんでもあの時の私の症状は軽い『魔力切れ』状態だったらしい。

魔力とは体内の生命エネルギーそのものであり、それが枯渇してしまうと命を落とす事もあるのだという。

治療方法は軽症であれば適度な休養と栄養を取る事。

重症になると、相性の良い魔力を持った人に魔力を注いでもらう。もしくは自分の魔力と同系統の魔石を摂取させるのだという。

あの時は緊急輸血ならぬ緊急魔力補充を、たまたま在宅中だった父アイザックによって施される羽目になってしまった。

しかも元気になった後、私はオリヴァー兄様に「僕がうっかりやって見せてしまったばかりに、エレノアが真似してしまったんだね。本当にごめん！」って物凄く謝られてしまったのだ。

私は兄様への申し訳なさに激しくへこんだ。

そして話を聞いたクライヴ兄様にめちゃくちゃ怒られ、二度へこむ羽目になった。

……話が長くなってしまったけど、魔素を集めるというのはそれぐらい高度な技なのだ。

それを私は無意識にやってのけたのだという。いやまさか、そんなこと有り得ないだろう⁉

「信じられないか？　だが実際、そのドラゴンの幼生は元気になった。それが何よりの証拠だよ。

……全く大した奴だなお前は」

そう言って「よく頑張った」と言うように、よしよしと優しく頭を撫でてくれる。

その仕草がクライヴ兄様とそっくりで、思わず顔を上げる。すると優しく微笑んでいるディーさんと目が合った。

「ッッ‼」

その結果、凶悪とも言える顔面破壊力をもろに食らう羽目となってしまい、また顔から火を噴いてしまう。

……くぅっ！　……ッ……は、鼻血は乗り切った……！

でも、目が……目が……ッ‼

「……お前、何目をつぶっているんだ？」

「眩し過ぎて……。目の保護です」

「はぁ？」

ディーさんの「訳が分からん……」という呟きと、子ドラゴンがペロペロ頬を舐める感触が伝わってくる。

嗚呼。今ほどあの遮光眼鏡カモンと思った事は無い。

イケメンには大分慣れた筈だったんだけど……。私の周囲、凶悪過ぎる美形が多すぎなんですよ。

まったく！

◆◆◆◆◆

「へぇー！　これが転移門ですか！」

地面に浮かび上がった魔法陣に、私は感嘆の声をあげた。

「ああ。魔石を使うと開くようになっている。さっきもここに来る時、やってみたろ？」

「……よく覚えていません……」

だってあの時、鼻血噴いててそれどころじゃなかったんだもん。

「ディー様。こ奴らはこのままここに転がしておきましょう」

ヒューさんがパンパンと手を払いながらこちらにやって来る。

その後ろには先程ディーさんとヒューさんが叩きのめした、二十名程の密猟団（？）が手枷足枷をされて床に転がされていた。

「ああ。数が多いしな。後で人を寄越すにしても……ま、何人か残っていりゃあ、御の字ってとこだな」

ディーさんの言っていた通り、子ドラゴンが元気になったすぐ後、タイミングよく密猟者達が現れた。……のだが二人の攻撃をもろに食らってしまい、あれよあれよという間に全員がその場に崩れ落ちてしまったのだった。

凄かった。文字通り瞬殺だった。攻撃している姿も見えなかった。

「ディーさんもヒューさんも凄く強いんですね！　凄いなぁ！」

尊敬の念を込め、キラキラした眼差しを向ければ二人ともなんか照れた様子で顔を背けた。

フフッ。いつも私が照れるばっかりだから、なんか勝ったような気分だ。

しかも美形の照れる姿って凄く可愛いな。

◇◇◇◇◇

……などと自分達がエレノアに「可愛い」と思われている事も知らず、二人とも頬を染めながら、笑顔全開で自分達を見つめてくるエレノアの愛らしさに心臓を鷲掴みにされていた。

『ああっ、クソッ！　凄ぇ可愛い！　本当にどうしてくれようか、この小娘！』

女の肌も知らない初心な子供でもあるまいに。こんな子供の笑顔一つで、何でここまで動揺しなくてはならないのか。

兄のアシュル程ではないが、自分だってそれなりに遊んできたし、相手をしてきた女達には散々美辞麗句を捧げられてきた。

言い寄ってくるご令嬢達はそれこそ星の数ほどいたし、我こそはとグイグイ押してくる連中など、言っては悪いが目の前のこの少女よりも格段に美しい者達ばかりだった。

なのに……こんな飾らない言葉や態度に、何故こんなにも心が浮き立つのだろう。

なんの思惑も欲望も無い澄んだ眼差しが、どうしてこんなにも美しく思えるのだろう。

『あの……ディラン殿下。やはり私、寿退社をしてもよろしいですか?』

人生初めて感じる甘酸っぱい感情に浸っていた最中、無粋な冗談(本気?)をぶっこんできた部下に対し、ディランはビキリと青筋を立てた。

『ふざけんなよこのバカ! ぶっ殺すぞ!?』

『フッ……私を殺しにきますか。いい度胸です。いつでもどうぞ。その代わり返り討ちは覚悟なさってください』

『お前はー!! それが仕える主に対して言う台詞かっ!?』

「良かったね。これからお母さんの所に返してあげるからねー?」

「キュルルルー!」

ほんわかとしたエレノアと子ドラゴンとのやり取りに、ディラン達はすぐ我に返った。

「……あ〜……。それにしても、あまりにも手ごたえの無い連中だったな」

「そうですね。……エル君。この中に君を襲った者達はいましたか?」

「それが……全員フードを被っていたから……。でも僕が鳥籠を奪った男は、この中にいなかったと思います」

あの時一瞬だけフードの中の素顔を見たのだが、今この場に転がされている人達の中に、あの顔はいなかった。

「ふん。ここにはドラゴンの幼生を回収しに来るだけだから、下っ端の連中だけを寄越したのかもしれんな」

え⁉　って事は、ボスクラスの連中はまだどっかにいるって事だよね。やだなぁ……。

オリヴァー兄様に恨みがあるみたいだから、ここで捕まえなかったらまた何かしでかすかもしれない。出来ればここでスパッと捕まえて、後顧の憂いを無くしたいところだ。

「大丈夫だエル。このドラゴンの幼生を親に届けたら、その足で一気に地上に出る。そうすれば俺の従者……いや、仲間達が待っているから残党の一匹も逃しはしない。だから安心しろ」

「は、はいっ！　有難う御座います！」

ついでにエレノア自身も、しっかりお持ち帰りが決定事項になっている……などとはつゆ知らず、エレノアはディランに頭を下げた。

「ヒュー。って訳で、万が一残党がすでに逃げていた時の為に、こいつら生かしておくぞ」

「かしこまりました。では魔物避けの香木と……結界も張っておきましょうか」

「そうだな。時間が無くて選別できんから、取り敢えず全員に施しとけ」

そう話し合うディラン達を見て、エレノアは冷汗を流した。

『成程……。このエリアにだって、魔物いるんだもんね。つまりさっきの「何人か残っていりゃあ御の字」って台詞、「何人か魔物に喰われずに生き残っていれば御の字」って事だったんだ。うわぁ……。流石は冒険者。密猟者に対して容赦ないなぁ……』

それにしても……。

ヒューと会話をしているディランを見て、エレノアはふと思った。

『ああいうの、『王者の風格』って言うのかな』

ひょっとしたらディーはただの冒険者ではなく、貴族なのかもしれない。だって人の上に立つのが様になっている。

……というか、人を自然と従えるカリスマ性を持っているように感じるのだ。

なによりこの人はオリヴァーやクライヴと同種の匂いがする。

ひょっとして……いや、多分この人は、このダンジョンを所有する貴族に連なる者なのだろう。年は……聞いていないが、多分オリヴァー兄様やクライヴ兄様とそう変わらない筈だ。ひょっとしたら王立学院で同級生だったりするかもしれない。

『無事に兄様達の元に帰れたら、ディーさんの事を聞いてみよう』

「エル。じゃあ八十階層行くぞ」

「はいっ！」

王者の風格どころか実際に王族だという事などつゆ知らず、エレノアは子ドラゴンを魔法陣へと促した。

対決

八十階層へと入った私達は、その瞬間身構えてしまった。

何故なら、大地を震わす程の咆哮が周囲に鳴り響いていたからだ。

「これは……。クリスタルドラゴンの鳴き声。しかも相当怒り狂っているな」

「キューィ！　キュー！」

クリスタルドラゴンの咆哮に呼応するかのように子ドラゴンが鳴き声を上げ、母親の元へと駆け出そうとする。

「ッ！　ま、待って！」

慌てて子ドラゴンを押さえるが、子ドラゴンも必死に私の手から逃れようとする。

「ヒュー。どうやらこれは……」

「当たり……みたいですね」

言うなり、二人は共に腰に差してあった剣を抜刀する。

「ディーさん!?」

「エル！　伏せろっ!!」

そう言うなり、ディーさんが己の剣に手をかざし魔力を込める。

すると刀身は燃えるような深紅へと染まっていく。

そして剣を一閃すると、頭上から降り注いできた岩石全てが、一瞬のうちに燃やし尽くされ、灰となって消えていった。

『す……すご……！　って、え⁉　剣に魔力を込めるのって、まだ王都の騎士団や一部の有力貴族達にしか伝授されていなかった筈……』

見てみればヒューの剣も青白く光っている。

という事は、彼らは王都の騎士か有力貴族なのだろうか？

「あぁ⁉　おい！　こんな所にネズミが紛れ込んでるぜ！」

野太い声がしたかと思うと、スキンヘッドの厳つい大男を先頭に、幾人もの男達がゾロゾロと集まってくる。

皆それぞれ図体がデカい。そして……人相が悪い！

『おおっ！　この世界に来て初めて、イケメンじゃない野郎共を見た！』

そんな場合じゃないのに感動してしまう。

そうか……やはりいるんだね、ブサメン。（失礼！）何だか凄く新鮮だ。

「おぉ⁉　何だこいつら、滅茶苦茶色男じゃねぇか！　……ったく。この国の野郎共は、無駄に綺麗なツラしている連中が多くてうんざりするぜ。ん？　ガキも一匹いるな。こいつの方はまぁ……可愛いツラしているが普通だな」

うん。確かにうちの国、イケメン多いよね。そんでもって普通の顔で悪かったな！

「貴様ら、この国の人間じゃねぇな？」

「おおともよ！　あの世の土産に教えてやるが、俺達はリンチャウ国の貿易商だ。このアルバ王国のダンジョンで荒稼ぎした金で女を合法的に買い取って、本国に連れて行くのが主な仕事よ！」

何が貿易商ー!?　それってただの人身売買組織だろが！

「女を……買い取るだと……？」

うぉっ！　ディーさんの顔が無表情になった！　背後からはゆらりと陽炎の様な真っ赤な怒気が……！

ひぇぇっ！　怒っています！　怒っていますよこの人!!

「ああそうさ。しかも売り主の大半はお貴族様だぜ？」

「……」

「平民の女を直接何人も連れ去ったりなんざしたら、すぐに騒ぎになって国が騎士団を派遣させるからな。その点貴族を仲介にすれば、その心配は無い」

そりゃあそうだろう。貴族はどちらかといえば、騎士団を派遣する側だからね。訴えがあったとしても自分達で握りつぶす事が出来るし。

「中には性悪女に散々貢がされて捨てられたり、他の男に取られたりした野郎共もいてよぉ。それを恨みに思って、売買を持ちかけてくるってのもあるんだ。ま、奴らは恨みを晴らせる上に金になる。俺達はそういう女を、本国の女に飢えている金持ち野郎共に、払った額の何倍もの金をふっかけて売り払う。どうだ？　こういうのを相互助け合いって言うんだろ？」

「俺達みてぇに女に見向きもされない野郎共に、子孫繁栄のチャンスを与えてやっているんだ。いわば立派な慈善事業……え？　……!?」

ゲラゲラ笑いながら、胸が悪くなるような事を好き放題喚いていた男の一人が、先程の岩石同様、一瞬で消し炭と化した。

「……耳障りなんだよ。このクズ野郎共が……！」

「なっ!?　て、てめ……ぐっ！　うぁぁあぁ！！！」

「ぎゃぁああぁ！」

次の瞬間、男達の手や足が次々と吹き飛んで、消し炭や塵と化していく。

「野蛮な辺境の小国である貴様らの国と違い、このアルバ王国において、女性はその誰もが尊い宝。ゆえに女性の人身売買に関わった者達は、問答無用で死罪と決まっている。……だが、貴様ら全員すぐには殺さない。今迄行った悪事の一切合切、そして悪事に加担した連中の名、吐かせるだけ吐かせてから地獄を見せてやる。……覚悟しておけ！」

燃え上がるような深紅の瞳に射貫かれ、無様に床に転がった人身売買組織の連中は、苦痛と恐怖に顔を歪め震えていた。ついでに私の身体も震えた。

――なんという、ただならぬ気迫と迫力。

静かに燃える炎さながらに怒りをくゆらせる彼は、まるで深紅に彩られた優美極まりなくも危険な獣のそのものだ。

そう。まるであのクリスタルドラゴンのように、恐いのに目が離せない。ドキドキしてくる。

って!!　そうだ！　いないよ！　どこいったんだ、あの子ドラゴン⁉

うっかりこの断罪劇に気を取られ、あの子の存在を忘れていた！

慌てて周囲を見回してみると、子ドラゴンが咆哮が聞こえる方に向かって走っているのが見えて、慌てて追いかける。

「グルグァアアー!!」

「きゃあ!!」

ズン！　と大きな地響きと共に大地が揺れ、追いついた子ドラゴンと共にバランスを崩し、その場に転げてしまう。

「な……に……？」

子ドラゴンを抱き締めながら見た光景。

それは身体のあちらこちらに巻き付けられた鎖を断とうと苦しみもがく、クリスタルドラゴンの姿だった。

しかもよく見てみれば、巻き付いている鎖の部分がどす黒く変色している。あれは一体……。

「ええいっ！　クソッ!!　おい、お前ら！　あいつらはどこに行ったんだよ⁉　ネズミを退治しに行くって言ったきり、帰って来ないじゃないか！　早くこいつを連れて逃げなきゃいけないのに、このままじゃ危なくて近付けやしない！」

不意に響く、男の怒号。

よく見てみると、自分達のいる場所からそう遠くない位置に、ローブを纏った男が数人立っていた。

『あのローブ姿……そして、あの声は……！』

間違いない。妖精の輪《フェアリーリング》を使い、私達の元に魔獣を送り込んでいた……あいつだ！

「キュルルルー!!」

「わっ！　ちょっ!!」

場の空気を読まず、子ドラゴンが叫び声を上げた。

慌てて止めようとするが時すでに遅し。男達が私達の存在に気付いてしまう。

「……なんだ？　ガキに……それはドラゴンの幼生!?　何故そいつがここに!?　ひょっとして貴様、ネズミ共の仲間か!?」

「チッ！　このクソガキ！　そいつは俺達の獲物だ！　寄こせ！」

周囲にいたブサメン（失礼！）が次々と抜刀し、私達に向かってくる。

威嚇の鳴き声を発する子ドラゴンを庇うように、私は男達に対して自分の刀を抜刀して構えた。

「はっ！　やる気か？　このクソガキが！」

男の一人がニヤニヤ嗤いながら私に向かって剣を向けてくる。

……うう……恐い。

訓練ではクライヴ兄様と散々打ち合っていたけど、実戦なんて初めてなのだ。

この剣を振るったのだって、あの妖精の鳥籠を壊したのが初めて。それがいきなり厳ついオッサンと対決なんて、あんまりではないか。

◇◇◇◇◇

エレノアは世の無情を呪った。

どうやら兄達が望んだケーキカット（スライムカット？）のような穏やかな初陣とはならず、いきなりの実戦となってしまったようだ。

エレノアは震える身体を叱咤激励すると、覚悟を決めた。女は度胸だ！

「おいガキ。そのドラゴンをよこせば、今この場では無傷で見逃してやるぞ？　お前、中々可愛い顔をしているしな。奴隷として小さな男の子好きの変態ジジイに高く売りつけられそうだ」

──この男、ぶっ殺す！

エレノアの闘志に火が付いた。

こんな女を金儲けの道具としか考えていない男の……いや、人類のクズなど、生きている価値は無い。全力でぶっ潰してくれる！

やる気の炎を漲らせ、刀を構えたエレノアの気迫に男が一瞬怯む。

その隙を逃さず、エレノアは男の間合いへと瞬時に入り込むと、自分の刀で男の剣を払うように打ち込んだ。

刃物同士がぶつかり合う硬質な音と共に、男の剣が折れて吹き飛ぶ。

「え？　は？　お、俺の……剣が……!?」

男が動揺している隙に、すかさずエレノアは男のみぞおちに刀を叩き込む。……当然というか、刃の付いていない方でだ。

男は衝撃に白目を剥くと、その場に崩れ落ちた。

『や……やった！　やりましたよクライヴ兄様！　私、戦えました!!』

しかし感動している暇は無かった。倒れた男の仲間達が、殺気を漲らせながら次々と襲い掛かって来たのだ。

それを見て、エレノアの頭は真っ白になった。

それもその筈。エレノアはあくまで一対一での戦い方しか、まだクライヴに教わっていなかったのだ。このように多勢で襲い掛かられてしまえば、実戦経験ゼロの小娘など完全にパニック状態になってしまう。

が、エレノアに男達の刃は届かなかった。

「……へ？」

目の前で、自分に襲い掛かってきた男達の身体が一瞬で消えた。……いや正しくは蒸発したのだ。

「エル。よく戦ったな！」

呆けていたエレノアの後方に、いつの間にかディーとヒューが立っていた。

え？　ひょっとして今のディーさんがやったの!?

「ああ。実はさっき、お前があいつらに見付かった時から様子を窺っていた」

なんですとー!?　だったらさっさと助けてくださいよ!!

エレノアの心の叫びも知らず、ディランは目の前で刀を持ったまま、こちらを見ているエレノアの姿に目を細めた。

「お前の戦いに割って入るのは無粋だと思ってな。勿論、危なくなりそうだったらすぐに助けようと思っていたんだが……」

いや、全然無粋でもなんでもありません。しかも最初から絶体絶命でしたし!!

「見事だった。まだ拙いが、しっかりとした剣筋をしている。このまま精進していけば間違いなく素晴らしい剣士になれるだろう」

「ええ。あの太刀筋はお見事でした。きっと素晴らしい師に師事していらっしゃるのでしょうね。誇りに思うべきです」

「ッ！　あ、有難う御座います！　これからも頑張ります！」

さっきまで心の中で憤りまくっていたエレノアは、ディラン達の惜しげもない賛辞を受け、瞬時に憤りを喜びに変えた。

しかも自分のみならず、大好きな兄の事も褒められたのだ。これを喜ばずしてなんとする。

「あ……ああ……！　そ、そんな……！」

自分の仲間……もしくは部下を全て倒され、ローブ姿の青年がよろけながら後ずさる。

だがその目はディランの姿を捉えるなり、極限まで見開かれた。

「で、でん……っ！　馬鹿な！　な、なぜ……ここに……!?」

「ほぉ……。俺を知っているか。という事は、貴様があの異国の罪人共と結託し、我が国の宝を他国に売り払うのに加担しているという、貴族の一人だな」

「お……お許しを……！」

「それは貴様らによって不当に連れ去られ、為すすべもなく売られた女性達に向けて言うんだな。色々と喋ってもらうつもりだが……極刑は覚悟しておくがいい」

「そ……そんな……！」

顔面蒼白でガクガクと震えていた青年は、ふとエレノアへと顔を向けるなり、再び驚愕に目を見開いた。

「あ……ああ……私の……私の運命……エレ……」

「え？」

青年の真っ青だった頬に赤みが差し、まるで熱に浮かされたような恍惚とした表情でエレノアに向かって両手を差し出し、近寄ろうとする。

そんな青年から守るように、ディランがエレノアをその背に庇った次の瞬間。青年の身体は飛来したクリスタルドラゴンに踏みつぶされ、皆の視界から消えた。

「きゃあああああっ！」

「ちっ！」

クリスタルドラゴンは怒りに赤く染まった目をエレノア達へと向けた。

正気を失っているのか、自分の子供である子ドラゴンがいるにもかかわらず唸り声を上げながら攻撃を仕掛けてくる。

ディランとヒューは、オリヴァーがしていたように自分達の周囲を魔力で覆い攻撃を防ぐ。

だが希少鉱物を食らい、その特性を自分の鎧としているクリスタルドラゴンの攻撃に結界が軋む。

「くそっ！　何とかして、あの鎖さえ無くせれば……！」

ディランは恐らくクリスタルドラゴンが凶暴化している原因である、巻き付けられた鎖を忌々しげに睨みつけた。

多分あれは『腐食の呪い』を施された魔物封じの鎖だ。

『腐食の呪い』を施された鎖はあらゆる魔物の動きを封じ、瞬時に命を奪うとされている。だがクリスタルドラゴンの身体は希少鉱物と同じ成分で出来ている為、激痛を与えはしても、命を奪うには至らなかったのだろう。だがいずれはその呪いに蝕まれ、命を落としてしまうのは明白。

クリスタルドラゴンは国の保護指定魔獣だ。

だからこそクリスタルドラゴンが生息するダンジョンは王家の直轄にされ、自分の様な者が定期的に巡回しているのだ。

『出来ればドラゴンの幼生の為にも、目の前のこのドラゴンの命は救ってやりたい。あの鎖を外す事さえ出来れば……』

だがこんなに興奮をしているのだ。迂闊に近寄れないし、鎖を破壊する為に全力で攻撃してしまえば鎖だけでなく、クリスタルドラゴン自身を傷つけてしまう事になるだろう。

『さて……どうするか……』

思案し、ふと横にいるエレノアを見ると、彼女は己の刀をジッと見つめていた。

自分が尊敬するオルセン将軍が考案したという、剣に魔力を込める戦闘方法。

その戦法と共に密かに流行り出した片刃の剣。何故かこの少女はそれを持っていた。

少女は目をつぶり、ゆっくりと深呼吸をする。

そして自分の刀に手を乗せ、撫でるように魔力を込めていった。

「ッ!?」

力のある騎士ですら、完璧に剣に魔力を込めるのは難しいとされている。なのに少女の手から注がれる魔力は刀身に美しい金色の光を与え、染み込んでいった。

エレノアはゆっくりと目を開け、自分の刀を確認すると再び祈る様に目を閉じる。

……そして。

「お願い……。どうか……!」

渾身の力を込め、振り下ろされた刀は真っすぐ地面へと突き刺された。

◆◆◆◆◆

時間は少しだけ遡る。

『ど……どうすれば……』

ディーとヒューに守られながら、エレノアは目の前で自分達を攻撃しているクリスタルドラゴンを為す術もなく見つめていた。

オリヴァーやクライヴに魔獣達から守られていた時と同じ状況。

いや。多分だが、状況は今現在の方がより最悪だ。なにせ全力で魔獣を殲滅するのとは違い、ディーもヒューも防戦一辺倒になっているのだから。

この二人の実力は短い期間でも散々目にしている。

ディーの強さは言うに及ばずだが、ヒューに至ってはひょっとしたら、クライヴよりも強いのではないかとさえ感じる。

そう。『隙』というものが全く無いのだ。

それはクライヴの父であるグラントと手合わせした時に感じたものとよく似ていた。

恐らくだがディーがこの場に居なくても、今迄の敵を全て瞬殺する事さえ可能だったのではないか……と、エレノアは推測していた。

その二人が防戦一辺倒に徹しているということ。

それはすなわち、クリスタルドラゴンを助けようとしているからに他ならない。

『でも……。このままではいずれ、魔力が尽きてしまう！』

そうすればこちらの命が危なくなってしまう。

だが多分、彼らはそうなる前に防御ではなく攻撃に転じる筈だ。そうしたらこの子の目の前で、クリスタルドラゴンが傷つく事になってしまう。

いや。下手をすると、命を落としてしまう可能性だってあるのだ。

エレノアは悲しそうな声で鳴いている子ドラゴンをギュッと抱き締めた。

何か……私でも役に立てる事があれば……！

『お前の『大地の魔力』をこの地に注げ』

ふいに、脳裏に穏やかで豊かな『声』が響いた。

——私の魔力を、大地に注ぐ？

『そうだ。なるべく深く、強く力を注げ。さすればその力、私が増幅してやろう』

誰なのか……なんてこの際どうだっていい。

私に出来ることがあって、それがこの場の誰もが傷つかない結果に繋がると言うのであれば、言われた事を全力で行うのみだ。

「でもなるべく深くって、どうすれば……」

ふと、自分が手にしている刀に目がいく。

そうだ……これを使って！

エレノアは目を瞑り、刀にかざした手に全力で魔力を集中させる。

『まだ私は一度もこれを成功させていない。でも今回だけでも……。お願い！』

身体から奔流のように魔力が流れて出ていくのを感じる。

それと同時に、身体の力がどんどん抜けていく感覚にたまらず目を見開くと、そこには金色に輝く自分の刀の姿があった。

『で……できた……？』

初めての成功に喜びを感じる間もなく、エレノアはふらつく身体に活を入れ、刀を振りかぶった。

「お願い……どうか！」

そうして渾身の力を込め、振り下ろした刀は深く大地へと突き刺さったのだった。

決着と魔力切れ

「こ……れは……!?」

エレノアが大地に突き刺した刀から、金色の光が一面に広がっていく。

そうして光る大地から次々と植物の芽が生えてゆくと、それはやがて蔓となり、クリスタルドラゴンの身体に次々と絡み付いていった。

やがて蔓がクリスタルドラゴンの全身に絡みつくと、みるみるうちに太く硬い枝へと成長し、完全にクリスタルドラゴンの動きを封じる樹木の檻へと姿を変えた。

「今のうちに……はやく……!」

そのあまりにも非現実的な光景に呆然としていたディランの耳に、エレノアの声が届く。

「ッ！　ヒュー、今だ！　鎖を排除するぞ！」

「はっ！」

ディランの声に、同じく我に返ったヒューが頷く。

そして今や、太い木々にからめとられて身動き一つ取れないクリスタルドラゴンへと駆け寄ると、鎖に手をかざした。

「『風化』」

鎖に『風』の魔力が注がれる。

言葉の通り、クリスタルドラゴンの身体に巻き付いていた鎖はボロボロと崩れ落ちていった。

「キューーィ！」

子ドラゴンが鳴き声を上げながら、クリスタルドラゴンの元へと駆け寄っていく。それに呼応するかのように、クリスタルドラゴンは静かな鳴き声を上げた。

するとクリスタルドラゴンを覆っていた木の檻が次々とほどけていく。

それらは逆行するように蔓となり、芽となって大地へと還っていった。

——まるで、何事も無かったかのように元に戻った空間。

自分のすぐ傍にいるディランとヒューを攻撃するでもなく、クリスタルドラゴンは自分にすり寄る子ドラゴンの身体を愛しげに舐めてやっていた。

「……まさか、こんな結末を迎えようとはな……」

ディランが掠れた声で呟く。

自分達かクリスタルドラゴン。どちらかが傷つくのは避けられないと、半ば覚悟を決めていたというのに……。

結果はクリスタルドラゴンも自分達も、全員無事に事態は収拾された。……他ならぬ、小さな少女の『土』の魔力をもってして。

……いや、本当にあの力は『土』の力なのだろうか。何かもっと別の……。

「エル、お前って奴は本当に大した……エル？」

その時だった。ディランはエレノアの様子がおかしい事に気が付く。

身体をゆらゆらとふらつかせ、半分伏せられた瞳には光がない。まさか……この症状は。

「魔力切れか！　くそっ！」

そうだ。こんな幼い少女があんな大規模な力を使ったのだ。魔力切れを起こさない筈がない。

「待っていろ、直ぐに魔力供給を……」

ディランが慌ててエレノアの身体を支え、抱き上げようとしたその時だった。

「ッ！　な、なんだ⁉」

自分達の周囲を囲むように、蒼白く光るキノコが次々と生えていく。

「ディラン殿下！」

慌ててヒューが、ディランの身体をキノコの輪の外へと連れ出す。が、不幸にもその衝撃でエレノアだけが輪の中へと取り残されてしまった。

「エル！　ヒュー、離せ！　エルがまだあの中に！」

「なりません殿下！　あれは妖精の輪《フェアリーリング》です！」

「妖精の輪《フェアリーリング》⁉　……ッ！　エル！」

地面に倒れているエレノアの身体が、妖精の輪《フェアリーリング》から消えていく。

「エルー‼」

エレノアの身体が完全に消え去り、ディランの悲鳴にも似た絶叫がその場に響き渡ったのだった。

◆◆◆◆◆

「貴様！　殺されたいのか⁉　さっさと吐け！　エレノアの居る場所だよ！　あの子は今、どこにいるんだ⁉」

「ぐあぁっ！　まっ……ゆ、許して……！」

夥しい魔物の残骸が散乱する中、クライヴの怒声が周囲に響き渡る。それと同時に殴られ、悲鳴を上げる男の声も同時に響き渡った。

妖精の輪《フェアリーリング》から次々と湧いて出て来ていた魔獣達。それらはエレノアが消えた後、激減した。そしてその合間に、何故か一人の男が転げ出て来たのだ。

訳も分からず、未だ残る魔獣を倒していきながら何とか男を保護する。

そしてようやく最後の一匹を仕留め終わった後、怯えて震える男から話を聞こうとしたその時だった。

「ち、違う！　これを計画したのは、俺じゃない！」

そう男が叫んだ事で、この男が一連の騒動を引き起こした元凶、もしくはそれに連なる者である事を、クライヴ達は一瞬で理解したのだった。

「クライヴ様！　その辺でもう！　これ以上痛めつければ、死んでしまいます！」

ルーベンがクライヴを制止する。

その言葉の通り、男は先程からの拷問に近い尋問に息も絶え絶えになっていた。

ルーベンとて、忠誠を誓ったエレノアの安否が気掛かりだし、男を八つ裂きにしてやりたい気持ちはクライヴと一緒だ。

だがこの男は、エレノアを捜し出す為の唯一の手掛かりなのだ。エレノアを無事に取り戻すまで、死なせる訳にはいかない。

「ルーベン……ッ！　だが！」

「……僕のせいだ……」

ポツリ……と漏らされた言葉に、男を再び殴ろうとしたクライヴの動きが止まった。

「僕が……あの時、あの子を止められなかったから……。エレノアを……守ってやれなかった……！　あの子のすぐ傍にいたのは、この僕だったのに!!」

「違う！　オリヴァー、お前の所為じゃない！　あんな事態、想定なんて出来る筈もないだろう!?」

クライヴは男を乱暴に放ると、呆然としているオリヴァーの元に駆け寄り、その肩を掴んで揺すった。

「でもクライヴ！　あの魔獣達は僕を殺す為に送り込まれたんだ！　元を正せば僕の巻き添えで君達を……。そしてエレノアを、こんな目に……！」

「オリヴァー！」

あの男が吐いた事。

それは他のダンジョンからダンジョン妖精を使い、魔獣を送り込んだという事実。

そしてそれは信じられない事に、このオリヴァーを殺害せんとして行われたのだというのだ。

『まさかエレノア付きだったあの下級貴族の次男。あいつが黒幕だったとは……』

エレノアに選民意識を植え付け、バッシュ侯爵邸から追い出された男。

あの男は、エレノアを自分だけの運命の恋人だと密かに信じていた。だから言葉巧みにエレノアに取り入り、他の男に目を向けさせぬよう、選民意識を徹底的に刷り込ませたのだ。

最終的には自分がエレノアの伴侶に納まろうと画策していたのだろうが、そんな男の企みを見破り、バッシュ侯爵へと進言したのがオリヴァーだった。

男はバッシュ侯爵の怒りを買い、制裁を加えられた。挙句、己の魔力を封印されるという罰を与えられ放逐されたのだという。

男にとって幸運だったのは、実家から廃嫡されなかった事だろう。

バッシュ侯爵も「あくまでその男個人がしでかした事」だとし、彼の実家に対しては、これといった制裁を加えていなかった。それが今回仇となってしまったのだ。

『あの時、あの男の生家もろとも徹底的に潰してさえいれば、こんな事にはならなかったのかもしれない……』

あの男はどうやら自分が貴族である事を利用し、よからぬ組織と手を組んで悪事を行っていたようだ。

そして自分から貴族の誇りである魔力と、伴侶となる筈だったエレノアを奪ったオリヴァーを逆恨みし、復讐するチャンスを窺っていたのだという。

そして機会は廻ってきた。……そう、今回のダンジョン視察である。

どういう経緯かは知らないが、ダンジョン内で生まれ、強力な力を有するとされる『ダンジョン妖精』を手に入れていた男は、我々が視察するとされるダンジョンにあらかじめ侵入し、そこにダンジョン妖精を放って『道』を作らせたのだった。

最初はその『道』を使い、オリヴァーを自分達のいる場所へと引きずり出し、嬲り殺しにする予定だったという。だがエレノアに『道』たる妖精の輪《フェアリーリング》を見破られ、急遽魔獣を送り込んだのだそうだ。

あの男と入れ替わるように、新たに出現した妖精の輪《フェアリーリング》に入り、消えたというエレノア。

エレノアは消える前、オリヴァーに「魔獣が出て来る場所に行って、妖精の輪《フェアリーリング》を壊して来ます」と言ったらしい。

そして実際魔獣の数は減り、あの男が出現してから妖精の輪《フェアリーリング》は消滅した。

つまり宣言した通り、エレノアが何とかしてくれたのだろう。

だが妖精の輪《フェアリーリング》を崩した後、エレノアは……あの子はどうなった？

オリヴァー一人を殺す為、このような暴挙に出た奴らが待ち構えている場所に単身飛び込んでいって、無事で済む筈がない。下手をすると殺されてしまっている可能性すらある。

オリヴァーに対する切り札として温存されている可能性もあるが、その場合でも恐らくは無傷ではいられないだろう。

しかもあの子が『エレノア』だと露見したら……。今頃どんな目に遭っているのか、想像すらしたくない。

あんな小さな妹に、そんな残酷な負担を強いてしまった己の不甲斐なさが許せない。そしてそれは、オリヴァーの方こそ強く感じている筈だ。

エレノアの身に何かあったとしたら、こいつはきっと自分自身を許そうとしないだろう。

それどころか下手をすると、命を断つ事すら……。

「ク……クライヴ様ッ!!」

ウィルの悲鳴のような叫び声に、オリヴァー共々振り返る。

「ウィル!?　どうした！　まさかまた魔獣が……」

「ち、違います！　……ですが、あれを……！」

ウィルが指し示した場所に目を向ける。

するとその場所から青白い光が浮かび上がっており、円陣を組むように光るキノコが次々と生えていく。

「あれは……妖精の輪《フェアリーリング》!?」

まさかと思うが、また魔獣を送り込んで来たというのか!?

咄嗟に、その場の全員が臨戦態勢を取る。

固唾を呑んで見守る中、完成した妖精の輪《フェアリーリング》が更に強い光を放ち、何かがその中から浮かび上がってくるのが見えた。

「な……っ！　ま、まさか……!?」

やがて光が消えたその場所には、ぐったりと倒れ込んでいるエレノアの姿があったのだった。

「エレノアッ!!」

名を叫び、オリヴァー共々エレノアの元へと駆け寄り、その小さな身体を抱き上げる。

ざっと見た感じ、怪我をしている様子は見られずホッとするが、二人はすぐにエレノアの異変に気が付いた。

「……エレノア？　おい、エレノア⁉　目を覚ませ！」

どんなに声をかけても揺さぶっても、エレノアは一向に目を開こうとしない。

それどころか健康的なバラ色の頬は色味を失い、紙のように真っ白になってしまっている。

呼吸も浅く、気配すらも儚げになっているその姿に、エレノアの状況を理解したオリヴァーの顔が青ざめた。

「クライヴ！　エレノアは魔力切れを起こしている！」

「何だと⁉　オリヴァー、それは本当か⁉」

「ああ。以前エレノアが全く同じ症状になった事があって……。だけど今の状態は、あの時よりも危険だ。急いで治療しなくては！　ウィル！　お前の『土』の魔力をエレノアに！」

「は、はいっ‼」

オリヴァーが羽織っていたローブを脱いで地面に敷くと、クライヴはその上にエレノアをそっと寝かせた。

「お嬢様、失礼致します！」

そう囁くと、ウィルはぐったりと力を失ったエレノアの手を取り、自らの中にある『土』の魔力を全力で注ぎ始めた。

「ルーベン！　お前は外の騎士達の元に向かい、クロス家に連絡を入れろ！　大至急『土』の魔力を持っている『あの子』を呼び寄せるように手配するんだ！　同時に王都にいるバッシュ侯爵様と、我が父にも連絡を！　だが外にいる部外者の誰にも、ここで起こった事態を悟らせるな！」

「はっ！」

「ダニエル！　ウィルの応急処置が終わったら、我々は急ぎここを出る！　だが本来泊まる予定だった宿に行くのは危険だ。急ぎ別の宿を手配しろ！　それが終わったら直ちに出立する！　その準備も同時に行え！」

「はいっ！」

全ての者に指示を出し終えると、オリヴァーはウィルの治療を受けているエレノアの傍に跪いた。

「お帰りエレノア。……そして、本当に有難う。疲れただろう？　今は何も考えずにゆっくりお休み。……大丈夫だ。君は絶対に死なせない。僕の命に代えても！」

そう呟くと、オリヴァーは固く目を閉じたままのエレノアの頬を、壊れ物を扱うようにそっと優しく撫でたのだった。

ファーストキス？　いいえ、人工呼吸です

『おい、起きろ小娘』

「ふぇ……？」

深くて静かで、ちょっと偉そうな声に意識を揺さぶられ、私はパチリと目を開けた。

真っ白だ。

何故か私の周りには、前後左右三百六十度真っ白い空間が広がっている。

あれ？　これ、夢かな？

そんな事を思いながらキョロキョロと周囲を見回してみると、さっき見た時は誰も居なかった筈の空間に、いつの間にか一人の男性が立っていた。

オリヴァー兄様ばりに麗しい美貌。

瞳の色はまるで、木漏れ日が差し込む木々の緑のように鮮やかに煌めいている。

そして地面に付く程に長くてサラサラな髪も瞳と同じ色をしており、華奢な真っ白い身体には絹のように白いガウンのようなものを纏っていた。

……あれ？　男性……で合っているよね？　いや……ひょっとしたら女性？

『おい、いつまで私に見惚れているのだ。それと強いて言うなら私は男性だ』

み、見惚れていた訳じゃ……って、考え読まれた⁉　何で⁉

『ここはお前の精神世界だからな。考えを読むなど容易いことだ』

……いや、私の精神世界に入った挙げ句、考え読まないでくださいよ。……って、え？　精神世界？

そこで唐突に私は今までの事を思い出した。

兄様方やウィル達を助ける為に、妖精の輪《フェアリーリング》に飛び込んで、別のダンジョンに来た事。

ディーさんやヒューさんと出逢って犯人達をやっつけて。そしてクリスタルドラゴンに襲われて……。

「ひょっとして、あの時私に話しかけてきたのは貴方？」

『そうだ。私の指示通りによく動いたな。……だが、気前よく魔力を放出し過ぎだ。お陰でお前は今、魔力切れを起こして死にかけておるのだぞ』

「ま、魔力切れ⁉　マジですか？」

『マジ……とは？　まあ、そういった訳でお前は今、相当弱っている。だからこそこうして、精神世界に容易く入り込めたという訳なのだがな』

「はぁ……。ところで貴方は誰なんですか？」

『そうか。お前は私の本当の姿を見た事が無かったな。私はお前達人間が『ダンジョン妖精』とか呼んでいる存在だ』

「ダンジョン……妖精……？」

そう言えば、なんかディーさんがそんな名前を口にしていたような……。

ん？　待てよ？　妖精……って事は……！

「貴方、あのミノムシ妖精⁉」

途端、ダンジョン妖精とやらの美しい眉がピクリと吊り上がった。

『その名で呼ぶなと何回言えば分かるんだ！　……まあ、あの時の私の姿は力の大半を奪われた状態だったからな。あのみすぼらしいなりでは、お前が分からぬのも仕方がないが』

「そりゃーそこまで変わっていたらねぇ……。へぇ～！　それが貴方の本当の姿なんだね！」

あの姿で『いと高き』とか『高貴な』とか言われても、こいつ何言っているんだって鼻で笑うレベルだったけど、この姿だったら確かに納得。本当に妖精の名にふさわしい美しさだ。

でもこの妖精、なんで私の精神世界なんかにやって来たんだろう。

……はっ、まさか！　私に散々ミノムシって言われた事を根に持って、復讐にやって来たのか？

『違う！　わざわざ小娘なんぞを殺しにくるか！　……私は……だな、その……。礼を言いに来たのだ』

「お礼？　なんの？」

『……まあ、色々だ』

「はあ……」

そんな色々、お礼言われるような事あったかな？　クリスタルドラゴンの時には力を貸してくれたみたいだし、寧ろこっちがお礼を言わなければいけないのでは？

『……『人間の女』という生き物は、傲慢で強欲で自分勝手だと聞いていたが……。お前を見る限り、あまりそのような存在には思えんな』

「あー……うん、まぁ……。私は変わっているって、よく言われるから……」

あの野生の王国を見た後では、あながち「それ、違います」とは言い辛い。

しかしこの妖精……どこでその女性観を聞いたのかが気になる。まさか仲間の妖精達から？

……え？　ダンジョンに来る冒険者らの噂を総合したと。

世の男性諸君、何気に溜まってるんだね。

『私は借りをつくるのは嫌いだ。特に人間などにはな。だからこの場でお前の放った『力』を少しだけ返してやろう。……後はお前の兄達に助けてもらえ』

「え⁉　兄達……って……」

『話は以上だ。では達者でな』

そう言うと緑色の妖精は私にそっと触れる。

するとその手から、とても温かい何かが身体の中に沁み込んでくるのが分かった。

とても、とても温かくて……思わず眠たくなってしまうような……。

『……また私に会いたくなったら……そうだな、私の名を呼ぶがいい。その時は沢山果物を用意するのを忘れるな』

……どんだけ果物好きなのか。

あいつらに捕まったの、果物が原因だってのに本当にぶれないよね。

『私の名は……』

妖精の声を遠くで聞きながら、私は抗い切れない眠気に身を委ねた。

トクン……トクン……。

何かが……温かい何かが、身体の中に流れ込んでくる。

気持ちいい……。

ソレが徐々に全身にゆっくりと染み込んでいき、身体がとても温かく気持ちよくなっていく。

まるで冷えた身体が温かな毛布で包まれていくような……。

『……あれ……？』

意識が緩やかに覚醒していくのと同時に、その温かい何かが流れ込んでくる場所が己の唇だという事が分かってくる。

それに、何か柔らかい感触が……。

パチリと目を見開く。

あれ？　何か暗い……。夜……なの？

パチパチと、何度か瞬きを繰り返す。

『……へ？』

やがてエレノアは、とある事実に気が付いた。

暗いのは夜なのではなく、誰かの顔がドアップで自分に迫っていたからだという事を。

……そして厳密に言えば……。

今自分は誰かと唇と唇を合わせている状態……。つまりは『口付け』をしているのだという事を。

「あ！　良かった。気がつかれましたか？」

エレノアの目が大きく見開かれた事に気が付き、その人物は慌ててエレノアから顔を離すと、優しく微笑んだ。

年の頃は自分とそう変わりが無いように思う。

ほっそりとした身体。落ち着いた雰囲気に、深い茶色い瞳。髪は少しだけくせ毛で、瞳と同じ深みのある茶色をしている。

優し気な顔はとても整っていて……。

そしてまごう事無きしっかりとした……少年だった！

「……ひ……」

「エレノア様？」

「ひゃあああぁっ！」

『わ……私の、ファースト・キスがー！』

口と心の中。同時に悲鳴を上げたエレノアにビックリし、少年が立ち上がる。

それと同時に部屋の扉が慌ただしく開け放たれた。

「エレノアッ！」

「エレノア！　お前……気が付いたのか!?」

血相を変えて駆け寄って来たのは、顔や体のあちこちに包帯や湿布を施され、ボロボロ状態のオリヴァーとクライヴだった。

「オリヴァー……兄様。クライヴ……兄様……」

二人の顔を見た瞬間。エレノアの胸に鋭い痛みと、とてつもない安堵が押し寄せ、それは回り回って涙腺を決壊させた。

「に……っ……にい……さま……。よかった……！　生きてたぁ……！」

目から大粒の涙をポロポロと流し、しゃくりあげるエレノアをオリヴァーがきつく抱き締めた。

「ああ、生きているよ。君のお陰でね。……エレノア……僕のエレノア……！　無事で……本当に……良かった……っ‼」

オリヴァー兄様の声が、身体が震えているのが、抱き締められている身体越しから伝わってくる。

魔獣がいきなり襲撃して来て、挙句に私が妖精の輪《フェアリーリング》の中に入って消えてしまったのだ。

この優しい人がどれ程心配し、どれ程自分を責めただろう。

それにしても、どうして私は兄様達の元に帰れたのか。そして何故、正体不明の美少年と……キ……キ……キスをしていたのか……。

色々とよく分からない事が多いけど、こうして無事に戻る事が出来て本当に良かった。

頭にポンと優しく手を乗せられたのを感じ、顔を上げるとクライヴ兄様が自分を見つめていた。

その顔は嬉しそうで……。それでいて泣き出しそうで。

この兄がどれだけ自分を心配してくれていたのかが手に取るように分かってしまって、ちょっと収まりかかっていた涙が再び溢れ出てきてしまう。

「クライヴ……にいさま……。ごめん……なさい……」

「全くだ！　お前って奴は、どんだけ心配させるんだよ⁉　元気になったらお仕置きだからな⁉」

そんな言葉とは裏腹に、優しい口付けが髪に落とされる。

ああ……クライヴ兄様のいつもの癖。それがこんなにも嬉しくて幸せで……。

改めて今。自分が無事に兄達と再会出来た事を、エレノアは心の底から感謝した。

◆◆◆◆◆

「さて、エレノア。紹介しておこうか。この子はセドリック。僕の母親違いの弟だよ」

「セドリック・クロスです。エレノア様。お目にかかれて光栄です」

オリヴァー兄様に紹介され、少年……セドリックは優しく笑いながら頭を下げた。

「あ、あの……は、初めまして。エレノア・バッシュです。こ、このような格好で……失礼致します」

それに対して私は、恥ずかしくてまともに少年の顔を見る事が出来ず、モジモジしてしまっている。

なんせ初対面でいきなりキスされてしまったのだ。

しかもこの少年、オリヴァー兄様やクライヴ兄様には見劣りするとはいえ、十分美少年と呼べるレベルである。

そんな少年と……キ……キス……。

いかん。顔から火を噴きそうだ！

魔力切れの影響からか、幸い鼻血は出なさそうだけども。

「エレノア。君が僕達の目の前に現れた時、極度の魔力切れを起こしていたんだよ。だから急いで、クロス子爵家本邸からセドリックに来てもらったんだ。彼の魔力は君と同じ『土』だったからね」

なんでもオリヴァー兄様曰く、軽度の魔力切れなら属性は違っても、身内であれば魔力譲渡をするのは可能だそうなのだ。

けれど私みたいに魔力がほぼ空っぽ状態になってしまった場合、たとえ身内でも別属性の魔力を入れてしまうと、却って身体に負担がかかってしまうのだそうだ。

しかも下手をすると、拒絶反応から即死するケースもあるらしい。

「ウィルも『土』の魔力持ちだとはいえ、『風』の魔力の方が主だからね。あくまで応急処置にしかならなかったんだ。……それで……。セドリックを待っている間に、君の呼吸が止まってしまって……。本当に危険な状態だったんだよ。幸いその時、何故か魔力量が少しだけ持ち直してね。それで持たせる事が出来たんだよ」

そこでふと、あの夢の事を思い出した。

そうか……。それって、あのダンジョン妖精が力を貸してくれたんだな。

聞けば私は、突然現れた妖精の輪《フェアリーリング》から出て来たらしい。

それもあの妖精が、妖精の輪《フェアリーリング》を使って兄様達の元に戻してくれたのだろう。もしまた再び会う機会があったとしたら、あの妖精の大好物である果物。沢山お供えしなくちゃな。

「あ……それで……セ、セドリック……様……。その……あの……」

モジモジしながら、私は意を決したようにセドリックに声をかける。

「はい?」

「ま、魔力……供給……ですが……。な、なぜ……く……唇……から……その……」

いかん。メチャクチャ恥ずかしい。今の私の顔はユデダコみたいに真っ赤であろう。

セドリックは「ああ……」と合点がいったように呟き、ニッコリと笑った。

「はい。緊急性が高いと判断しましたので、直接体内に魔力を入れさせていただきました。ご不快に思われたのなら申し訳ありません」

「い、いえ！　それは違います！　た、助けていただいて、感謝しております！　……あの……。不快……だったのではなく……その……。は……初めて……だったもので……お……驚いて……しまって……」

「……はい？　何が初めてだったのですか？」

こ、この少年……！　恥ずかしさを押し殺しての必死のカミングアウトだったってのに！　無邪気な顔してそこ聞き返すか!?

「だ……だ……だから……っ！　く、唇に……そのっ！」

「ああ。口付けですか。……え……？　はじ……めて……？」

シュンシュンと湯気を立てながら、私は小さく頷く。

その様子を呆然と見つめた後、セドリックは慌ててオリヴァー兄様とクライヴ兄様の方を振り返る。すると二人とも微妙な顔をしながら思い切り目を逸らした。

「え？　兄上……え……！　！？」

そんな兄達の様子を見てようやく事情を悟ったのだろう。

恐る恐るといった様子で再び私の方へと向き直った彼の顔は、私と同じく真っ赤に染まっていたのだった。

◆◆◆◆◆

あの後。兄様方ばりにボロボロになってしまったウィルとダニエルとも再会し、互いの無事を喜び合った。

でも二人とも、私以上に号泣していたのには参った。ウィルに至っては床に崩れ落ちて泣きじゃくっていたもんな……。

ちなみにルーベンは、色々な場所に奔走しているとの事で不在だった。なので今度会った時に感謝の言葉を伝えようと決意する。

そうして、まだちょっと頭はぼんやりするし、身体もまともに動かせない状態だけど、移動するには問題が無いと判断した兄様方により、私達はクロス子爵家本邸へと移動する事になった。

万が一の事を考え、私はセドリックによって追加の魔力を注いでもらう。……勿論手から。（残念だなんて思ってないからね！）

最初はバッシュ侯爵邸に戻るのかと思ったんだけど、あちらにはセドリック並みに『土』の魔力量が多い人がいないから、念の為クロス子爵家本邸に行く事になったとの事。ちなみに父様方は、もう既にクロス子爵家本邸に到着しているらしい。

そして馬車の中。

ローブにすっぽり包まれ、オリヴァー兄様の膝に抱き抱えられている私の目の前には、なんか俯いてしまっているセドリックが座っていた。

たまに私と目が合うと、顔を赤くして慌てて目を逸らしてしまう。

どうやら彼、私のファーストキスを奪ってしまったと知って恐縮してしまったのか、あの後からずっとこんな感じなんだよね。

あれは私の命を救う為にした事で、人工呼吸のようなものなのだから本当に気にしないでって言っているんだけど……。それでも態度は変わらずじまいだ。

本音を言えば、もっとあっけらかんとしていてくれた方がこっちの心情としても有難い。

だってそんな態度取られていたら、私もいつまで経っても羞恥心がこみ上げてしまうじゃないか。

まあ幸い。馬車に揺られている間は殆どウトウトして過ごしていたから、あまり意識しなくて済んだけどね。

それにしてもこの二人、似てない兄弟だなって思う。

オリヴァー兄様とは母親違いの兄弟だという、このセドリック少年。

彼には外見的に、オリヴァー兄様やメルヴィル父様と似た所が一つも無いのだ。いや、オリヴァー兄様とクライヴ兄様も似ていないけどさ。

私が今迄見て来た男の人達は皆、その大抵が父親と容姿が似ていた。

だから父親とも兄とも似ていないセドリックは、とても珍しい部類なのではないかなって、そう思ったのだ。

家族の中で一人だけ似ていないのって、結構辛いよね。

それにオリヴァー兄様って、この顔面偏差値が異常に高い世界の中でもずば抜けた美貌の持ち主で、その容姿は完璧にメルヴィル父様譲り。

なお且つ、ほぼ実の兄弟同然に暮らしていたというクライヴ兄様も、美しさの種類は違えど、オリヴァー兄様とタメを張る程の美形だ。

セドリックの容姿とて、この世界の顔面偏差値からすれば、かなり上位にランクインするレベルなんだけど、悲しい事に身内のだれもが顔面偏差値が化け物クラス。これじゃあ、嫌でも他と比べちゃうんじゃないかな？

実際、オリヴァー兄様とクライヴ兄様の間にある、ごく自然な信頼感や距離感がこの少年からはあまり感じられない。

でも私だって、もしこの人達の弟という立場だったら、兄様達とどんだけ仲が良くたって「どんな拷問だよ！」っていじけてしまうだろう。嗚呼……。私、つくづく女の子で良かった。

『まあ兄弟だからと言って、誰もが仲が良い訳じゃないけど……。でもこの二人、別に仲が悪いって訳でもなさそうだしな……』

この世界の仕組みは未だによく分からない。

そんな自分が口を出すべきではないのだろうが、この優しそうな少年とオリヴァー兄様との距離がもっと縮まってほしいと、そう思ってしまう。

なんと言ってもセドリックは自分の命の恩人なのだし。

そんな事をつらつらと考えている内に、馬車はクロス子爵家本邸へと到着したのだった。

到着するのを待ち構えていたように、大勢の召使や騎士達、そして私の父様やメルヴィル父様が屋敷の前に勢揃いしていた。

「エレノアッ!!」

私がオリヴァー兄様に抱き抱えられながら馬車から降りてくると、血相を変えた父様が駆け寄ってくる。そしてオリヴァー兄様から渡された私を労わるように抱き締めてくれた。

「エレノア……。僕のエレノア……！　よく……よく、無事でいてくれた……!!」

「父様……！　ごめんなさい。ご心配おかけしてしまって……」

「いいんだ。君が謝る事じゃないんだよエレノア。君がこうして無事に僕の腕の中にいる。それだけで十分なのだから」

「う……ふっ……と、とうさまぁ！」

いつも私に笑顔を向けてくれている優しい父様。

そんな彼が泣きそうな顔で身体を震わせている。

私は申し訳なさと安堵感から、小さな子供のように父様に抱き着き、大声で泣きじゃくった。

「バッシュ侯爵様。この度は我々の力が及ばず、ご息女をお守りする事が出来ませんでした。心よりお詫び申し上げます」

その言葉に、涙でぐしゃぐしゃな顔で振り向くと、オリヴァー兄様を先頭にクライヴ兄様、ウィル、ダニエル、そしていつの間にかルーベン達が地面に片膝を突き、こちらに向かって深々と頭を下げているのが見えた。

「兄様！　ち、ちがうんです父様！　兄様達は私を必死に守ろうと……！　私が無茶をして！」

「うん、分かっているよ。オリヴァー。クライヴ。そして他の者達も顔を上げてほしい」

その言葉に兄様達は顔を上げ、覚悟を決めたような真摯な表情を真っすぐに向けてくる。

そんな彼らに向かって、父様はとても優しい笑顔を浮かべた。

「私もメルヴィルも大体の事情は把握している。君達が悪くないって事は、ちゃんと知っているよ。それよりも、君達が一人も欠ける事無く無事でいてくれた事を、私は心の底から嬉しく思う。……よく、私の娘を守ろうと戦ってくれた。最大限の感謝を君達に捧げる」

「侯爵様……！」

グッと、何かを堪えるように顔を歪める兄様達に、父様は再度優しく微笑むと、その横に立っていたセドリックにも優しく微笑んだ。

「君がメルヴィルのもう一人の息子か。確かセドリックと言ったね。有難うセドリック。君のお陰で娘の命は救われた。オリヴァー達同様、最大限の感謝を君に捧げる」

そう言って深々と頭を下げた父様を見て、セドリックは物凄く動揺しながら顔を赤らめさせた。

「い、いえっ！　僕はたまたま『土』の魔力を持っていただけで……。それに人として当たり前の事をしただけです！　ど、どうぞ顔をお上げください！」

そんなセドリックを、オリヴァー兄様とクライヴ兄様が優しい顔で見つめている。

うん。私も物凄く感謝していますよセドリック。本当に有難う。

「セドリック、私からも礼を言おう。今回、お前がいなければエレノアの命を救う事は出来なかったかもしれん。本当によくやった」

メルヴィル父様がオリヴァー兄様方のような優しい顔でセドリックを労う。

セドリックは緊張したような、でもとても嬉しそうな表情を浮かべた。

「メルヴィル父様……」

「エレノア。本当に大変だったね。無事で良かった」

そう言うと、メルヴィル父様がやや強引に父様から私を受け取り（奪い取り？）、優しく抱き締めてくれた。

私もメルヴィル父様に抱き着き「心配かけて、ごめんなさい」とお詫びしたら、めっちゃ色気全開の蕩けそうな笑顔を浮かべながら、頬にキスされてしまいました。

当然、私の顔は瞬時に真っ赤になってしまったんだけど、幸いまだ本調子では無かったから鼻血は噴かずに済んだ。

うう……。全くもって、本当に顔面破壊力が半端ないよねこの人は。

「メル、もういいだろ。僕の娘返してくれない？」

「何だ、まだ良いじゃないか。私にとってもエレノアは義理とはいえ、大切な娘なんだから。もうちょっと無事を喜ばせてくれよ」

「父上、こんな時まで貴方という方は……。少しは自重なさってください！」

ジト目になっている父様に、しれッと返すメルヴィル父様。やや険のある口調のオリヴァー兄様。

何だかいつもの日常が一気に戻って来たような感覚に、私は小さく笑った。

その後、私はクロス邸の客間に運ばれたのだが、「ベッドに入る前に、身を清めたいんじゃないかな？」とオリヴァー兄様に提案され、一も二も無くそれに飛びついた。

なんせ聞いた話によれば、あのダンジョンから私が戻って来てから丸二日経っており、その間、顔や服から見える部分をタオルで拭くだけだったというのだから。

……ちなみに。服をしっかり着替えさせられていたのは、私の心の平穏の為にも誰がしてくれたのか……という事は敢えて聞かないでおきました。

で当然の事ながら、兄様方や父様方の入浴介助の申し出を丁寧に固辞させていただいた私は、父様に付き従って来た、私の唯一のお風呂係であるジョゼフの手を借り、お風呂場へと向かった。

「う……わぁ……！　す、凄いッ!!」

ジョゼフに抱き抱えられながら訪れた浴場に、私は感嘆の声を上げる。

どうやらクロス子爵領は温泉が豊富に湧き出る地域らしく、なんと！　日本でいう所の源泉かけ流し大浴場なる光景が目の前に広がっていたのだった。

世界一の風呂好き民族出身者とあっては、もうそりゃあ大興奮ものですよ。

だって温泉だよ？　温泉！　それが個人宅（と言っていいレベルの家ではないが）に備え付けられているんですよ⁉　全くもって、最高か!!

そんな私の喜びように、ジョゼフは目を細める。

「お嬢様。それほど気に入られたのなら、深さもさほど無いようですし、今度お一人で入浴してみますか？」

そうジョゼフに言われ、テンションＭＡＸになってしまった私はついうっかり、「入りたいです！泳ぐの楽しみ！」……なんて言ってしまったのだった。

当然の結果というか、ここに滞在している間の一人入浴禁止を言い渡されました。

……うう……無念。

そうしてジョゼフの手によって全身磨き上げられ、サッパリした私は客間の豪華なベッドへと寝かされた。

「それじゃあエレノア。疲れているだろうけど、君の身に起こった出来事を詳しく話してくれるかい？」

父様に髪を優しく撫でられながらそう促され、私はその場にいる人達。父様、メルヴィル父様、オリヴァー兄様、クライヴ兄様達に、今までの出来事を出来るだけ詳しく説明した。

私に仕えていた男がしでかした企み。偶然出逢った冒険者達に助けられた事。そして、リンチャウ国の人身売買組織が我が国の貴族達と結託し、女性を密売している事などを。

「……成程ね。魔力を封じられているのに、どうやって別のダンジョンから魔獣を送り込むなどという高度な芸当をやってのけたのかが気になっていたのだが……。ダンジョン妖精を使ったか。それにしてもアイザック。今回の件は君の手落ちだったね」

メルヴィル父様の言葉に、父様が苦渋の表情で頷いた。

「ああメル。その通りだ。僕の判断が甘かったばかりに、エレノアだけでなく君やグラントの大切な息子達をも危険な目に遭わせてしまった。……今度は間違えないよ」

何を間違えないのか。……多分だが、あの男への制裁の事だろう。

最もその張本人は、クリスタルドラゴンによって殺されてしまっているのだけれど。

「それにしてもリンチャウ国か。あの国は女性を男の所有物として扱い、『金と力のある者が女を得る』というのを信条としている、世界でも極めて珍しい粗暴で悪評高い国だった筈。それゆえ女性の出生率が極端に低く、有能な人材も育たず、人口減少に歯止めがかからないと聞いていたが……。まさか我が国に入り込み、女性を買い漁っていたとはね」

……成程。

この国のみならず、女性を大切にする国が圧倒的に多い中、私の前世で言えば一夫多妻というか、男尊女卑がまかり通っている珍しい国という事なのか。

私は私達を襲ってきたあの男達を思い出していた。

このアルバ王国の男性達が子孫を残す為、必死にDNAを進化させ続け、基礎能力は言うに及ばず顔面偏差値すら底上げしているのに対し、そのリンチャウ国では能力ではなく力で……。すなわち暴力と金で女を服従させ、子を産ませているというのだ。

そういった男達が女を独占しているのであれば、必然優秀なDNAはあまり受け継がれなくなるだろうし、生まれ辛いとされる女性だって、益々生まれなくなっていくだろう。

結果、人材と女性の枯渇で国家衰退の憂き目に遭っている……と、そういう事なのだろう。

しかし腹立つな。

そうなったのはリンチャウ国の自業自得じゃないか。なのに他国に来て女性を不法な手段で入手し、挙句にろくでもない連中に売り払うなんて。そんなの決して許される事ではない。悪魔にも劣る所業だ。

でもそれにも況して許せないのは、そんな連中に手を貸しているこの国の貴族達だ。

父様方や兄様方もみな、一様に怒りの表情を浮かべている。

普段にこやかに笑っているメルヴィル父様も……ひえぇ！　目が笑ってない！　こりゃガチギレだ。

「父上。あの男の手の者を生かして捕らえております。一刻も早く奴等と手を組み、女性の売買に手を染めていた貴族共の洗い出しを！」

「いや、その必要はない。既に王家の命を受け、グラントが王家直轄の『影』達と共に事に当たっている。どうやら貴族達の洗い出しもほぼ終わっているみたいだよ」

「え……何故!?　この件は我々しかまだ知らぬ筈では……」

オリヴァー兄様が明らかに動揺している。

確かに。まだ何日も経っていないのに犯人達の洗い出しまで終わっているなんて。一体どういう事なんだろう。

◇◇◇◇◇

「エレノア」

「はい？　メルヴィル父様」

「君をダンジョンで助けてくれた冒険者達だけど、確か名は……」

「ディーさんとヒューさんです。お二人とも、とても強かったです！」

エレノアはあのダンジョンで出逢った二人の事を思い出し、思わず微笑んだ。

彼らがいなかったら間違いなく、自分は無事ではいられなかっただろう。そして兄様方やウィル達も……。本当に、感謝してもし切れない。

「そう。で、二人の特徴を話してくれるかい？」

「えっと、ディーさんは凄く鮮やかな赤い髪と瞳をしていました。年は……オリヴァー兄様やクライヴ兄様と同じくらいだったかな？　それとヒューさんは、黒髪黒目で目付きが凄く鋭い方でした。ディーさんもヒューさんも精悍な顔立ちをされている、とても美しくて優しい方達で……あれ？　父様方、どうしたんですか？」

何故かその場の全員が微妙な表情を浮かべている。

あれ？　オリヴァー兄様とクライヴ兄様。なんか表情消えていますよ？　何で？

自分達を不思議そうな顔で見つめるエレノアを他所に、この場の全員がとてつもなく嫌な予感を感じていた。

だってそれはそうだろう。エレノアが語るその冒険者の特徴に、思い当たる人物がいるのだから。しかもそれが皆の想像している人物であるのならば、何故王家がそんなにも早く行動を起こせたのか、その説明が簡単についてしまうのだ。

「……エレノア。優しかったって、具体的にどんな？」

オリヴァーが内心の動揺を悟られないよう、努めていつもの口調で尋ねる。

「えっと、具合が悪くなった私を一生懸命介抱してくださって、焼きマシュマロとか作ってくださいました！　私の実年齢を相当低く勘違いされていたのか、わざわざ手ずから食べさせてくださいまして……。ちょっと恥ずかしかったんですけど、凄く美味しかったです！　あ、でもやっぱり私の事を怪しいって疑っていたのか、色々質問されました」

「へぇ……。例えばどんな？」

「えっと……。年齢とか、私の好きなものとか、興味のある事とか……。あ、それと結婚相手はいるのか……とか？」

――しっかり、目を付けられている!!

全員が心の中で絶叫する。

間違いない。いや、ダンジョンにアルバ王国が指定する保護魔獣である、クリスタルドラゴンがいた時点で気が付くべきだったのだ。

エレノアが出逢った人物がこの国の第二王子、ディランであるという事を。

そしてそのディランが間違いなく、エレノアを『女性』として気に入ってしまったという事実を。

……しかし、なんという運命の悪戯なのか。

王家からエレノアを遠ざけたくて、観光がてらダンジョン視察に行ったというのに、まさかその所為でよりによって、一番会わせたくなかった王家直系の一人と出逢ってしまっただなんて。

「……メル。あの男の実家、徹底的に潰すから」

「……うん。私も全面的に協力するよ」

アイザックとメルヴィルは取り敢えず、その切っ掛けをつくってしまった元凶への復讐を最優先事項とする事を決意したのだった。

番外編

二人の兄

筆頭婚約者は画策する　ＳＩＤＥ：オリヴァー

僕の妹であり最愛の婚約者であるエレノアが倒れたと、バッシュ侯爵邸から連絡があった。

急いで駆け付けた僕は、まるで別人のようになった彼女との信じられなくも心躍る楽しいやり取りを終えた後、王立学院へと戻ったのだった。

「よう。随分遅かったな。しかもかなりお疲れみたいじゃないか」

「クライヴ……。まあね」

「また我らが妹君の我儘に振り回されてきたんだろう？　お前も大概物好きだな」

学院で自分に与えられた部屋にて僕を待っていた、銀髪碧眼の彼の名はクライヴ・オルセン。

ドラゴンを倒した事がある偉大な冒険者であり、その功績から国家より名誉男爵の地位を賜った父を持つ僕の一つ年上の兄だ。

彼の父親は僕の父と親友であった為、ごく自然に父と逢瀬を重ねていた母と知り合い、その流れでそのまま関係を持った結果、クライヴが生まれた。

そしてそのすぐ後に僕が生まれた為、僕とクライヴは父親違いにもかかわらず、実の兄弟のように育ったのだった。

「いや、そういうんじゃないよ。エレノアが湯中たりをおこしてしまって……」

「は？　湯中たり？」

「うん。ああ、そうそう。明日からバッシュ侯爵邸に移り住む事になったよ。予定外に遅くなってしまったから、学院長には明日話を付ける。済まないけど荷物の運び出しの手配はよろしく」

「はぁ⁉　なんだそれ！　おいおい、それもエレノアの我儘か？　大体、お前の婚約が決まってから寮暮らしだったのは、あいつの所為だったじゃないかよ⁉」

「いや。エレノアが頼んだんじゃないよ。僕がそうしたいから決めただけ。……で、当然君も来るよね？」

「……そりゃあ、俺はお前の執事なんだから。行くに決まってんだろ」

不満そうな兄に苦笑が漏れる。彼はエレノアに対して良い感情を持っていないからなぁ。

「何度も言うけど、君の家も一応爵位持ちなんだから。わざわざ僕の執事なんてする必要ないんだよ？」

「ほっとけ！　これは俺が好きでやっている事なんだから。それに名誉男爵なんて、親父の代限りの文字通り名誉職だろが。……お前の傍にいてやる為には、この立場が一番いい」

「クライヴ……有難う」

同じ母を持つとはいえ父親違いの僕の事を、彼は弟としてとても大切にしてくれている。

僕には母親違いの弟がいるのだが、仲は悪くないもののちょっと距離がある感じだ。

だからなお更僕もクライヴの事を兄として慕っていた。

そんな彼が僕に執事として仕えると言ってきたのは、僕が妹であるエレノアの筆頭婚約者に選ばれた時だった。

筆頭婚約者とは、あらゆるものから大切な婚約者である女性を守る責務を負う。

クライヴはそんな大役を任された僕を心配し、僕を助ける為に家臣に下ってくれたのだ。

「それにお前一人じゃ、我儘に育てられた女猿の相手はしんどいだろ」

貴重な女性に対し、『女猿』などと言い切ってしまうクライヴは、女性全般を苦手としている。

——数少ない女性達は国家の宝であり、真綿で包むように守らねばならない尊い存在。

この国に生まれた男子は、幼い頃からそう言い聞かされて育つ。

そんな男性達に大切にされる女性達は、僅かな例外はあれど、総じて我儘で己の欲望に忠実だった。

クライヴ共々、十二歳になった時からこの学院に通っているが、貴族の女性達も当然入学してくる。

だが、彼女たちの目的は学ぶ事ではなく、少しでも他より好条件で自分好みの男性をどれ程射止める事が出来るかにあるのだ。

そのおかげで僕もまあ……色々あった。

基本、男性は女性の誘いや願いを断るのが難しいので、結構大変な目に遭ったのも一度や二度ではない。それはクライヴも同様だった。

彼は親が一代限りの男爵位と、身分的なスペックこそ並みの貴族達に劣るものの、持ち前の膨大な魔力量と父親譲りのずば抜けた身体能力を持ち合わせている稀有な存在だ。

生粋の貴族のような気品は持ち合わせておらずとも、男性的で野性的魅力を持ち、無意識に女性達を惹き付けてしまう。

結果。好む好まざるとかかわらず、下手な高位貴族達よりも女性からの熱烈なアピールを受けるようになってしまったのだ。

幼い頃から『女』を前面に出し、全ての我儘が叶えられて当然と信じ切っている彼女らに、いつしかクライヴは嫌悪感を示すようになってしまった。

だからこそ世の女性達同様、我儘なエレノアに対しては、妹という事を差し引いても良い感情を持てないでいるのだ。

僕はと言えば、女性とはそのようなものという認識を持っているせいか、クライヴ程は女性に対して悪感情を持っていない。

性に対して奔放なのも好色なのも、少しでも多くの子を生す為だと考えれば、その対価として我儘になるのも当然かもと思ってしまう。

『私、貴方となんて結婚したくない！　私は王子様と恋に落ちるのよ！』

初対面の時、夢見がちなエレノアに言われた台詞だ。

クライヴに至っては兄とも認めず、あくまで僕の執事として扱っている。

それでも僕は、妹である彼女を愛しく大切に思っている。

母親譲りのヘーゼルブロンドの髪と、インペリアルトパーズのようにキラキラ輝く大きな瞳を持った愛らしい女の子。

『女性』という、男が生涯守るべきかけがえのない存在。

だから頑なに僕との婚約を嫌がる彼女が少しでも心穏やかに過ごせるようにと、屋敷で一緒に暮らすのを止め、寮での生活を継続した。

いつかは『僕』という存在を受け入れてくれたら……。

そう願いながら、呆れるクライヴを尻目に折に触れて彼女の元を訪れた。

なのにまさか……。

『エレノアが記憶を失くしてしまうなんて……ね』

記憶を失ったエレノアは、まるで別人のようだった。

いつも不機嫌そうに向けられる眼差しは、戸惑いと不安に揺れていて庇護欲をそそった。

しかも信じられない事に、「心配をかけてしまった」と僕だけでなく、使用人達にも頭を下げたのだ。あのエレノアが！

こんな事、クライヴに話したところで多分信じてはもらえないだろう。

『それにしても……』

あれ程嫌がっていた僕との婚約。

それを解消しようかと言った時の彼女のあの反応。

『心を入れ替えるから、私の傍からいなくならないで』なんて……。

あんな縋《すが》るような眼差しで言われてしまえば。湧き上がってくるのはたまらなく甘美な背徳感を伴う喜び。

我儘を言ったからバチが当たっただなんて……。

まだまだ子供の彼女が言う我儘など、この学院のご令嬢達に比べれば、何とも微笑ましいものでしかない。

だから天罰なんてそんなもの、起こる訳ないじゃないか。

そう言おうとして、ふと僕は考えを改めた。

——あのまま誤解してくれていた方が、僕にとっては都合が良いじゃないか……と。

何よりも僕の言う事にいちいち素直に反応したり反省したり、羞恥に身を震わせたりする姿なんて、うっかり苛めたくなってしまうぐらいに愛らしかった。

それに元々愛らしかったのに、変わってしまった性格と相まって、見た目の破壊力が半端なくなっている。

あの潤んだ上目遣いに、平静を装うのをどれ程苦労した事か。

「……随分とご機嫌だな」

「え？」

「口元。笑っている」

いけない。うっかり思い出し笑いをしてしまったらしい。

ともかく明日から、僕の愛しい婚約者との生活が始まる。クライヴもきっと、今のエレノアなら受け入れてくれるだろう。

——新生活への期待と喜びに思いを馳せる。

もっともっと、彼女の目を僕に向けさせてしまいたい。

無垢な状態になった彼女に、余計な知識や男が近付く前に、ゆっくりと甘く、それこそ真綿で包むようにエレノアの心を雁字搦めにしてしまいたい。いや、そうしなくては。

「そういやお前、何でバッシュ侯爵家に呼ばれたんだ？」

「ん？　ああ。実はエレノアが記憶喪失になってしまってね」

「はあああぁー⁉」

爆弾発言に絶叫するクライヴに、僕は楽し気に今日一日の出来事を話し始めたのだった。

我儘姫の豹変　ＳＩＤＥ：クライヴ

昨夜、オリヴァーから突然バッシュ侯爵邸に移り住むと言われた。

ついでにエレノアが記憶喪失になってしまったという事実も知らされ、俺は愕然とした。

しかもオリヴァーの口から語られるエレノアの姿は、今迄俺の知っているエレノアとは似ても似つかぬもので、オリヴァーがいくら事実だと言っても到底信じる事が出来なかった。

ひょっとしたらエレノアが自作自演の演技をして、オリヴァーをからかっているのかとさえ思ってしまったのだ。

だが……。

バッシュ侯爵邸へと移り住む事となり、オリヴァーと共にやって来た俺は、何故か俺自身までもがエレノアの婚約者になるという、ある意味信じられない展開を迎える事となったのだった。

「はぁ……。なんかドッと疲れたな」

「ふふ。お疲れ様、クライヴ」

バッシュ侯爵邸で自分に与えられている豪華な部屋の中。一目で高級と知れる革張りのソファーに足を投げ出して座る。

本来なら使用人に与えられるような部屋ではないのだが、オリヴァーと共にこの屋敷にやって来た俺に、バッシュ侯爵様は当然のようにこう言ったのだ。

『マリアが産んだ子なら、私の子も同然だ。だからこの屋敷内だけでも、僕は君達の事は自分の息子として扱うよ』

オリヴァーや俺の父親達と違い、整ってはいるが極々一般的な容姿をしたかの侯爵はそう言いながら、ふんわり優しい笑顔を俺達に向けてくれたのだった。

そしてその言葉の通り、俺はエレノアの筆頭婚約者であるオリヴァーと変わらない厚遇を、侯爵様から与えられている。

普通だったら有り得ないだろうが、俺の親父もメル父さんも「あいつならそう言うよな」「うん、彼らしいね」と言って笑い合っていた。

そんな侯爵様の一人娘であり、俺達の妹であるエレノアは、残念な事にバッシュ侯爵様とは似ず、世の女達と同じく気位が高い我儘な娘だった。

学院で絶大な人気を誇るオリヴァーに向かって『王子様じゃない男なんて、婚約者として認めない！』と言い放ち、俺に対しては『下賤の血が入っているから兄妹なんかじゃない！』と言い放ったのだ。

宣言通り俺は兄妹とは認められず、会うたびオリヴァーの召使として扱われた。

無論、父親であるバッシュ侯爵様にたしなめられていたが、基本娘に甘く、優しい性格な父親を舐め切っているエレノアは、彼の言う事を全く聞かなかった。

そればかりか俺達を追い出せ、婚約を取りやめにしろと癇癪を起こす有様。

だがオリヴァーを筆頭婚約者に決めたのは、絶大なる決定権を持っている俺達の母親だ。

いくら女であるエレノアが我儘を言っても、母親の命令には逆らえない。

だからその鬱憤から、益々俺達に対してヒステリックになってしまうという悪循環に陥ってしまったのだ。

それゆえ、オリヴァーはバッシュ侯爵邸でエレノアと一緒に暮らす事を諦め、今まで通り学院の寮で生活する事を選んだ。当然俺もそれに倣った。

……後から聞いた話によれば、エレノア付きだった召使の一人が、こっそりエレノアに選民意識を植え付けていたらしい。

その事が発覚し、その召使は家令であるジョゼフの手により制裁を加えられ、貴族の世界からも締め出された挙句放逐されたそうだが、ほんの小さい頃から植え付けられた思想はそう簡単には直らない。

ましてエレノアは、全てにおいて甘やかされてしまう『女』なのだ。今更矯正など出来はしないだろう。

俺は元々、学院内で繰り広げられる『女』の醜態《しゅうたい》に反吐《へど》が出る思いだったから、その『女』そのものと言えるエレノアに対してすぐに愛想が尽きた。

だがオリヴァーはエレノアとの関係改善を諦めはしなかった。

エレノア付きの召使が抜けた穴に、俺達と共にバッシュ侯爵邸へとやって来た、優しくて人好きのするウィルを添え、エレノアが喜びそうな事を考え実践し、どんなに嫌がられても定期的にバッシュ邸へと通った。

……正直、なんであいつがそこまでするのか理解出来なかったが。

父親違いの自分に温かく接してくれたバッシュ侯爵様への恩義に報いる為？　……いや、あいつは思慮深くて優しい奴だが、そんな事だけで動く男ではない。

俺達の母親であるマリア。

派手好きで奔放で、何人もの男を手玉に取る、まさに『女』そのものな人物。

俺の父親も欲望に忠実に生きているような奴だったから、奔放な者同士、気が合ったのだろう。

クロス子爵を差し置いて、あっさり俺という息子をもうけてしまった。

その後も親父は冒険者として各地を飛び回っているし、母親も他の男達と遊んで子を生すのに忙しく、俺は殆どクロス子爵の屋敷に預けられっぱなしだった。

なのでオリヴァーとは父親違いであるのにもかかわらず、同父の兄弟以上に仲良く育った。

今も昔も、あいつは俺にとって一番大切な家族だ。

そして並み居る兄弟達を差し置いて、筆頭婚約者の座を掴む程に優秀な男でもある。

数ある夫達の中で一番熱愛するクロス子爵。

その彼に生き写しのオリヴァーを筆頭婚約者に据えた……と、誰もが思っただろう。

だがそれは大きな誤解だ。

俺はあいつほど人の機微に聡く、状況を正確に読み解き行動できる男を他に知らない。

俺達を産んだだけで、滅多に会う事も無い母親の事はあまり好きでは無いが、人を見る目だけはある女だと思っている。

多分だが母は、エレノアがどんな娘であれ、オリヴァーならきっと適切な判断を下し大切に守ってくれると確信しているからこそ、オリヴァーをエレノアの筆頭婚約者に決めたのだろう。

実際、オリヴァーはあっという間にバッシュ侯爵邸の使用人達をまとめ上げ、バッシュ侯爵様の右腕と称されているジョゼフの信頼を勝ち取ってしまった。

そして心から妹であるエレノアを慈しんでいたのだ。

エレノアは確かにそこらの令嬢達と比べても可愛らしい見た目をしている。

だが俺から言わせればそれだけだ。

バッシュ侯爵様は尊敬に値するが、大切な弟があの我儘な妹に今後も振り回されるかと思うと、いっそ婚約者なんて降りてしまえと思ってしまう。

実際何度か本人に直接進言したのだが、オリヴァーはいつも困ったように笑いながら首を横に振るのだ。

――だが皮肉にも、エレノアの筆頭婚約者という立場がオリヴァーを守ってもいたのだ。

妖艶とも言える美貌を持つオリヴァーに群がる女猿どもは、それこそ星の数ほど存在する。

勿論、何が良いのか、ぶっきらぼうな態度を取る俺に対しても同様に女達は群がってきた。

奴らは臭い香水をこれでもかと振りかけ、真っ赤に塗りたくった唇に下卑た笑みを浮かべ、欲情した色を浮かべた瞳でねっとり見つめ、しなだれかかってくる。

普通の男であれば喜んで乗る誘いだろうが、俺やオリヴァーにとっては鬱陶しい以外の何者でもない。

そういう訳でオリヴァーにとって、エレノアという婚約者《免罪符》が出来た事は喜ばしかったと言えるだろう。

エレノアに苦労させられているが、数多の女どもからの誘惑は免れる事が出来たのだから。

「クライヴだ。お前とは既に数回会っているが、記憶を失くしているんだろう？　じゃあ『初めまして』でいいな。エレノア？」

わざとぞんざいに挨拶をする俺を、エレノアは怒るでもなく戸惑った様子で見つめていて、俺は『おや？』と思った。

そういえばオリヴァーがエレノアに挨拶をした時、「お帰りなさい、オリヴァー兄様！」と、嬉しそうな顔で笑っていたな。

こいつ、まだ演技をするつもりかと呆れていたが……。ひょっとして本当に記憶を失ってしまったのか？

エレノアは戸惑いながら、俺が何故執事の恰好をしているのかと問いかけてきた。

だから俺はさっさと自分が平民である事をエレノアに告げた。

嫌悪に顔を顰めるか……と思ったエレノアだったが、暫しの逡巡の後。以前の自分が言った非礼を詫び、あまつさえ俺の事を「兄と呼んでいいか」とお伺いをたててきたのだ。

あれは不意打ちだった。

お陰で無様にうろたえてしまった。今思い出しても恥ずかしくて顔から火を噴く。

しかも何だ！　あのあざとい上目遣いは⁉

新手の媚びか⁉　だとしたら、あの年でなんて恐ろしい技を習得してやがるんだ！　本当に、末恐ろしいなんてもんじゃない！

ともかく。思いがけない妹の愛らしい姿に、ついうっかり兄様呼びを了承してしまった。

しかも了承した途端、エレノアが浮かべた満面の笑みに、顔どころか身体中どんどん熱くなってしまって……。

「仲良くなったところで、実はエレノアに頼みがあるんだ」

「頼み？　なんでしょうか」

「うん。クライヴをね、君の婚約者の一人に加えてほしいんだ」

「はい？」

「お、おい！　オリヴァー⁉」

俺は爆弾発言をしたオリヴァーを睨み付けながら、驚きで目を丸くしているエレノアにチラリと目をやった。

俺と……エレノアが婚約⁉

昨日までの俺だったら、何を馬鹿な事を言っているんだ。有り得ない……と、鼻で笑い飛ばしていただろう。

だが実際こうしてエレノアと接した今となっては……。

「……だが、侯爵様がなんと言うか……」

あ。オリヴァーの奴、笑ってやがる。

ああ、分かっているよ。今の言葉じゃ『侯爵様が許せば婚約者になる』って言っているようなもんだからな。

「侯爵様も、今のエレノアを見ればきっと賛同してくれるよ。それに最終的に決める権利はあくまでエレノアにある」

確かにそうだ。伴侶を選ぶ権利は女であるエレノアにある。

だが俺の事を兄としては認めてくれたが、婚約者となると話は別だろう。

男爵家とは言っても、俺自身はただエレノアと血が繋がっているだけの、身分も何もないただの男なのだから。

「それに婚約は君を守る為でもある」

そう言うと、オリヴァーは俺にしつこく言い寄っていた女達の名を挙げた。

ああ、確かにな。

あの女猿ども。俺が女である奴らに対して、男としては異端とも言われる程の掟破りな態度を取っているのにもかかわらず、めげずにしつこく付きまとってきやがる。

挙げ句、自分達の力だけでは俺が靡かないと知ると、家の権力をチラつかせてくる有様だ。

いい加減、一回ぐらいは相手をしなけりゃならないかと思っていた所だったが、確かにエレノアと婚約すればあらかたの誘いを堂々と突っぱねることが出来る。

まあ。エレノア自身が俺を選ぶという事が重要なのだが。

「分かりましたオリヴァー兄様！　私、クライヴ兄様と婚約します！」

それまで目を丸くしていたエレノアが、突如俺と婚約すると高らかに宣言した。

「エレノア……。お前、本当にそれで良いのか？」

「はいっ！　お任せくださいクライヴ兄様！　私、これから妹として、兄様達の立派な防波堤となるべく完璧な淑女目指して頑張ります！」

胸を張り、そう言い切ったエレノアの目にはやる気が満ち溢れていた。

が、防波堤ってお前、何の話をしているんだ？

するとエレノアは俺達を見上げたまま、ふんわりと微笑んだ。

――ドクリと、心臓が急激に高鳴る。

それはいつも向けられている、男を誘うためのねっとり媚びを含んだ笑いでなく、春の日差しのような慈しみすら感じられる優しい笑顔だった。

湧き上がってくる衝動に突き動かされるようにエレノアを抱き上げ、面白いぐらい真っ赤になって動揺している幼い頬に誓いの口付けをした。

しかし……。まさかあそこでいきなり鼻血を噴かれるとは……。

あの後。鼻血を噴いて顔面蒼白になってしまったエレノアを介抱し、何とかベッドに押し込んだが、なんか「喪女には……キツイ……」とうわ言のように呟いていた。

はたして『もじょ』とは何の事だろうか。

「おいオリヴァー。記憶喪失といい、あの鼻血といい、エレノアをもう一回医者に診せた方が良くないか？　確か昨夜も鼻血出したんだろ？」

「う〜ん。昨夜の段階で医者に診せたけど、どこも異常はなかったんだよね。実際、今日は起きてからずっと元気に動き回っていたらしいよ」

「エレノアが？　動き回っていた？」

「うん。ウィルが抱っこしようとしても、嫌がって自分で歩いていたって」

「……マジかよ」

いつもなら歩くのが面倒だと、どこに行くにも誰かしらに抱き抱えられていたあいつが。

もはやこれ、記憶喪失というより中身がそっくり何かと入れ替わったってレベルだろう。

「ねえ、クライヴ。思うにエレノアは病気かなにかではないと思うんだよ」

「病気じゃなけりゃ、何だってんだ？」

「しいて言うなれば……。恥ずかしさが限界を超えた……みたいな？」

「……あり得ねえ……」

『恥じらい』なんて、女が母親の腹の中に一等最初に置き忘れてくる感情と言われているのに。

「うん、気持ちは分かる。でもそう考えれば辻褄が合うんだ。昨夜鼻血を出した時も、僕と一緒にお風呂に入っていた時だったしね。あの子は一人で入浴したいって、相当駄々をこねていたんだ。「何故？」って聞いたら「恥ずかしいから」って、口にも出していたし」

「……あいつ、以前はしっかり手取り足取り召使い達に身体洗わせていたよな？　本当に別人になっちまったみたいだな」

そこでふと、エレノアの笑顔を思い出す。

裏表のない笑顔というものが、あれ程までに破壊力のあるものだったとは。

「確かに。今のあいつは危険だな」

「うん。まっさらな彼女の何気ない仕草や言動。そして微笑みが、今後どれ程の男達を虜にしていくか想像がつかない。下手をすると、『ろくでもない大物』も引っ掛かる可能性だってあるからね」

「横からかっ攫われるかもしれない……って事か」

「その通り。だからそうならない為にも、僕達であの子を守っていかなきゃ。エレノアの目を他の男達に向けさせない為にもね」

「お前……十中八九、そっちが本音だろ」

「だってエレノアにはこれ以上、夫も恋人も必要ない。……君もそう思わないかい？」

ゆったり微笑んだオリヴァーの目には、明らかな独占欲が浮かんでいた。

そして多分、俺の目にも同じものが浮かんでいるのだろう。

「……ああ。その通りだな」

「と言う訳で、今後はさっきのような抜け駆けはしないでね？」

「抜け駆け？」

「エレノアにキスしただろう？」

「お前なぁ……」

早速、独占欲丸出しな台詞を口にするオリヴァーに苦笑する。

普段決して他人には見せない、半分血の繋がった大切な弟が見せた年相応の拗ねた顔。

それが可笑しくて、俺は笑いながら彼の髪の毛をぐしゃぐしゃとかき回したのだった。

書き下ろし

義娘についての観察日記

「……は？　君が先月産んだ娘の筆頭婚約者にオリヴァーを？」

「そーよ！　あ、もう決定事項だから！　あんたが嫌だって言っても聞かないし、アイザックも諸手を挙げて喜んでいるから！　じゃあね！」

それだけ言うと、メルヴィルの恋人であるマリアはまさに風のごとくに颯爽とドレスを翻し、執務室から出て行ったのだった。

◆◆◆◆◆

メルヴィルからの依頼を終え、俺は一月ぶりにクロス子爵家本邸へとやってきた。

「おーい、メル！　家令から聞いたがマリアが来ていたんだって？」

「やあグラント。うん。半刻ほど前にね。行き違って残念だったな」

「いや。別に残念じゃねーし」

寧ろ鉢合わせなくて良かった。

マリアという女はとにかくパワフルなヤツなので、こっちも遊びたい時は良いのだが、ゆっくりしたい気分の時に付き合うのは正直避けたい。ハッキリ言って上位種の魔物を狩った時より疲れるし、色々吸い尽くされる。

「ところで頼んでいた調査は終わったのかい？」

「おうよ！　北の森だがな、ベビー・ダンジョンが出来ていたぜ。しかも『外向き』だったから、手っ取り早く核を破壊しといた」

メルヴィルからの依頼とは、北の森の調査だった。

近隣の村から突然魔物が現れる様になり、怪我人が続出していると陳情があがったとかで、丁度その近くにいた俺に白羽の矢が立ったという訳だ。

「それは重畳。……でだ。なんでサラマンダーが空から降って来たのかな？」

ありゃ。なんでこいつそれ知っているんだ？

「いや～！　ベビー・ダンジョンとはいえ流石は『外向き』だよな！　踏み込んだ途端にサラマンダーが襲いかかってきやがってよ。脂乗ってて旨そうだったから土産に狩って来たぜ！」

「だったら普通にちゃんと渡してくれよ。騎士達が大騒ぎするだろうが」

「へーへー。了解！」

成程。騎士達《あいつら》が騒いだからバレたのか。そういや何人かサラマンダーの下敷きになってやがったな。ちっ！　あれくらい避けろよ。騎士のくせしやがって修行が足らん！

「んで？　マリアのヤツ、何しにここに来たんだ？」

「ああ。先月生まれたばかりのアイザックの娘がいただろう？　その子の筆頭婚約者にオリヴァーを指名したと告げに来たんだ」

「へぇー！　オリヴァーをなぁ！　んでマリアは？　アイザックのトコに帰ったのか？」

「いや。なんでもバッシュ侯爵領で、新種のフルーツを使った新作スイーツのフェアを主催したそうでね。ホステスをするついでに良い男を捕まえる！　と息巻いていたよ」

「……流石だ。ブレねぇなぁ、あいつ！」

自由奔放なわりにその行動力と顔の広さを利用し、しっかり領地経営に携わっているマリアは、貴族女性としてはかなり異質な存在だ。

だがそういう女だからこそ、俺とメルヴィルはマリアを気に入っているのだ。

俺達に対する態度も世の女達とは違い、媚びたりせずにサバサバと接してくる所とかも好印象だ。

しかもしっかり、俺達に優秀な跡継ぎを授けてくれた。その事についてはメルヴィル共々心の底から感謝している。

「それにしてもアイザックの娘か……。確か名前は『エレノア』だったっけか？」

「ああ。アイザックがデレデレになって、娘の可愛さを便せん二十枚にもわたって書き連ねて送り付けて来たよ」

「まあ。待望の第一子誕生だしな。おまけに女の子じゃあ、あいつが浮かれんのも無理ねぇよ」

正夫なのに、マリアの夫や恋人達の中では一番遅くに子を授かったアイザックだったが、ここ一番で希少な娘を授かったのは流石としか言いようがない。

「マリアとアイザックとの娘なら、さぞかし可愛いんだろうが……。良いのか？　オリヴァー自身は婚約に納得してんのか？」

「納得するもしないも、母親が決めた事だしねぇ……」

そう言うとメルヴィルは溜息を一つついた。

このアルバ王国では女性の発言や決定は何よりも重きを置かれる。

しかも成人前の子供に対し、母親の決定は絶対だ。

ゆえに現時点でメルヴィルにもオリヴァーにも、この婚約に対する拒否権は存在しないのだった。

「お前そっくりなアイツなら、どんな女でもより取り見取りだろうに。齢六歳にして婚約者決められちまうって、不憫じゃねぇ？」

俺はそう言いながら、チラリと自分の親友である目の前の男に視線を向けた。

メルヴィル・クロス子爵。

その美貌と冴え渡る知性。そして溢れんばかりの魔力を有し、操る事の出来る天与の才から、『至上の美貌』『貴族の中の貴族』『天は二物を与え過ぎ』と謳われる男。

夜会に出席すれば会場中の全ての女性達から秋波を送られ、王都に行けば、鉄の宰相と恐れられるワイアットから「宮廷魔導士団長になれ!!」と宮仕えをゴリ押し……もとい勧められる。まさにデキる男の典型とも呼べる男なのである。

最も本人はといえば面白い事が大好きで、王立学院時代は俺と一緒になってバカばっかりやらかしているような奴だった。（その尻拭いを、いつもアイザックがしてくれていたが）

恵まれ過ぎた美貌と実力がありながら、ほぼ自分の領土に引き籠り、子爵位止まりでいるのも、本人曰く「爵位が上がると面倒くさい事が増えるから」だそうで、地位にも名誉にもとことん頓着しない奴なのだ。

……アイザック曰く「見かけ詐欺」だそうだ。

ちなみに俺に対しては、「ほぼ見たまんま」とのお墨付きを貰っている。

だがこの男。こう見えて人情味に豊かで、領民や自領の騎士達をとても大切にしている。

そして自分の息子の事も、とても大切に思っているのだ。（しかし元来の享楽主義が災いし、息子を揶揄《からか》う事を趣味としている為、その事に当の本人（息子）は気が付いていない）

メルヴィルの息子のオリヴァーは、そんな父親の資質を全て引き継いだとされる神童である。

……幸いな事に享楽主義な所は引き継がれなかったが。

多分だがマリアは、そんな優良物件が他の女に取られる前にと、生まれたばかりの娘の筆頭婚約者としてオリヴァーを指名したのだろう。

「まぁ。あのアイザックの娘だから、期待はしてもいいのかもしれねぇけどな」

この国の……いや。この世界では女が圧倒的に少なく希少な為、彼女らは総じて甘やかされて育つ。

それゆえ女は総じて我儘で他者を思いやる事があまりなく、常に他の誰かよりもいい条件の男を得る事にのみ血眼になっているのだ。

男も男で、自分の血を継ぐ子を産んでもらおうと女性の傍に侍り、どんな理不尽や我儘も叶えようと奮闘する。

幸いというか、アイザックにはマリアがいたし、なんだかんだいいながらもお互い仲が良い。

それにアイザックは俺やメルヴィルとは違って一途な奴だし、良識もちゃんと持っている。

――アイザックは王立学院に特待生で入った俺の目付け役であり、世話役だった。

そもそも俺のような平民が、何で貴族や有力な商人の子弟が通う王立学院に通う羽目になったのかと言えば、過去現在において『鉄の宰相』として恐れられているギデオン・ワイアットに才能を見出された事が原因だった。

俺はガキの頃から冒険者をやっていたので、あちこちの領内に出没しては、レアクラスの魔獣を狩ったり、時には犯罪組織なんかもぶっ潰して回っていた。

そんな生活を送っていたから、どこかで俺の噂を知ったのだろう。

気が付いたら宰相自らやって来て、あれよあれよという間に簀巻きにしやがった挙句、俺は王立学院に放り込まれていたのだ。

クロス領で知り合い、親友となったメルヴィルも入学していたから渋々そのまま学院に通ったが、そうじゃなかったらとっとと王立学院からとんずらしていた事だろう。

ともかくアイザックという男は、歴史ある侯爵家の嫡男であるにもかかわらず、誰にでも穏やかに対応する優しい奴で、平民だった俺にもとても気を配ってくれた。

自然とメルヴィルとも親しくなり、俺達三人は常に行動を共にするようになったのだった。

今現在は親馬鹿が炸裂しているようだがあいつの事だ。きっと他の連中と違い、娘をまともに教育するに違いない。

だとすれば、割とこの婚約も上手くいくのではないだろうか……？

そんな俺の思惑が期待外れだった事を知るのは、オリヴァーが王立学院に通う為、王都に向かってすぐ後だった。

◆◆◆◆◆

「…………」

「おう、メル！　何だ？　手紙読みながら小難しい顔してんなぁ。……また、例の『アレ』か？」

ここ数ヵ月、外国に赴いていたグラントが、「土産」と称してベビーモスとキマイラを持ってやって来た。流石に前回注意したので、今回は空から獲物を落とさなかったようだ。

土産の魔物の中にサラマンダーも含まれていたから、多分今夜は敷地内でクロス子爵家の騎士達と焼肉パーティーでもするつもりなのだろう。

「ああ……。オリヴァーの手紙とウィルの定期報告書だ」

「で？　なに書いてあったんだ？」

「いつもの通りだよ。オリヴァーの手紙は脳内お花畑な婚約者賛美。ウィルの報告書はお花畑補正を外した、オリヴァーとエレノアとのやり取り。……相変わらず私の息子はいいように振り回されているようだ」

うんざりしながら、私は机の上にバサリと紙の束を置いた。

初めてエレノアと会った時から、オリヴァーはまるで人が変わったかのように、「今日もエレノアは可愛かった」「エレノアがこういう事を言って」「エレノアが」「エレノアに」……と、熱に浮かされたかのように、自分の婚約者がいかに可愛らしいかを綴った手紙しか送って来なくなったのだ。

エレノアと自分との婚約を知らされた時は「母上が決められたのならば仕方がありません」と、淡々と受け入れ、王都に向かう前などは「どんな子であっても妹ですから愛し、大切にします。……ですが筆頭婚約者のままでいるかどうかは、本人次第です」と言っていたというのにこの変わりよう。一体どうしたというのだろうか。

……まさかとは思うが、アイザックに洗脳魔法をかけられてしまったのだろうか……。

「いや、いくら可愛い娘の為とはいえ、アイザックはそこまでやらねぇだろ。お前じゃあるまいし」

「失敬だなグラント。……だって、そう言いたくもなるだろう？　なにせエレノアの方は婚約破棄を望んでいるっていうのに、オリヴァーが頑としてそれを承知しないって言うんだから……」

オリヴァーの側近として、共に王都へ行ったウィルからの報告書を読む限りでは、残念ながらアイザックの娘教育は大失敗し、エレノアは他の貴族女性達同様、我儘で放漫な少女に成長してしまったようだ。

しかも、「王子様と結婚する」と戯言をのたまい、よりによって、あの完璧とも言えるオリヴァーを毛嫌いし邪険にしているとの事だった。

これも報告書に書いてあった事なのだが、どうやらエレノアの従僕の一人がエレノアに懸想し、巧みに洗脳教育を施し、選民意識を植え付けたとの事だった。

それが事実ならば、一旦そうなってしまったご令嬢を矯正するのは至難の業だろう。

ましてやアイザックは「娘命」の甘々な父親だ。

しかも、何がどうなったか我が息子までもが「エレノア命」になり果て、矯正どころかアイザックに負けず劣らずの溺愛っぷりを周囲に披露しているというのだから。矯正など夢のまた夢であろう。

「あー、そういやあの娘、うちのクライヴの事もクソミソに罵るぐらい嫌っているらしいな」

「うん、そうだね。平民の血が入っているって言って毛嫌いしていて、兄とも認めていないそうだよ」

「クライヴの奴。自分の事はともかく、オリヴァーを邪険にしているってんで、エレノアといつも派手にやり合っているみてぇだな。ガキの戯言真に受けて頭に血が上るなんて、あいつもまだまだだよなー！」

グラントはそう言って笑っているが、なんだかんだ言って息子の事は大切に思っている彼の事だ。いくら小娘の戯言とはいえ、そんな話を聞いて面白い訳が無いだろう。

私とて自他共に認める享楽主義者ではあるが、大切な息子をないがしろにされて笑っていられる程お人好しではない。

それに、我がクロス子爵領の領民や騎士達にとってオリヴァーもクライヴも共に自慢の「若様」達である。その彼らがないがしろにされて面白いわけがない。

実際、折に触れて騎士団長のルーベンからは、「メルヴィル様。どうか若様方の為に、お骨折りを……」と言われているのだ。

まあようは、私がオリヴァーとエレノアの婚約を破棄する為に動いてほしいと言いたいのだろう。

確かにそろそろ潮時かとマリアの元へと向かい、婚約を解消させようと話をしてみれば、「えー？でもオリヴァーはその気ないみたいよ？」と返されて終了。

ならばオリヴァーに直接……と、彼が久々に帰省して来た時にエレノアとの婚約破棄について話をしてみれば、「父上……。いくら父上であっても、僕からエレノアを奪う事は許しません！」と、魔力を滾らせ、けんもほろろに拒否されてしまったのだ。

傍に控えていたクライヴに視線を向けてみれば、思い切り顔をしかめて肩をすくめている。

……ああ。そういえばこの子も、オリヴァーにエレノアとの婚約を断念しろと、折に触れて言っているのだったな。

自分の事を一番に考え、可愛がってくれている大切な兄。

その彼をないがしろにされているにもかかわらず、オリヴァーのエレノアへの想いは揺るがない。

……本当にこの子は一体、どうしてしまったというのだろうか……。

何か悪いモノにでもあたってしまったのか。それともやはり、アイザックが娘可愛さに洗脳魔法でも仕掛けたのであろうか。

……やはりここは、直接アイザックに疑問をぶつけるしかないか。

もし私の憶測が違っていたら、流石の彼でも怒るかもしれんが大切な息子の為だ。やむをえん。

「何それ!! 失礼過ぎない!?」

王家への定例報告会に出席する際、ついでとばかりにアイザックの元へと赴き疑問をぶつけてみたところ、案の定めちゃくちゃ怒った。まあ当然か。

ちなみに、この機会に直接エレノアと接触してみようと思っていたのだが、私の事を警戒したオリヴァーがエレノアと会わせようとしなかった為、その目論見は失敗に終わってしまっている。

「……まあ、そう考えるのも無理は無いけどね。……済まないメル。グラントも……。君達の息子には、本当に申し訳ないと思っているんだよ」

そう言うと怒りの態度が一変、アイザックはシュンとしてしまった。

何だか垂れた耳と尻尾の幻覚が見えた気がする。

「僕もね。このままじゃいけないって思って、動いてみたんだよ」

なんでもアイザック自身も、オリヴァーとクライヴへの申し訳なさに娘との婚約破棄について進言してくれた事があったそうなのだ。

だが……。

『侯爵様……。いくら侯爵様でも、言って良い事と悪い事が御座いますよ……？』

それを口にした瞬間。オリヴァーの顔から表情が消え、まるで地獄の使者のごとくにおどろおどろしい魔力が噴き上がった……らしい。

「恐かったんだよー!! 僕、真面目にあの時殺されるんだって思った!!」

そう言って涙目になる親友に対し、「あー……。うちの息子がごめん」と、何故かこっちが謝る羽目になってしまった。

こうしてアイザックに疑問をぶつけてみた結果、洗脳魔法の類などではなく、どうやらうちの息子が理性を失っていただけだったという事が判明した。

……いや本当に。どうしたというのだオリヴァー!?

これでは婚約破棄に向けて動こうにも、そもそも当の本人にその気が無いのだから、こちらとしてはどうする事も出来ない。非常に歯痒い事この上ないが、今まで通り静観するしか手はない。

……仕方が無い。息子はバッシュ侯爵家の何かの菌に罹患し、目下重症中と思う事にしよう。

今は理性を失っているのかもしれないが、あのオリヴァーの事だ。一時の気の迷いがそうそう続く筈が無い。

いつかは目が覚める事だろう。

◆◆◆◆◆

半年後。

「……どういう事だ？　これは」

私は報告書……という名の分厚い書類に目を通していた。

ウィルから送られた報告書には、いつものようにオリヴァーとエレノアの様子が書かれ……てはおらず、何故か「エレノアお嬢様がこう話された」「エレノアお嬢様がこうした」「今日もエレノアお嬢様が尊い」……といったような内容がビッシリと書き込まれていたのだった。

……これ、報告書か？　寧ろ観察日記だろ。エレノア観察日記だな……うん。

「……ウィルもバッシュ侯爵菌に感染した……のか……？」

戸惑いながら呟いたその直後、グラントが何かを手に握り締め、私の執務室へと飛び込んで来た。

この男にしては珍しく動揺している。

「おいメル！　大変だ!!　クライヴの奴がエレノアと婚約したって、手紙寄越してきた!!」

「はぁっ!?」

あの誰よりもエレノアを毛嫌いしていた筈のクライヴが婚約……だと!?

はっ！　まさかオリヴァーか……それともウィルを盾に、婚約を強要されたとでもいうのか!?

だからウィルも、あんな訳の分からない報告書を書いて寄越したと……!?

「メル！　俺、ちょっとアイザックのトコ行って来るわ!!」

今迄静観していたグラントも流石に気になったのだろう。

今すぐにでもバッシュ侯爵邸に乗り込む気満々のグラントを、私は何とか制止する。

「待て、グラント！　……これはいい機会だ。このまま少し様子を窺おう。もし何らかの不正が行われていた場合、その証拠を突き付ければ堂々と婚約を白紙に戻す事が出来る」

渋るグラントを説き伏せ、私はもう少し彼らの様子を静観する事にした。

そう。もし大切な息子達や部下に対し、そのような許されざる事を行っていたとしたら……。

たとえアイザックの愛する娘であろうとも、それなりの報いを受けてもらおう。

……だがそれから更に数ヵ月。

私の元には相変わらず……というより、溺愛が悪化したオリヴァーからの惚気た手紙の他に、ウィルからの「エレノアお嬢様が可愛すぎて辛いです！」というアホな観察日記が延々と届くようになった。

しかも更に二人程ではないにしろ、エレノアに対する溢れんばかりの愛情を綴ったクライヴの手紙までもが、時たまグラントの元に届くようになったらしい。

クロス子爵家の『影』を使って、それとなくバッシュ侯爵家を調べてみるも、召使達も全員朗らかで幸せそうだし、当のオリヴァーとクライヴもバッシュ侯爵家で幸せそうに暮らしているとの事であった。

一つ気になるのは、バッシュ侯爵家お抱えの医師が度々バッシュ侯爵邸を訪れている……という点である。

これは一体どういう事なのだろうか？

まさかとは思うが、その医師が何らかの洗脳薬を定期的にオリヴァー達や使用人達に与えているというのだろうか？　いや、それとも全員、何らかの病に侵されている……とか？

医師が定期的に訪れているのは、その病を治療する為……？

だとしたら、あのオリヴァーやクライヴまでをも感染させるバッシュ侯爵菌……。なんとも恐るべし!!

そうしてオリヴァーだけでなく、クライヴとウィルもおかしくなってから更に半年が経過した。

アイザックからエレノアの十歳を祝う誕生パーティーの招待状が送られてきたのを機に、グラントと「丁度いいから、エレノアが本当はどんな子なのかを見極めに行こう」と意見が一致した。

念の為にアイザックには、普段の彼等の様子を見たいから、自分達が来る事をオリヴァー達やエレノアには知らせないでおいてほしい……と頼んでおいた。

これで事前に取り繕う事は不可能になったから、素のエレノアが見られる筈だ。

それにしても……。

オリヴァーが私に願った、エレノアに贈る為の希少鉱石はともかくとして、クライヴがグラントに頼んだオリハルコンのナイフというのは、一体何なのだろうか。

そういえばエレノアは、クライヴに剣を習っていると報告書に書いてあったな。まさかとは思うが、それが彼女への誕生日プレゼントだというのだろうか。

「メル。何かお前、やけに楽しそうだな？」

「それを言うならグラントもだろう？」

どうやら私達は互いに浮かれている様だ。

……まあこの半年というもの。エレノアについてのアレコレを仕入れているのだから、当然と言えば当然か。

エレノアへの溺愛っぷりが溢れ出ているオリヴァーの手紙は、正直お腹いっぱいではあるが、ウィルからの観察日記に関しては、実は最近では楽しみの一つになりつつあるのだ。

未だにいまいち信用出来ないが、報告書の中のエレノアは元気で明るくて可愛くて……。まさに男の理想そのものといった素敵な女の子であった。

しかもオリヴァーやクライヴ達だけでなく、使用人一人一人に対しても偉ぶる事無く、まるで天使のように接しているのだそうだ。

更に驚くべきは、日々なにかしらやらかしているエレノアに対し、使用人達の方が逆にお小言を言っているのだという。

……それを見た時は、「どんな願望記事なのだ！　ウィル、お前病んでいるのか⁉」と、小一時間ほど問い詰めたくなってしまったものだ。

ひょっとしたらエレノアという子は、生まれながらに『魅了』の魔力を持っているのかもしれない。だとしたらそのような危険な魔力、とっとと王家に進言し、封印させなくてはならないだろう。

「グラント。この指輪を嵌めておけ。魔力無効化の術式を施している。我々までもが魅了にかかる訳にはいかないからな」

「おう、悪ぃな。……けどよ、ひょっとしたらこんなモン、要らないかもしれねぇぞ？」

「……つまり君は、あの報告書の中のエレノアが、まんまエレノアだと信じているのか？」

「んー？　信じているっていうか、もしそうだったら良いなーとは思っている。メル、お前もそうなんだろ？」

「……まあね」

……どうやら報告書を通じてでも、バッシュ侯爵菌は感染するようだ。

オリヴァーやクライヴ。そしてウィルも益々症状は重症化の一途をたどっているようだし、本当につくづく恐ろしく厄介極まる菌である。

……さて。エレノアが報告書通りの娘であるのか。そして我々の息子に相応しい娘であるのかを見極める為、行くとしようか。

私とグラントは魔力無効化の指輪を嵌めつつ、半分期待に胸躍らせながら、バッシュ侯爵邸に向かって旅立った。

◆◆◆◆◆

「は、初めまして。クロス子爵様。オルセン男爵様。アイザックの娘のエレノアです」

バッシュ侯爵家に赴いたメルヴィルとグラントは、共に『義父馬鹿』という世にも恐ろしい不治の病にかかってしまう事となったのであった。

あとがき

初めまして、暁　晴海と申します。

このたびは、本作品を手に取って下さり、まことに有難う御座いました。心よりお礼を申し上げます。

こちらの作品は、「小説家になろう」様で私が異世界転生ものを手がけた、初の作品となります。そして、とにかく自分の心の赴くままに、楽しく書かせて頂いている作品でもあります。

初めての異世界作品であり、初めてのオリジナル小説の連載。とにかく、好きの気持ちの赴くまま、無我夢中で書き連ねておりました。

それがこうして書籍化のお話を頂く事となりましたのは、ひとえに私の作品を読んで、応援して下さっている全ての方々のお陰と、本当に感謝の念で一杯です。

こちらのお話は、喪女として生きて来た少女が『エレノア』という九歳の幼女に、いきなり異世界転生してしまったお話です。

そしてタイトルに『顔面偏差値』が使われているだけあって、とにかくキラキラしい男性が沢山出てきます。しかも女性の少ない世界です。そんなイケメン軍団に取り囲まれ溺愛され、主人公が毎回心の中で悲鳴を上げながら、鼻腔内毛細血管を崩壊させる。そんなお話です。

主人公から「顔面破壊兵器」と言わしめる超絶美形の異父兄や、選ばれしＤＮＡの頂点である、ロイヤルファミリーとの攻防。そして新たなる出会い……。

これから先もまた、エレノアは「美形の溺愛」というピンクなカルチャーショックに見舞われながらも、天然脳筋という武器（？）を片手に立ち向かっていきます。

エレノアと、エレノアを取り巻くキャラクター達が織りなす物語を、これからも温かく見守って頂けたら幸いです。

そして、この作品のキャラクター達を素敵なイラストにして世に送り出して下さった、茶乃ひなの様。まさかエレノアや兄様方をこの目で拝める日が来るとは思ってもいませんでした。素晴らしい表紙や挿絵を描いて頂いて、本当に有難う御座いました。

最後に、この作品の書籍化を決めて下さった出版社様。何も分からず、右往左往していた私に、優しく色々な事を教えて下さった担当様。そしてこの本の出版に携わって下さった全ての方々に、心からの感謝を捧げさせて頂きます。

皆様、本当に有難う御座いました。

暁　晴海

この世界の顔面偏差値が高すぎて目が痛い

暁晴海　Illust. 茶乃ひなの

地味子に
変装したのに
悪女扱い!?
君って面白いね
可愛すぎる君を
守る為だと
変装させられたのに、
同級生の王子に
正体がバレてしまい…?
第2巻2023年春発売予定!

ティアムーン帝国物語
小説
第⑫巻
2023年
1月10日
発売!
ニメ化決定!
帝国物語
式HPへ!
餅月望――著
Gilse――イラスト
TVアニメHP
原作HP

ティアムーン帝国物語
ティアムーン帝国物語
ティアムーン帝国物語
ティアムーン帝国物語
Comics
コミックス
第6巻
2023年春
発売予定!
漫画：杜乃ミズ
2023年TVア
ティアムーン
断頭台から始まる、
姫の転生逆転ストーリー
詳しくは公

この世界の顔面偏差値が高すぎて目が痛い

2023年1月1日　第1刷発行

著　者　暁 晴海

発行者　本田武市

発行所　TOブックス
〒150-0002
東京都渋谷区渋谷三丁目1番1号　PMO渋谷Ⅱ　11階
TEL 0120-933-772（営業フリーダイヤル）
FAX 050-3156-0508

印刷・製本　中央精版印刷株式会社

ISBN978-4-86699-730-8